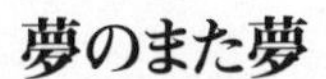

人が、命をかけて守りたいものは、何か。

鎌田敏夫

角川春樹事務所

目次

学に捧ぐ

夢のまた夢

人が、命をかけて守りたいものは、何か。

第一章　織田信長・MAGI

一

「腑抜けた舞をまうな‼」

信長が抜刀した。光秀が間髪をいれずに立ちふさがる。予測していた。

信長は、出陣の前に舞をまわせるのが常だった。

「人間五十年、下天の内をくらぶれば、夢幻のごとくなり」

戦いに向かう陣は張りつめている。生か死、待ち受けているものは、ただ、それのみ。平時は、そうはいかない。信長に寵愛されることで、太夫に緩みが出てきていた。おれは人よりも優れている。舞の出来よりも、信長に呼ばれる頻度だけを喜ぶふぬけた心を、信長は鋭く見抜いたのだ。

抜刀する信長の前に、光秀は膝をついた。私のしていることが気に入らぬのなら、お斬りください。信長の怒りを鎮めるのはそれしかないことが、長年の仕えで分かっていた。

切っ先が微動だにしない。苛立ちが剣には伝わっていないのを見て、光秀は安堵した。

信長には、何度も足蹴にされたことがある。自分に落ち度のあることもあるが、訳の分からないときもある。こちらに非のあるときは、ただ面を伏せて恭順の意を示す。しかし、訳の分からないときに同じことをすると、怒りに油を注ぐことになる。まやかしの恭順さは、信長のもっとも嫌うことだ。自分に非がないと思ったときは、まっすぐに見つめ返す。気持ちよりも行動が先に出ると言われている男だが、冷静におのれを振り返る心も持っていることを、光秀は知っている。

信長が刀を納めた。

「行け！」

舞台の隅でへたり込んでいる太夫に、光秀は声をかけた。

「屋敷への出入りは、二度と許さぬ」

声が聞こえたのかどうか、太夫は転がるように廊下に出ていった。

信長は、何ごともなかったように、蘭丸に声をかけている。光秀も席にもどって、信長を見つめた。

悪鬼外道、第六天の魔王と呼ばれた男だ。比叡山では、延暦寺を焼き討ちし、女、子供まで徹底的に殺戮した。長島の一向一揆では、海から攻めて、逃げ場のなくなった一向宗を『根切り』、一人残らず殺害した。荒木村重の謀叛のときは、城から逃げ出してしまった村重の態度に激怒し、城内に残った侍女、若党らを焼き殺した。村重の家臣・高山右近の必死の取りなしも無視、残った妻女ら三十六名を六条河原で斬首の刑に処した。

戦いの中で生まれ、生涯百二十もの戦いを繰り返してきた男だ。生きることは戦うことであり、戦うことが生きることだ。それが、この男の人生だった。

比叡山の僧兵は、信長が京に上がるまでは、寺社からの上納金と琵琶湖の権益からの上がりで、酒色に耽り、武器を蓄え、乱脈を極めていた。信長は、態度を改めなければ比叡山のすべての寺院を焼き払うと告げたが、僧たちは、延暦寺を焼き払うなどということは、信長といえども出来ることではないと、たかをくくっていた。

信長は、比叡山に攻め入り、根本中堂を初めとし、社寺、仏塔五百余りをことごとく焼き払った。仏僧はもちろん、社寺に隠れた女子供まで探し出して、首を刎ねた。

長島の一向宗の一揆は、堕落した延暦寺よりも手ごわかった。信仰の結束は固い。鎮圧に向かった弟・信興が、追いつめられて自殺をしたという因縁もあり、行き場のなくなるまで追い詰めた信者を、『根切り』にしたのである。

光秀も、何度か止めようとしたが、戦うと決めた信長を制止することは不可能だった。比叡山の僧兵も、一向宗の僧たちも、『天下布武』を狙う信長にとっては、あなどれない敵だ。潰さなければ、潰される。それが戦国の世だった。

応仁の乱を戦った足軽（下級兵士）は、武家屋敷だろうと寺院だろうと、ためらうことなく攻め込み放火した。彼らの心の中で、権威というものが失墜していた。領主に器量があるかどうか冷静に見極める。無能だと思えば、簡単に捨てて寝返る。力のないものは、力のあるものの傘の下にいないと、命を失い、強奪され、奴隷として売り飛ばされる。それが下克上と呼ばれた戦国の世だった。

戦国の京は、殺人、略奪、放火の蔓延する無法地帯と化していた。そんな都に、豹のごとく駆け上がってきたのが、信長だった。

二

光秀の心には忘れることの出来ない信長がいる。

琵琶湖の竹生島に戦勝祈願に行った留守に、羽を伸ばした侍女たちが物見遊山に出かけた。帰館した信長がそれを知って激怒、侍女をことごとく斬り捨てた。逃げまどう女たちに、白刃を振りかざして襲いかかる家臣たち。まさに、悪鬼外道であった。

戦いの前の切迫した気持ち、それが分からぬか。そばにいる人間だからこそ、分かってほしい。それが、信長の怒りの根源だろう。しかし、あのときの悪鬼の姿は、光秀には理解できないものだった。

あのとき、信長の心に何があったのか。幼い頃、母の愛を受けなかった男。戦いにつぐ戦いのなかで生きて、心安らぐことのなかった男。そんな理屈で理解できることではない。信長の心に、女という性に対する嫌悪があったとも思えない。信長は、何人もの女を愛し、子を儲けている。光秀を笑わせたのは、女たちにお鍋などという百姓の日用品の名前をつけて喜んでいたことだ。上から目線で百姓をからかったわけではないことは、名付けられた女たちが一番よく知っていた。もっと姫らしい名をつけてくれたらいいのにと笑いながら、不服を言うものはいなかった。秀吉の妻が、亭主が浮気して困ると訴えてきたときも、あの禿鼠はそういう性分なのだから、あまり嫉妬深くならないで臨機応変に接するようにと、細やかな気配りをしたりしている。

信長は、戦う武将には容赦なかったが、百姓、町人には親しみを持っていた。だからこそ、関所を廃止したり、楽市楽座を設けて商いのしやすい環境を作ったのだ。京に上がった後も、自分を特権視することはなかった。自分は特別ではない、ただの成り上がりだ。だが、将軍、天皇とて同じだ。それが信長の意識だった。信長が認めたのは、日々を命懸けで過ごす者だけだった。

光秀は、信長と談笑している蘭丸に問うてみたかった。あのとき、信長が白刃を閃かせて女たちを斬り捨てたとき、おぬしも現場にいた。蘭丸、おぬしは、あのときどう思った。あのとき、何を感じた。やめてほしい、そう思わなかったか。あの後、信長は、苛立つ心を治めるために、おぬしを抱いたはずだ。その美しい肉体で、信長の苛立ちと怒りをどう受け止めたのだ。どう、やわらげたのだ。家臣として、信長の心を受け止めてきた自分よりも、肉体の接触のあるおぬしの方が、信長の心に通じているのか。どうなんだ、蘭丸！

信長が、本能寺の縁に出た。蘭丸が太刀を持って、後に従う。優雅で若々しい蘭丸の立ちふるまいに、光秀は、かすかな嫉妬を憶えた。

「光秀」

信長が問うてくる。

「はい」

「フロイスが、ヴァリニャーノという男と会ってくれと言ってきた」

「新しく赴任してきた巡察師と聞いております」

「巡察師とは？」

「日本、明、天竺らの布教の視察として派遣されたイエズス会の責任者です」

「ほう」

信長が、蘭丸を呼び寄せて刀を取った。義元左文字、桶狭間の戦いで手に入れた刀を、信長は気に入っていた。切っ先に向けて走る刃紋をただ見つめる。信長の心は、太刀に何を感じているのだろうと、光秀はいつも思う。死ぬか生きるか。そんな人生を生きてきた男に、白刃は安らぎを与えるのか。太刀こそは力、己の力。権力のように人に担がれる力ではない。刀は、荒ぶる力を信長に与えるのか。

「お会いにならない方がいいのではありませんか」

「なぜだ？」

光秀は言った。

「朝廷も、いい顔をせぬと思います」

「つまらんことを気にするのが、おぬしだ」

「つまらぬことではありませぬ」

「バテレンは右手に愛を、左手に銃を持って、わが国に入ってきたと噂するものがいるな」

「仏僧の中には、そういうものもいると聞いております」

「おぬしは、どう思う？」

「は？」

「真実だと思うか？」

「幾分かは？」

「おぬしらしい答えだ。すべて白ではない。黒でもない」

「物事は、そういうものではありませぬか」

「光秀」

「はい」

「信長は、右手に憎しみを、左手に刀を握って、京に乗り込んできたと言うものがいる」

「はい」

「どう思う？」

「……」

「ためらうな！」

「信長さまの右手には？」

「何がある」

「何も」

「では、左手には」

「何も」

「両手とも、空か」

「はい」

「ハハハハ」

信長が笑い出した。

「さすが、光秀。ハハハハ、ハハハハ」

信長が大声で笑った。光秀の答えが気に入ったのだ。蘭丸の唇にも、かすかに笑みが浮かぶ。

本能寺の廊下に、一瞬、涼しげな風が吹き抜けた。そのときの爽（さわ）やかな風を、光秀は後々まで記憶していた。

ここ本能寺で、信長を討ち取るまでは。

三

「シモ（九州）では、キリシタン十五万人、教会は二百を超えています。すべて、われらの努力のたまものだということはお認めいただきたい！」

布教長カブラルが、ヴァリニャーノに詰め寄った。現場のことを知らない人間が、上司として赴任してきたことが我慢ならないのだ。真っ先に荒海に乗り出し、世界を征服してきたスペイン・ポルトガルに、イタリアーノが何を教えようというのか。

　ヴァリニャーノが自分より背が高く、堂々とした体格であることも気に入らない。ヴァリニャーノの声は低く落ち着きがあって、カブラルの甲高い声とは対照的だ。カブラルはポルトガルの軍人だったが、ヴァリニャーノの方が軍人らしく見える。ラモンはいつも思っていた。それが、カブラルを苛立たせている、と。

　ラモンはスペイン人だった。ヴァリニャーノと共に極東に来たが、すぐに、カブラルの腰巾着(こしぎんちゃく)になった。スペイン・ポルトガルは、一四九四年にトルデシリャス条約を結び、世界を二つに分けて、西はスペイン、東はポルトガルと決めた。世界は自分たちのものだ。二つの国は信じて疑わなかった。

「私が問題としているのは、数ではない。信仰の深さだ。南蛮(なんばん)から来る品々、とくに鉄砲を手に入れたいと思っている領主の入信は、本当の信仰ではない」

「領主がキリシタンになれば、領民たちもいっせいに信徒になる。日本というのは、そういう国なのです」

「カブラル」

「はい？」

「お前は、この国に来て何年になる？」

「十二年です。それがどうしたというのです！」

「いまだにニッポン語が話せないそうだな」

「話す必要がないからです」

「なぜだ」

「彼らが、われらの言葉を理解すればいい。そのためにわれわれは各地に神学校を作って、日本人を教育しているのです」

「私は、有馬(ありま)にセミナリオを作った。ここで育ったすぐれた人間から将来、司祭になるものが出てくればいいと思っている」

ヴァリニャーノがシモに作った『苗床(なえどこ)』という意味のセミナリオは、聖書の文言、西欧の文化、ラテン語などを教え、一人前の聖職者に芽生えさせる目的で作られたものだ。

「日本人を司祭に⁉」

カブラルがあきれ顔になる。

「布教というのは、心と心の触れ合いだ。上からの押しつけでは、本当の信仰は生まれない」

「心と心？　未開の人間の心と、われわれの心をつなげることなど不可能です。手をさしのべて、彼らを導く。そのために今まで努力をしてきたのです」

「日本人は彼ら独特の文化を持っている。それを理解しないで、われらに同調しろというのは、そもそも無理だ」

「そのときは、一気に支配すればいいのです。スペイン艦隊は、いたるところで実績を上げてきました」

ラモンも大きくうなずいた。ペルーでは鉄砲を持った百五十人のスペイン兵が上陸、原住民を殺戮し、たちまちカトリック教国にしてしまった。

「巡察師どのが日本にやってこられたのも、ポルトガルが、インド、フィリピン、マカオを押さえたからだということは、お忘れにならないでいただきたい」

ラモンが再び大きくうなずく。

「日本人には他の国では見られない聡明さがある。われわれは、この国になじみ、多くのことを学ぶべきだ」

きれいごとでは何も解決しませんよ、巡察師どの。カブラルがせせら笑う。

「味のない米の粥とくさい匂いのする味噌汁、鳥の餌のような漬け物と称するものを食べろとおっしゃるのですか」

「すべての宣教師に、そう命じた。肉を食べることをやめないかぎり、仏教の僧侶たちから、バテレンは人肉を食うと攻撃される。それが布教の妨げになっていることが、あなたには分からないのか」

「あなたの言いつけを守る宣教師が、どのくらいいますかね」

「私は、これから大事業をしようと思っている」

ヴァリニャーノが姿勢を正した。

「大事業？」

何を言い出すのかと、カブラルも不安顔になる。

「日本とヨーロッパ、二つの文明の融合だ」

「ハハハハ、ナポリから来た人間は、どこの国も太陽のように明るいと思いこんでいる、ハハハ」

カブラルが遠慮なく笑った。布教というのは神学校のお勉強とは違うのですよ。

「日本の少年たちを何人か選んで、ローマに連れて行こうと思っている」

カブラルの笑いが、一瞬、止まる。

「少年たちをローマへ⁉」

何を言い出したのだ、この男は⁉

「幼いときから、戦乱の中で生きてきたこの国の子供たちは、行く末を早くから考えなければならない。西欧の子供たちよりも、ずっと大人だ。その上、礼節もあり、勉学にも熱心だ。わが国の子供たちよりも、早くラテン語を習得する」

「だから、どうだと言うのです」

「東の果ての少年たちが、命懸けの航海をしたのちに、バチカンで教皇に謁見(えっけん)する。その瞬間こそ、我がイエズス会の偉大なる栄光のときだ」

あまりに馬鹿げた思いつきに、反論する気にもなれない。カブラルもラモンも無視した。

「東の果ての国に、こんなにも知性のある少年たちがいる。それを、向こうの人間に見せたいのだ。西欧で見聞したことを、帰国した少年たちに語らせる。そのときこそ、二つの文化が交わるときだ！」

　ヴァリニャーノは止まらない。

「巡察師」

　カブラルが冷やかな声で言った。

「何だ」

「あなたはパードヴァ大学で、議論が激した果てに女子学生を殴りつけ、投獄されたことがおありだそうですね」

「それがどうした‼」

　突然話題をねじ曲げられて、ヴァリニャーノが不機嫌になる。

「投獄された男が聖職者になれるはずがない。あなたが出世できたのも、貴族であるお父上のおかげだという噂は本当ですかな」

「それとこれと関係があるのか、カブラル‼」

「力を貸してくれるお父上は、この国にはいないということですよ」

　カブラルが一矢むくいた。ラモンはせいせいした。

「セミナリオで学んでいる領主たちの子息に声をかけようと思っている」

　ヴァリニャーノが苛立ちを抑えている。ラモンも、このときだと加勢した。

「領主たちが、大切な後継ぎを死出の旅に出すわけがないですよ。領主の嫡男は、敵方の人質になっていることも多いのです。家臣の子供、それも、片親の家くらいしか説得できません」

「親のために犠牲になるか。神のために命を捧げるか。どちらがいいか、少年たちに選ばせよう。隣国から攻められて、明日の命も分からない人生を生きるより、荒れ狂う海に出ていって、自分の力を試してみたい。若さがあれば、そう思うはずだ」

「どんな旅か聞いたら、誰でも尻込みします」

「それを説得するんだ！」

「無理を言わないでください」

「ラモン。お前はなぜ、ダメなことばかり探し出す！」

「思いつきで世の中が動くなら、誰も苦労しないのですよ、巡察師どの」

カブラルがからかう。

「動くのではない。動かすのだ‼」

苛立ちを抑えきれず、ヴァリニャーノが席を立った。

「ラモン」

姿が消えると同時に、カブラルが言った。

「はい」

「あの男の側にいて、することすべてを監視するんだ」

「分かりました」

「そして、ことごとく邪魔をしろ」

四

潮風がヴァリニャーノの頰を撫でていく。漁船で平戸を出て正解だった。キリシタンの乗った船は、南蛮土産や貢ぎ物を積んでいるという噂が流れて海賊に狙われるのだと、平戸の宣教師から言われたのだ。

船は、瀬戸内の島の間をゆっくりと進む。島のまわりに、小舟が点在している。遠くに見えている松原。その間の白い砂浜。緑に囲まれた美しい国で、戦乱が繰り返されていることが信じられない。領土の拡張、収穫物の略奪、血縁の争い、領主の野心、家臣の謀叛。戦乱の原因は、ヴァリニャーノがいた西欧でも変わらない。

メスキータがそばに来た。

「堺が平穏だといいですね」

「ことが起きていれば、フロイスが使いを寄越しているはずだ」

堺は、三好三人衆と結びつきが強かった。三好三人衆が将軍襲撃事件で逆賊となって後、信長は堺を焼き討ちにするという噂が流れていた。

「目立つところに立つな、メスキータ」

「え？」

「宣教師が乗っていると分かれば海賊が乗り込んでくると、平戸で言われたのだ」

「この穏やかな海に、そんな船がいるとは思えないのですが」

「この国では、ただの漁師が海賊に早変わりすると」

「平戸の宣教師たちは過剰に心配するのです」

「それだけのことがあったからだ」

船には、ヴァリニャーノが選んだ四人の少年も乗っていた。海賊に襲われると、今までの努力が水泡に帰す。

少年たちを集めるのは大変だった。シモにはキリシタン大名が増えていたが、武器や西欧からの輸入品が欲しくて入信したものも多く、子供を命の保証のない旅に出す者など、まずいなかった。ラモンが指摘した通り、領主の嫡男は敵方の人質になっていることが多い。母親や娘、子供、孫まで人質に差し出すことで、領主は不意打ちから身を守っていたのだ。

ヴァリニャーノは、少年たちが由緒ある血筋の人間であることにこだわった。貴族出のヴァリニャーノは、下級の人間は信用できないという意識がなかなか抜けなかった。最後には、ヴァリニャーノが折れて、血筋を問わないことに落ち着いたが、これが、後になって問題になる。

船首で大きな音がした。船が揺れる。

「何事だ、メスキータ！」

メスキータが体勢を整えたとき、少年の一人、原(はら)マルティノが船尾に来た。

「何が起きた、マルティノ！」

「ミゲルと、祐益という男が喧嘩を始めたのです」

「また、あいつか」

メスキータが苦々しい顔で船首に行った。

ミゲルと祐益が息を荒くしてにらみ合っている。

「どうした、ミゲル？」

「こいつが、巡察師さまに騙されているというのです」

「どういうことだ、祐益？」

祐益はふてぶてしい顔で横を向いた。ミゲルが息を荒くしながら、ヴァリニャーノに詰め寄ってきた。

「東方の三賢人という聖書の言葉にちなんで、われわれをローマに連れて行くのだと、巡察師さまは言われた。三賢人なら、三名でいいはず。三というのは、キリスト教には大切な数字だとセミナリオでも学びました。それなのになぜ四名にしたのか、お前たちに分かっているのかと、こいつが言ったのです！」

「ラモンの入れ知恵か？」

ヴァリニャーノが穏やかに聞いた。祐益は横を向いたまま答えない。マルティノが代わりに答えた。

「ヨーロッパでは、プロテスタントが勢いを増してきている。カトリックの内部でもフランシスコ派が力をつけてくるかもしれない。東の果ての国で力をつければ、本部は、イエズス会に資金を出す。そのために、巡察師さまは、お前たちを利用しているのだ。お前たちの命と引き換えに、巡察師としての業績をあげようと目論んでるんだと、ラモン神父は言われました」

原マルティノは、長崎佐世保に近い波佐見の豪族の子息だった。波佐見は、今も陶芸の町として知られているが、歴史は古く、秀吉の朝鮮侵略のときに、大名たちの連れ帰った陶工が始めたと言われている。

マルティノは、メスキータが目を見張った頭のいい少年だった。イタリアの学生でも持て余すラテン語もすぐに憶えた。セミナリオに来たとき、紙を丸めてつくった望遠鏡を持っていた。

「神父さまの眼鏡をもらい受けて、遠眼鏡にしてみたのです」

焦点の定まらない望遠鏡だったが、マルティノには心弾む工作品だった。

「遠眼鏡というのは、レンズが合わないと遠くは見えないのだよ」

メスキータが言った。

「西欧には、もっと大きく、星の見える遠眼鏡があると聞きました」

「それで月を見たガリレオという男がピサにいる」

「会ってみたい！」

セミナリオで彼が真っ先にしたのは、教室にある時計を分解することだった。何が針を動かしているのか知りたかったのだという。メスキータが叱りつけるのを、ヴァリニャーノが止めた。

「好奇心、それが科学の母だ」

ヴァリニャーノの言葉は、マルティノの西欧へのあこがれをますます強くした。ラモンの入れ知恵も、旅へのあこがれを変えてはいなかった。

「なぜ、四名なのですか？」

ジュリアンが遠慮がちに聞いた。ジュリアンは、四人のなかでは一番おとなしく口数も少ない。

「行くだけで二年。帰りも二年。すべてで、八年はかかるだろう」

ヴァリニャーノは率直に答えた。

「海は荒れる。積荷目当ての海賊は出る。疫病にかかるかもしれぬ。長い過酷な旅だ。私のときは、三十五名の水夫が死んだ。フロイスのときは二十六名。全員が生きてローマにたどり着く保証はない」

ジュリアンが言葉を呑む。

中浦ジュリアンは、長崎の西、五島灘に面した中浦の出身だった。領主の大村純忠は、日本で最初のキリシタン大名だったが、信仰よりも家の安泰を願う意識の方が強かった。

シモでは激しい戦闘が繰り返されている。平戸には松浦隆信がいて、隣国・佐賀には下克上で成り上がった龍造寺隆信が、肥前全域を自分のものにしたいと狙っていた。

純忠がキリシタンになったのは、ポルトガルとの交易で得られる収入と武器弾薬のためだった。信仰のあかしを見せるため、純忠は、寺を破壊して教会にし、仏僧にはキリシタンになれと迫った。領民全員に洗礼を受けさせ、長崎の一部を寄進までした。ジュリアンは、幼い頃からひ弱な少年だった。母親に溺愛された彼の気持ちの底にあったのは、強くなりたいという願いだった。

十歳のときに衝撃的な事件が起きる。

村で伝染病が流行ったとき、前世の業だからと、病人は村外れに棄てられ、宣教師以外誰も寄りつかなかった。ジュリアンの幼なじみの弥二郎が、病人の看護を申し出、二年後に命を落とした。

「信仰がおれを強くしてくれた」

弥二郎の最期の言葉だった。

「信仰することであんなにも強くなれるものか、私は信じられませんでした」

息子が旅で命を棄てたら、家を継ぐ人間がいなくなると、母親が必死で訴えたが、強くなりたいというジュリアンの気持ちを変えることは出来なかった。

その思いが、今消えようとしている。旅の途中で死ぬ。無駄死にはいやだ。

「われわれ四人のうち、誰かが命を捨てるだろうと、巡察師さまは思っているのですね」

ミゲルが聞いた。ヴァリニャーノが一瞬言いよどんでいると、ミゲルはさらに大きな声を出した。

「答えてください、ヴァリニャーノさま‼」

　千々石（ちぢわ）ミゲルは、ヴァリニャーノの望んだ由緒ある血筋の人間だった。父・千々石直員（なおかず）は、有馬家の出で、大村純忠とも兄弟になる。大事に育てられた子息にありがちな、直情径行な性格だった。

「寺の仏像を叩（たた）き壊してきました、石仏の残骸（ざんがい）は石落としに使えます！」

　ヴァリニャーノに会ったとき、ミゲルは意気揚々と言った。

「やめなさい」

「なぜです？　神社、仏閣に火を放ち、仏像を破壊しろと言ったのは、イエズス会の宣教師です」

　食ってかかってくる。

「その土地に住む人間の心を大事にしないやり方では、人々に背を向けられるだけだ。私が赴任してきたからには、今までのようなやり方は許さない」

　ミゲルが不満顔になる。

「巡察師さまが、ローマに行かないかと言われている」

兄・大和守（やまとのかみ）が助け船を出した。

「ローマ？　どこにあるのです！」

ミゲルの眼が輝いた。

「信仰のすべてを見ておられる教皇のおられるところだ」

「会えるのですか、教皇に‼」

「会わせる」

「隣国から攻められて、明日の命も分からない人生を生きるより、荒れ狂う海に出て行って自分の力を試したらどうだと、巡察師さまは言っておられるのだ」

大和守が言った。

「行きます‼」

あまりの即断に、ヴァリニャーノの方が心配になる。

「荒れ狂う海に出ていくのだ。命の保証はできない」

「行かせて下さい、兄上‼」

ミゲルに迷いはなかった。

四人のうち、誰かが命を捨てるのか。直情径行な心に答えるためには、こちらもまっすぐに答えるしかない。

「命を懸ける気持ちがなければ、誰一人ローマには行きつかない」

ヴァリニャーノは、はっきりと答えた。ミゲルが見つめてくる。ローマに行くと言った、あの時と同じ輝いた目で。

「命懸けの旅に出てこそ、自分と向き合える。自分の心に問え。神とは何か！　自分とは何か。生きる問いに答えを見つける。自分の神を見つける。それが、どんなに困難なことか、私には分かっている。神は聖書の中にいるのではない。神はきみたちの心の中にいるんだ。私も命を懸けてここへ来た。命を棄てる覚悟がなければ、長い時間のかかる危険な旅に出たりしない。メスキータもだ。ラモンもだ。命が惜しければ、東洋の果ての見知らぬ国に誰が来る！」

ヴァリニャーノの熱弁に船内がしんとなった。

「お前たちも、命を賭(か)けて西の果てに行こうと思わないか。遥(はる)か海の向こう、見知らぬ国に何があるか、どんな人間がいるか、知りたいと思わないか。荒波を越えて見知らぬ国へ行く。血が肉が沸き立たないか！　きみたちを西の果ての国に連れて行く。それだけで私の血は躍る。海の向こうに行け。生きる問いに答えを見つけろ。自分の神を見つけろ！」

風が帆を打つ音、舳先(へさき)が波を切る音が聞こえてくる。

そのとき、祐益がぼそりと言った。

「宣教師は口がうまい」

「何を言うか‼」

メスキータが激怒した。

伊東(いとう)祐益は、四人の中で唯一洗礼を受けていなかった。

「裸で磔になった男のどこがよくて、手を合わせて拝むんだ」

臼杵の教会まで訪ねてきたヴァリニャーノに、祐益はふてぶてしい口を聞いた。

「巡察師さまに向かって失礼なことを言うな！」

メスキータが叱りつけたが、

「思ってることを言うと失礼なのか」

と、反抗的な態度をやめない。

村外れに一人で住んでいた老人が、ボロボロの着物で彷徨っていた祐益を見つけ、わが子同様に育てた。大きくなると村の畑から作物を盗む、村の子供と喧嘩する。持て余した老人が、臼杵の教会に連れてきた。

教会に引き取られてからも、祐益は、十字架に手を合わせることをしなかった。裸で磔になった男になぜ手を合わせる。老人に育てられていたときから、そう思っていたらしい。

「イエスは、人間の憎しみ、悪意、堕落、欺瞞、すべての罪を背負って死んでいかれたのだよ」ヴァリニャーノが諭した。「私たちは、十字架のイエスを拝むことで、自分の罪を自覚し、正しい行いをしなければと心に誓うのだ」

「人間の心から憎しみや悪意はなくならない！」

祐益は叩きつけるように言った。この少年に何があったのか。ヴァリニャーノは爛々とした祐益の目を見た。ミゲルの目の輝きには素直さがあったが、この少年の目にあるのは暗い激しさだ。

「人はなぜ争う。なぜ憎み合う。何を求めて相手の領地に攻め入って殺し合うんだ！」

祐益が畳みかけてくる。

「イエスは、その答えを知るために生まれてこられたのだ」

「見つけたのか、答えを？」

「人の悪意に出会って、憎まれ、妬まれ、裏切られて、磔にされた」

「答えは見つからないまま、あんな格好で死んだのか」

祐益が十字架を見上げる。

「自分を裏切り、磔にした人間たちを、イエスは、許すと、ただひとことだけ言われて死んでいった」

「それが、イエスの見つけた答えか」

「そうだ」

「おれは、人のためには死なない。死ぬのは、自分のためだけだ」

祐益は、箒を投げ捨て、足音を立てて礼拝堂を出ていった。

「あの男を連れていこう」

祐益を見送って、ヴァリニャーノが言った。

「待って下さい。あの男を推薦してきたのはラモンです。手に負えない人間を選ばせて、巡察師さまの計画を潰そうとしているのです」

「知っている」

「それなら、なぜ？」

「信仰には疑問を持つことも大切なのだ」

「洗礼を受けることを拒否している男ですよ」

「強さがないと、過酷な旅は続けられない」

「強さは、時としてすべてを破壊することもあります。あの男の過ごしてきた過去は、尋常ではありません」

メスキータは神父から聞いたことをヴァリニャーノに告げた。祐益を旅に連れて行くことを思いとどまってほしかった。

「彼は、豊後落ちした伊東一族のたった一人の生き残りだそうです」

島津氏に追われて豊後に逃げた伊東家の長は、生き残った数少ない家臣や侍女たちと共に、日向から逃げた。泣き叫ぶわが子を谷底に放り投げ、歩けなくなった侍女たちを斬り捨て、山中の逃避行は、まさに死出の旅だった。最近まで、一ノ瀬川沿いの峠に『豊後落ちの道』という逃避行の悲惨さを記す石塔が立っていた。

ただひとり、山中に逃げ込んだのが幼い祐益だ。峠を越え、森を抜け、川を渡り、獣道で食を求め、臼杵にたどり着いたところを、キリシタンに帰依したことで村からはじき出されていた老人に保護されたのだ。

ヴァリニャーノは、祐益を探しに海へ出た。風が強く、荒波が岩に叩きつけている。

「行かぬか、この波の向こうへ」

祐益が振り返った。暗く、強い目は変わらない。

「どんな目にあったのか知らないが、まだ見ぬ世界に行き、異なる人間に出会えば、生きることの答えが見つかるかもしれない」

祐益は、ただにらみつけてくる。

「私は、誰もしなかったことを、やろうとしなかったことを、試みようとしている。西の果ての私たちの国と、東の果てのきみたちの国をひとつにすることだ。その使命を、きみたちに託したいのだ」

「ふざけるな」

祐益はせせら笑った。

「おれを拾ってくれた人は、キリストを信じたばかりに、村人や家族から爪弾き(つまはじき)にされていた。その人が、おれに伝えてきたのは淋(さび)しさだけだ。イエスは、ひとを幸せにはしないのか」

祐益の問いは重かった。

「その老人は、彼なりに考えたのだ。小さな国に分断されて、領主は、いつ隣国から攻められるかと猜疑心(さいぎしん)の塊になる。戦いになると、村中が巻き込まれる。彼は答えをイエスに求めたのだ」

幼い祐益も、突然始まった戦乱の中、必死で山中を逃げまどった。これから、どう生きていけばいいのか、何を頼って生きていけばいいのか。

「答えは十字架にあるのではないか、老人は、ただひたすらイエスに手を合わせていたのだと思う」

「そして、何も見つからなかった。おれを教会に預けた後、あの人は死んだ」

ヴァリニャーノは、すぐに答えることが出来なかった。安易に答えると、宣教師は話がうまいと、この少年に揶揄(やゆ)されるにちがいない。

「私は、これから信長に会いにいく」

「信長？」

「ふん」

「戦い抜いて、都に駆け上がってきた男だ」

祐益は興味を示さない。

「信長は、お前と同じことを言ったそうだ」

「何を？」

「おれは人のためには死なない。おれが死ぬのは、自分のためだけだ」

祐益は黙った。

「お前と違うのは、何があろうと前に向かって走りつづけたことだ。座り込むな。それは、精神の眠りだ。それが、彼の好きな言葉だ」

荒波が、二人の体で砕けた。

五

船が堺に近づいた。何事もなければ、フロイスが宿で待ち受けているはずだ。

「なぜ、この時期に信長に会おうとされるのです？」

ずっと思っていたことを、メスキータは聞いた。ヴァリニャーノは、性急にことを運び過ぎるのではないか。

「フロイスが手筈を整えてくれたのだ。国王の朱印状を持ってローマに行けば、それだけの重みがある」

「信長が果たして、日本の国王だと言えるのですか。京には、かつて将軍と呼ばれる人間がいた。力がないように見えて、京に押し入った武将たちが必ず担ぎあげる、天皇という存在もあります。武力でのし上がった国王が支配する、スペイン・ポルトガルのような分かりやすい国ではないのです」

「朱印状があれば、四人は、地方の王の子ではなくなる。日本の国王が送り出した使節だ」

「王の子と言っても、それに値するのは、ミゲルだけですよ」

その通りだった。

「本部から資金を引き出す。ただそれだけのために、あなたは、四人の少年の命を懸けようとしている」

「そうだ」

ヴァリニャーノは落ち着いた声で言った。

「非情だと思うか？」

「思います」

メスキータもはっきりと答えた。ヴァリニャーノが言葉を選んで話す。

「新しいことをするためには、熱い心がいる。でも、な、メスキータ、事態を見極める冷たい心もなければ、何ごとも成就しないのだ」

偽らないヴァリニャーノの言葉に、メスキータは言い返せなかった。ヴァリニャーノの熱い心と冷静な心が、壮大な計画をどう導くのか。ここまで来るのも大変だった。ここからは、もっと大変になるだろう。

「堺の町が焼き払われようとしています。堺は無事なのか。京で何が起きるのか」

フロイスが寄越した便りは切迫したものだった。

「信長が、矢銭(やせん)という軍事費用を要求してきました。応じなければ町を焼き払うと」

木造の建物が建ち並ぶ日本の町を壊滅させるためには、火を放つのが常道だった。応仁の乱では、都のほとんどが焼き払われた。清水寺(きよみずでら)、八坂(やさか)神社、大徳寺(だいとくじ)、南禅寺(なんぜんじ)、建仁寺(けんにんじ)、今、観光名所となっている多くの寺社は、その後に再建されたものだ。

応仁の乱で兵庫の港が壊滅状態になり、大陸との貿易が、堺に集中するようになっていた。

船は、瀬戸内の奥深く進んで、堺港に入った。どこの地方にもある城が、この町にはない。環濠（かんごう）という運河に取り囲まれた町を守っているのは、武将ではなく、鉄、爆薬、陶器、砂糖、香辛料など、新しい商売で巨万の富を築いた商人たちだった。長いマントのバテレンが、象を伴って港に上がってきたこともある。

「会合衆（えごうしゅう）という商人たちの組織が堺を仕切っています。十人委員会が街を運営しているヴェネツィアとよく似た町なのです」

　フロイスが報告書に書いていた。

風に乗ってざわめきが届いてくる。物売りの声、笛や太鼓の音楽、物作りの槌音（つちおと）。物音が運んでくるのは、町の活気だ。

　船を降りるヴァリニャーノを、フロイスが待ち受けていた。

「信長は、商人や職人たちのしばりをすべて取っ払ってしまいました。関所もなくしました。町衆は一気に恐怖から解き放たれたのです。この活気は、その喜びが生んだものです」

「信長が堺を焼き払うという噂はどうなった？」

「今井宗久（いまいそうきゅう）という会合衆の一人が、信長に会いに京に乗り込んだのです。信長は、すぐには応じませんでしたが、たった一人で乗り込んできた宗久の気概に感じるものがあったのか、堺の職人に鉄砲を造らせるという条件で焼き払うのを中止したのです。堺は昔から鍛冶や鋳物の盛んな町でした。鉄砲の原料に必要な硝石や鉛も輸入していることを、信長は熟知していたのだと思います」

ポルトガル人が種子島に持ち込んだ鉄砲は、またたくまに量産された。しかし、離れた位置から撃つと鎧を貫通せず、命中率も悪く、弾を込めるのに時間がかかった。三千挺という大量の鉄砲を実戦に持ち込み、使い切ったのが信長だった。騎馬隊の襲撃から守る馬防柵を作り、鉄砲隊を三段に分けることで、鎧貫通、命中率改善、迅速な弾込め、すべてを解決したのだ。

「信長が堺に執着したのは鉄砲のためだけではありません」

「なんだ」

「信長は、都にもっとも近い港の重要性をよく知っていました。信長の目は、シナ大陸だけでなく、われわれの住む西欧にも向けられているような気がします。これから行く安土城を見れば、巡察師さまにもよく分かると思います」

「信長は、キリシタンを好いているのか、それとも嫌っているのか？」

「分かりません。信長は心の内が容易に分からぬ男です。都に上がってきた信長に、天皇が右大臣の地位を与えようとしました。将軍も副将軍の役を与えようとした。一度は受けた信長は、二つとも返上したのです」

「位が不足だったのか？」

「おれはおれだ。おれに位を与えるのは、おれしかいない。そういう男だと、私には思えます」

「一番扱いにくい男だ」

　宿の外が、騒がしくなる。

「贈り物がすでに着いております。信長は、新奇な物が好きだと聞いていますので」

　フロイスが奥に合図をする。堺で雇ったキリシタン侍が、黒人を連れて入ってくる。天井につかえるほどの大男。全身真っ黒で、筋肉が隆起している。少年たちが思わず体を寄せ合ったのは、足が鎖で繋がれていたからだ。

「インドから連れてきました」

「ご苦労だった」

「なぜ、鎖で繋がれている！」

　祐益が突っかかった。

「信長への貢ぎ物だ」

　ヴァリニャーノがこともなげに言う。

「貢ぎ物？」

　ミゲルも聞いた。

「安土まで船の方がよろしいかと。淀川が上げ潮になる時を調べさせております」

　メスキータが口をはさむ。

「徒歩では無理なのか」

　ヴァリニャーノは、西洋風の衣類を身につけた四人の少年たちが行進するところを、街道の人たちに見せたかったのだ。豪華な錦織の服、膝までの短いズボン、手首や襟首に施されたレース。西洋風のいでたちをした日本の若い少年たちが、黒い僧服を着たメスキータらの宣教師、鎧で身を固めたキリシタン侍たちに護衛されて道を行くさまは、街道の人々を驚かせるだろう。貴族のサロンに置かれた一幅の絵を見るようだと、ヴァリニャーノは楽しみにしていた。

「黒人を港から宿まで連れてくる間でも大変な騒ぎでした。日本の人々は、全身真っ黒な人間など見たことがないらしくて」

「ザビエルさまが象と共に港に上がったときも、人だかりで大変だったと聞きました」

メスキータも言った。

「港の人間は、どこも好奇な心を持っている」

ヴァリニャーノは故郷ナポリを思い出していた。

「潮が満ちるのを待って淀川を行く。安土までもうすぐだ。しっかり体調を整えるように」

メスキータが少年たちに言った。

「信長は、思うことが即行動となる男だ。態度、言葉に落ち度がないよう、くれぐれも注意をすることだ」

フロイスも少年たちに言った。

少年たちは、また船に乗った。瀬戸内の漁船より大きな帆のついた船だが、船頭が竹竿(たけざお)を巧みに操って潮に乗せている。淀川の流れは、見た目よりも速かった。

少年たちは無言だった。四人の目は、鎖で繋がれた黒人奴隷に注がれている。西洋風の衣装を身につけることに、祐益は最後まで抵抗していたのだが、信長に会ってみたい気持ちが、それを上回った。

全身真っ黒な人間の出現は、祐益にこれまでのいきさつなど忘れさせた。

「セミナリオで神父さまから聞いた話がある」

マルティノが小声で言った。

「何だ」

ミゲルが反応する。

「洪水から方舟(はこぶね)で人々を救い出したノアの話だ。ノアが酒に酔って寝込んでしまったのを見て、息子が嘲笑(あざわら)った。怒ったノアが、奴隷となって兄弟に仕えよと呪(のろ)いをかけた。この息子が黒人の先祖で、白人に仕えるために存在するのだと、聖書には書かれているのだと」

「聖書に書かれていれば、それでいいのか！」

祐益は黒人から目を離さない。

繋がれていることに慣れているのか、黒人は身じろぎもしなかった。

六

船が入り江に近づいたとき、緑の樹々の上に鋭く金色に輝くものが見えた。

「あれは⁉」

マルティノが最初に見つけた。

「安土城の天主閣だよ」

フロイスは、一度来たことがあった。

「天主閣⁉」

当時、天主閣は数少なくて、少年たちも見たことがなかった。本格的な天主閣が築かれたのは、このときの安土城が初めてだった。

船を降り、石段を登り、樹々に囲まれた小道を行くと、巨大な城壁に突き当たった。見上げたジュリアンが思わず声を出す。

「何ですか、あれは⁉」

シモでは見たこともない建物が、城壁の上に聳(そび)え立っていた。

「五層ある」

ミゲルが屋根を数える。天主閣の最上階の屋根は赤瓦(がわら)で、望楼が金箔(きんぱく)で輝いていた。その下の高楼の屋根は青く、少年たちには日本の城というより唐風(からふう)の建物に見えた。

「天主閣というのは、天下を支配するという意志を示すために、信長が造らせたのだ。だからこそ、まばゆく金色に輝いていなければならない」

　フロイスが説明する。

　甲冑をまとった武士が待ち受けていた。もうひとり、すらりとした若侍も。

「森蘭丸と申します。お待ちしておりました」

　丁寧に頭を下げる。

「信長どのの機嫌はどうだ？」

　フロイスは前に会っているようだった。

「今日の日を、とても楽しみにしておられます」

「あの屋根瓦を誰に焼かせたのです」

　技術好きのマルティノが聞いた。

「唐人の職人を集めて焼かせました。わが国の瓦職人には、なかなか出せぬ色なので」

　従者が土産物を入れた籠を船から運んできた。付き添いのキリシタン侍が黒人を連れて登ってくる。

　蘭丸は、鎧の侍たちに案内するよう命じて、城門とは反対の方に歩きだした。

「どこへ行くのだ？」

　フロイスは不審に思った。蘭丸は黙って石段を降りていく。

　石段を下ると、いきなり広い道路に出た。両手をひろげた人間が五人並んでも、まだ余る。両側は柳や松の並木になっていた。こんなに広い道を、少年たちは見たことがなかった。

「殿がぜひお見せするようにと」

平坦な道を、遠くで村人らしいのが清掃している。

「道は、京まで通じております。川には橋を掛け、比叡山は岩石を切り崩し、誰もが通行できるようにしたのです。関所などありません。追剝、強盗、かどわかしなどは厳罰に処すると、信長さまがお触れをだしたので、女子供でも安全に旅をすることが出来るようになりました」

蘭丸自身も自慢げだった。

「なかなかの男だな、信長というのは」

ヴァリニャーノが小声でフロイスに言った。

「岐阜城で会ったとき、インドやヨーロッパの城のことを聞かれました」

「なるほど」

「もうひとつ驚いたのは」

「何だ？」

「話が終わらず時間が過ぎたとき、信長が奥に入っていきました。そして、われわれのための食膳を自分で運んできたのです。私が感激して受け取ると、汁をこぼさぬよう、まっすぐに持つようにと注意までして」

安土にセミナリオを造らせてほしいと願うために安土に来たのだが、ヴァリニャーノは、それ以上の興味を信長に持ち始めていた。

蘭丸がやっと城に向かった。後ろ姿を見ながらジュリアンが呟いた。

「あの美しい人も武士なのですね」

「背後に目配りをしながら歩いている。驚かしてみようか。振り向きざまに刀を抜いて、こちらに向かってくるぞ」

ミゲルが笑いながら言った。

「よせ」

マルティノが止めた。

祐益は船旅でも終始無言だった。鎖で繋がれていた黒人のことが気になっていた。あれは一体、何者なのだ。ヴァリニャーノは、何者だ。信長とは、何者だ。そして、おれ自身、何者だ！

七

城壁を切り裂くように、強固な鉄の門扉が造られている。

「信長さまは天主でお待ちです」

蘭丸がさらに石段を上った。本丸も当時は完成していたが、信長が、ヴァリニャーノたちに見せたかったのは天主閣だった。

五層七重の建物は、それぞれの趣向で彩られている。地階は武器と食料の貯蔵室、一階は信長の居間と書院、二階は対面座敷で、三階が会所、四階は屋根裏、五階、六階は天主を支える楼閣となっていた。階段がつづら折りに延びていて、各階ごとに案内の彫刻が置かれている。

「部屋数が多いので、殿がお迷いになったことがあって、京の名工に造らせたのです」

自分が造らせた建物で迷子になる領主。少年たちの心は少し信長に近づいた。

「建物が完成したとき、信長さまは近隣のものに自由に見学を許したのです。それは大変なものでした」

蘭丸の言葉に、ヴァリニャーノたちは驚いた。戦乱が繰り返されている時代、乱波(らっぱ)(スパイ)も入り込むおそれがあるから、余人に内部を見せないのが常識ではないのか。

「殿さまは、建物がお好きで、家臣が造っている屋敷にも興味を持たれて、見にいったり、図面を持ってこさせたりして、意見を言うのを楽しんでおられました」

「なぜ、京ではなく安土にこんな城を造ったのだ?」

ヴァリニャーノがフロイスに聞いた。

「おそらく」フロイスが答える。「京は、いろんな人間にとっての都でした。信長は、安土を自分だけの都にしたいと思っているのです。あの広く長い道は、京に上るためのものではなく、京から来るための道のつもりでしょう。安土にも、天皇のための建物を造らせていると言ってました」

「そうか」

「城を造るために、あらゆる職種の職工や大工を集めました。それらの人々がこのまま住めるよう、城下に町を造るのだと言っています。イエズス会のためのセミナリオも許可されると思います」

「ほんとか！」

セミナリオという言葉で話の内容が推測できたのか、蘭丸が口を挟んだ。

「天主閣と同じ瓦を、唐人に造らせています」

「ほんとですか！」

フロイスの顔も喜びで輝いた。

「仏を祭る摠見寺を造ることも信長さまは許可されました」

「仏教の寺も造るのか⁉」

ヴァリニャーノが思わず大きな声を出した。同じ敷地にキリスト教の建物と仏教の寺を造るとは、何を考えているのだ。

「京の寺町にも南蛮寺が建てられているのです、巡察師」

フロイスが、ヴァリニャーノの興奮を冷まさせようとした。

「あれは、もともと寺のあった地域にキリスト教徒のための寺院を造ろうと、前任のザビエル師やオルガンティーノ師が努力したおかげだ」

「安土にセミナリオを造る許可を得るために、われわれも努力したのです。信長どのに謁見したおりには、その礼も尽くしていただきたい」

フロイスが釘を刺した。ヴァリニャーノが気持ちを抑えるのが苦手なことは、カブラルとの会見でも分かっている。信長も、気持ちよりも先に行動が出る男だと聞いている。これから何が起きるのか。フロイスの心に不安が込み上げてくる。

二人の様子を見ながら、蘭丸が笑みを浮かべた。ヴァリニャーノの心を乱すために、わざと摠見寺のことを持ち出したのかもしれない。

「こちらでお待ちください」

五階と六階は、八角形の楼閣になっていた。壁には赤色の漆が塗られ、高い欄干がぐるりを巡っている。欄干の向こうに、琵琶湖が見えた。海のようだと、少年たちは思った。

信長は、琵琶湖を中国の洞庭湖や西湖に見立てて、安土城を造った。天主閣最上階の屋根が赤瓦葺きなのは中国宮廷の黄釉色の瓦を真似たと言われているし、天主閣の各階の壁や襖には中国式の墨絵や人物絵が描かれていた。

「これから行く西欧には、もっと高い建物があるそうだ。ピサには斜めになっている塔があって、ガリレオがそこから物を落とした。大きなものも小さなものも同時に地面に落ちるということを証明しようとしたのだ」

「何を証明しようとした？」

ミゲルが突っかかる。やたらと西欧の知識を口にするマルティノが、セミナリオのときから気に食わなかった。

「そこまではまだ分からん」

「分からんことを言うな！」

祐益は表に出た。見たことのない高い建物。整備された広い道。信長とは何者なのか。会ってみたいという気持ちが大きくなってくる。

「あの黒い人は生まれついたときから、真っ黒なのでしょうか」

ジュリアンは、先に連れていかれた黒人のことが気になっているらしい。

「インドという国は、あんな人間ばかりなのだと、フロイスさまも言っていた」

マルティノが言った。

「シモでも戦いのたびに拉致されて、奴隷として売られた人間が大勢いたよ」

ミゲルがこともなげに言う。

「それを嫌って、死を選ぶ人間もいる」

祐益が欄干を握りしめた。最後に逃げていた侍女が、これ以上歩けませんと懐剣で喉を突いて崖に身を投げた。その光景が胸をよぎる。

八

青味がかった瓦に金色の鬼飾りの六階までとは違って、最上階には朱色の瓦が葺かれていた。赤い高欄が周囲を取り囲んでいる。

室内には金箔が貼り巡らされていた。差し込む日光を金が反射する。ヴァリニャーノたちは、黄金の光の中で信長に会っていた。

「巡察師のヴァリニャーノさまです」

蘭丸の紹介に、ヴァリニャーノも丁重に挨拶はしたが、信長がキリスト教だけでなく仏教にも心を寄せていることへのこだわりが、気持ちから抜けていない。

「うむ」

信長は爛々とした目つきでヴァリニャーノを見つめる。ヴァリニャーノも負けずに見つめ返した。

「フロイスさまは、前にお目にかかっておられます」

「うむ」

控えた光秀も、巡察師たちを睨みつけていた。信長が宣教師たちに興味を持っていることが気に入らない。日本はキリシタンの似合う国ではないのだ。部屋の空気が緊迫している。蘭丸だけが、それを楽しんでいた。

「イエズス会本部から、信長さまにお贈りするようにと」

従者に運ばせた籠の中から、フロイスが土産の品を次々に出す。

羽根のついた帽子。黒いマント。眼鏡。ビロードの財布。琥珀。コルドバの革。刺繍のあるハンカチ。瓶入りのコンペイ糖。中国の簾。沈香。酢漬けのトウガラシ。フランドルの羅紗。毛氈。銀製の聖宝箱。ロザリオ。聖画像。緞子。切り子のグラス。

信長が、コンペイ糖の瓶を取った。

「これは?」

「コンヘイトスと申すもの。どうぞ、お口に」

フロイスが言った。甘いものを食してくれれば、この場の緊張が和らぐ。

信長が口に入れた。

「お気に召しましたでしょうか？」

「おい、食べてみろ」

信長が蘭丸に差し出す。蘭丸が受け取って口に入れた。

「甘い」

と、若者らしい無邪気な声を出す。

「どうだ」

信長が、光秀にも勧めた。

「わたくしは甘いものは……」

光秀は辞退した。

「おぬしは新奇なものが嫌いだからのう」

信長が羽根飾りのついた帽子を取る。

「私に被（かぶ）れと言うのか」

と、羽根飾りをつまんでから、帽子を頭に乗せた。

「そして、これを」

フロイスが、ダイヤの着いた黒いマントを差し出す。

「ポルトガルの王も、同じものを身につけておられます」

ヴァリニャーノがすかさず言った。

「王が？」

信長が俄然興味を示す。

「バテレンの手管に乗ってはなりませぬぞ」

光秀が言おうとしたとき、信長が上機嫌でマントを翻した。真紅の裏地が、羽のように舞う。

「どうだ、光秀」

フロイスが、自分の手で赤いビロード張りの椅子を運んできた。

「マカオで、ポルトガルの王のために作られたものです。日本の王に会うと言うと、ぜひお持ちくださいと」

「でたらめを言うな！」

光秀も、さすがに黙ってはいられない。

「馬揃えという催しを開かれるということを聞きました。そのときに、お使いになってはいかがでしょうか」

ヴァリニャーノが補足した。

「何を言うか！」

光秀は大きな声を出していた。新しもの好きの信長が、海の向こうの王と同じ衣装を気に入って着るだろう。それを狙って、宣教師どもはこのマントと椅子を持ち込んできたのだ。

馬揃えは、戦国武将が馬術の腕を披露する戦国最大の儀式だ。思い切り華美な衣装を身につけた武将たちが、それに負けない派手な鞍をつけた馬にまたがり行進する。総勢七百人、見物人は二十万にも及んだ。

大名だけではなく、将軍や天皇まで列席をする馬揃えの儀式で、羽根飾りのついた帽子を被り、ダイヤの着いた黒いマントを着て、真っ赤なビロード張りの椅子に座った信長は、参加するすべての人間に西洋のことを強く印象づけるだろう。宣教師たちの狙いは、それだ。

九

「上の空気は、少し険悪になっております」

蘭丸が少年たちを迎えにきた。

「険悪？」

マルティノが聞いた。

「信長さまは短気なので、何が起きるか分かりません」

さらりと言って、楼閣の階段を上がっていく。

四人が望楼の隅に正座した。信長は振り向きもしない。従者が、控えの間から黒人を連れて入ってきたところだった。足かせを繋いでいる鎖の金属音が、黄金の部屋に響く。

従者が、黒人の着ているものを剝いだ。筋肉隆々とした黒人の肉体に、その場にいるすべての人間が目を奪われた。

「墨を塗ったのではないのか？」

と、信長が肌に触れる。

「このものは、生まれつき黒いのです」

ヴァリニャーノが言った。

蘭丸が、桶に水を運んでくる。信長が、布を濡らして黒人の体を拭いた。

「ハハハハ。お前も拭くか？」

蘭丸は首を横に振る。

「どこから来た？」

信長が、フロイスに聞いた。

「ここでございます」

献納しておいた地球儀を回して、フロイスがインドを指した。

「遠くから来たのう」

信長は、黒人に話しかけている。

「信長どのにお目にかけたくて」

ヴァリニャーノが言った。

「その国と戦さをして、かどわかしたのか？」

「拉致してきたわけではありません。そのものたちは、我々に仕える奴隷として生まれついたものなのです」

信長が、ジロリとヴァリニャーノを見た。その目が冷酷な光を宿している。

「バテレンは、片手に愛を、片手に銃を持って、わが国に入ってきたと噂するものがいる」

「仏教徒のあらぬ噂です」

ヴァリニャーノが言い返した。

「わが国の人間も、どこかにさらっていこうとしているのではないのか？」

「何を言われるのです！　日本人は、あのものとは違って、すぐれた理性の持ち主で礼儀正しく、子供たちでさえ短期間でわれわれの教えを理解する頭脳を持っております。あのような黒い肌の人間とは違います」

「日本人は白い」

フロイスも言った。

「白い？」

信長が冷たい目でフロイスを見る。フロイスはまだ信長の変化に気づいていなかった。

「われわれは、そう認識しております」

「肌が白ければ有能で、黒いのは劣っている。おぬしらは、そう思っているのか？」

「あのものたちは、実際に劣った人種なのです」

ヴァリニャーノが言った。信長の顔が険しさを増す。

「巡察師」

「はい」

「都のまわりにも、キリシタンに改宗した大名が何名もいる」

話題がいい方向に変わったので、ヴァリニャーノはホッとした。

「明日をもしれぬ戦国の世では、イエスの教えが生きる支えになると、われわれも思っておりまする」

「キリシタンのいいところは、裏切ることがないということだ」

「イエスの愛に支えられているからです」

「愛とは何だ、巡察師？」

「日本語に直すのは、とても難しい言葉です。すべての人間を大切に思う。それが、一番近いかもしれません」

「仏教でいう慈愛と言えばいいのでしょうか」

フロイスも言葉を添える。

「あのものに慈愛はいらぬのか」

信長が、まっすぐに黒人を指さした。

「イエスとやらの愛は、自分たちを信じるものだけに与えられるものなのか」

信長の声が冷たい。

「答えろ‼」

信長が見据える。ヴァリニャーノが、その視線を跳ね返した。

「信長さまに、愛を問われるとは思いませんでした」

「何？」

「信長さまは比叡山を攻め、女子供まで焼き討ちにしておられる」

「巡察師さま！」

フロイスが慌てて言った。信長を怒らせたら、布教もセミナリオ建立も、すべてが無に帰す。命も危険に晒すかもしれない。

「石山本願寺の一向宗を徹底的に殺戮した」

「ヴァリニャーノどの！」

「さらに……」

「おやめください‼」

フロイスが悲鳴に近い声を出した。ヴァリニャーノは止まらない。

「城に置き去りにした荒木村重さまの侍女三百数名、若党百十数名、合わせて五百十数名を焼き殺しています。城に置き去りにされたものたちは、おとがめなしで解放されるのが、戦国のしきたりだと聞いています。あなたに愛を問う資格があるとは思えません」

「ヴァリニャーノさま‼」

差し込む日光が陰って、黄金の部屋が一気に輝きを失う。重い空気が天主を包んだ。光秀だけが険悪になった空気を密かに楽しんでいた。

「イエスの言う愛とはなんだ、巡察師」

信長が詰問した。

「こんなものだと形のあるものではありません」

「それを、ひとに問えるのか？」

「イエスも、ひとびとは、形のない愛なんかより実のあるパンを欲しいのだと悟っておられました」

「問いに、何と答えた？」

「何も答えませんでした」

「答えられなかったのか？」

「イエス自身が愛とは何かを自分に問いつづけていたのです。荒野を彷徨いながら、イエスは、ひたすら愛とは何か問いつづけていました。十字架にかかって、命を落とすまで」

「なぜ、戦わぬ」

「何もしないイエスに愛想をつかして、弟子たちも離れていきました。先頭に立って戦ってくれると思っていた民衆も去っていきました」

「戦わずに死んだのか、イエスという男は」

「戦いに勝利して愛を説いても、ひとはすぐに忘れます。愛よりもパンだ、そう思います。

愛のためだけに死んでいった人間のことは、人は忘れません。ひとからひとに語りつがれます。愛のために命を棄てた人間だけが、愛の尊さを伝えることが出来る。イエスは、そう思われたのです」

信長が、初めて少年たちの方に目を向けた。

「名乗れ」

「原マルティノと申します」

「なぜ、命懸けの旅に行く」

「そこにある土産物より、もっといろいろなものが海の向こうにある。そう聞いたからです」

「命懸けの旅だぞ」

「幸いなるかな、貧しき者、天の王国は彼らのものなり。幸いなるかな、哀惜する者、彼らは慰められるであろう」

マルティノがラテン語で言った。気取りやがって、ミゲルが小さく舌打ちする。

「どこの言葉だ？」

「ラテン語です。セミナリオで学びました」

「ほう」

信長が柔らかい表情になって、ジュリアンを見る。

「中浦ジュリアンと申します」

「海の向こうに行きたい理由は？」

「キリシタンになった友が、村から棄てておかれた病人に寄り添って、自分も病に倒れて死んでいきました」

「キリストの教えを学んだからです」

フロイスが口を挟むと、

「私が聞いているのは、このものだ‼」

信長が叩きつけるように言った。

「私も彼のように強くなりたい。彼が死んだときに、そう思ったのです」

「うむ」

信長の目がミゲルに向かう。

「千々石ミゲルです」

「旅の理由は？」

「戦国の世、明日の命も分かりません。どうせ分からぬ命なら、航海を恐れる理由は何もありません」

「分からぬ明日ほど面白いのだ」

信長の顔がほころんでくる。最後に祐益に向いた。

「伊東祐益です。私は、行くとは決めておりません」

「なぜバテレンの名前にならぬ」

「宣教師の言うことを信じておらぬからです」

「何を言う……」

フロイスが慌てて言った。言葉を遮って、信長が祐益に笑いかける。

「私と同じではないか」

「このものは、信長さまに会いたいと申して、ここまで来たのです」

ヴァリニャーノが口を挟んだ。

「私のどこに興味を持った？」

「何も信じておられぬところに」

祐益の率直な言葉に、フロイスが慌ててヴァリニャーノを見る。

信長が大声で笑いだした。

「信じておらぬのか、わしは、何も」

「おそらく」

「巡察師」

信長がヴァリニャーノに声をかけた。

「はい」

何を言われるかと、ヴァリニャーノが緊張して答える。

「私のしたことを責めた人間は、おぬし、ただひとりだ」

「思っていることは、命を懸けてでも言わねばならない。お会いする前からそう思っておりました。私が命を惜しんでおいて、このものたちに命懸けの旅に出ろとは言えません」

「うむ」

「私が命を懸けていることを見せなければ、このものたちも危険な旅に出ようとは思わない」

信長が黒人を振り向いた。

「鎖を外せ」

「逃げるおそれがあります!」

フロイスが慌てた。

「外せ‼」

従者が足かせの鎖を外す。信長が、自分の手で衣類を黒人に放り投げた。フロイスが持ち込んだ真っ赤な椅子に腰を下ろすと、黒人をそばに呼び寄せる。

「どうだ、似合うか?」

自慢げな顔になった。

信長は、黒人に対して何の偏見も持たなかった。屈強な体つきがただ気に入っていた。信長は、黒人奴隷に弥助(やすけ)という名前を与え、城持ちにしようとしたという話も伝わっている。信長が、本能寺で死ななければ、日本で初めての黒人大名が出現していたかもしれない。

信長が合図した。家臣が屏風(びょうぶ)を運んでくる。拡(ひろ)げると、白い壁と青い瓦、赤い天主のエキゾチックな安土城が描かれていた。

「狩野永徳（かのうえいとく）の筆は、いつ見ても見事だ」

信長は、ヴァリニャーノたちを屏風のそばに呼び寄せた。

「土産として持ち帰れ」

「お待ちください！」光秀が慌てた。「正親町（おおぎまち）天皇も手元に置きたいと希望されているのですぞ」

「それがどうした？」

信長の答えは冷たい。

「東の国にも、こんな城を築いた男がいると、世界の王に見せたいのだ」

信長がヴァリニャーノに語りかける。

「巡察師」

「はい」

「この安土にバテレンの教会を建てることを許す」

「ありがとうございます！」

ヴァリニャーノが何かを言う前に、フロイスが礼を尽くした。

光秀が黙り込んでしまった。感情を抑え込んでしまう光秀に、信長はときとして苛立つ。

「祐益と言ったな」

光秀を無視して、祐益を見た。

「はい」

「旅に出ろ」

「……」

「座していては、何も分からぬ」

「……」

「私は戦いしか知らぬ男だ。戦いの中では、自分が信じられなくなるときがある。相手を騙し、陥穽に落とさねば、勝てぬときもある。自分を信じられぬゆえに、私は、多くの人間を殺めた」

「……」

「愛を説かれても、何も分からぬ。イエスという男が、愛というものを問うて、まっすぐに生き、死んだと、このものたちは言う」

「……」

「愛というものが、どういうものか。自分を信じ、まっすぐに生きるとはどういうことか、帰ってきて、わしに語って聞かせろ」

信長の言葉を、祐益は黙って聞いていた。功なり名を遂げた武将が、若輩者に説教をしているのではない。本気で問いかけてきている。

「いいな」

気持ちの赴くままに、やりたい放題に生きてきた信長の心に揺らぐものがあるのを、祐益は知った。その目に、哀しみの色がある。

祐益はきっぱりと答えた。

「はい！」

自分を信じるとはどういうことか、まっすぐに生きるとはどういうことか。愛とは何か。

信長の問いを心に秘めて、祐益は、荒海の向こうに乗り出していくことになる。

第二章　明智光秀・喜望峰

一

一五八二年二月二十日、少年たちは、船首と船尾が高くなった三本マストのナウ船・サンティアゴ号に乗って長崎を出発した。

出発して三日目、東シナ海に出たとたんに大嵐が襲った。

船体が不気味な音を立てて軋む。波が船腹に叩きつけ、弾丸がぶち当たったような音を立てる。船首の特別室を用意してくれたのはいいが、甲板に近いほど船は揺れる。大きく右に傾いだ次の瞬間には、海面と平行になるほど左に傾く。海上に持ち上げられ水面に叩きつけられたかと思うと、波の底まで沈んでいく。内臓が口から飛び出す。そう思った瞬間、扉を蹴破って海水が飛び込んできた。

「助けて下さい、母上‼」

ジュリアンが、柱にしがみついて叫んだ。

「母上‼」

ジュリアンが泣きだした。

「船が沈んでも、筏(いかだ)がある。浮いている木片にしがみついていれば、必ず救助船が助けにくる！」

マルティノも叫んだ。叫んでいなければ、恐怖に耐えられない。

「私の兄は、千々石(ちぢわ)の城主だ。これまでも、数々の戦乱をくぐり抜けてきた！」

ミゲルも顔を引きつらせながら叫んでいる。

「城なんか、すぐに落ちる。この船も、たちまち沈む」

祐益(すけます)が冷静を装う。このくらいのことが何だ。泣きやまない赤ん坊を父が谷底に投げた。島津(しまづ)軍に位置を知られる！　歩けなくなった腰元を家臣が斬(き)り、谷に蹴落(けお)とした。山の背面を這(は)い上がる祐益を狙(ねら)って、槍(やり)や矢が飛んでくる。矢が空気を切り裂く音。槍が土に突き刺さる鈍い音。あのとき、死がすぐそばにいた。

洗礼を受けないと連れていけないとメスキータに言われて、すぐに気持ちを変えた。

「そなたの名は伊東(いとう)マンショ。神の御前に、岩を水のみなぎるところとし、硬い岩を水の流れる泉とする方の御前に」

ヴァリニャーノの祈りの言葉を上の空で聞いていた。

船腹を蹴破るような音がする。船が斜めに傾いだ。四人の顔が引きつる。

「母上の言うことを聞いて、旅に出なければよかった‼」

ジュリアンが泣き叫ぶ。

「うるさい‼」

マンショは思わず殴りつけていた。

「長い旅だ。いたわりの気持ちを持たないと旅は出来ない」

マルティノが横に滑ってきて、もっともらしいことを言う。

「ほざくな！」

マルティノも殴りつけようとしたとき、大音響がして、船室が斜めに傾いだ。四人全員が部屋を滑り、壁板に叩きつけられた。姿勢を整えるすきもなく、反対側に叩きつけられる。

日が沈むと同時に、嵐は治まった。今まで牙を剝いていたのが嘘のように、鏡のような海面になる。おびただしい星が、空と海に散っていた。

船は揺れていないのに、体は右に左に揺れる。吐き気は続いているが、何も出ない。四人とも甲板の手すりが放せなかった。

ヴァリニャーノが来た。

「大丈夫か？」

「このくらい大丈夫です！」

大声で答えるミゲルに、他の三人が笑った。

「何も見えない海で、船はどうやって方向を定めるのですか？」

マルティノが聞く。学のあるところを見せたいのか、こんなときにも。

「いい質問だ」

ヴァリニャーノが夜空を指した。砂をまき散らしたほどの星がある。その中で、ひときわ強く輝く星を、ヴァリニャーノが指した。

「あれが北極星だ。船の運行ではもっとも大切な星なんだ。季節が変わっても動くことがないから、海を行く者はすべてあの星を頼りに動いている」

「いつ、誰が、あの星を見つけたのですか？」

「大昔から分かっていたんだよ。エジプトのピラミッドの通路は、あの星に向いて作られたと言われている」

マルティノがノートに書き込んでいる。セミナリオでノートというものをもらってから、ことあるごとに書き込んでいた。

「地球にマグネットというものがあるんだ。それを利用した方位磁石は、どこに船がいても、N極が北に向き、S極が南を向いて止まるようになっている」

「N極？　S極？　マグネットとは何ですか。方位磁石とは？」

ヴァリニャーノも、マルティノの知識欲を持て余した。

「船長に聞いてみよう。一緒に行くか」

「はい‼」

マルティノが、ひときわ嬉しそうな声を出した。

二

ジュリアンが海を見ている。何を考えているか後姿で分かる。シモに帰りたい。母上に会いたい。

ミゲルがマンショのそばに来た。声をひそめて話しかけてくる。

「話がある」

「何だ」

「船底に奴隷（どれい）がいる」

「奴隷？」

「我々と年が同じくらいの日本人だ。女もいる」

「どうして奴隷と分かった？」

「鎖で繋（つな）がれている」

「見たのか？」

「嵐が来る前に、船を探検したんだ」

ミゲルのやりそうなことだった。

近くに船員がいないのを確かめて、船底への階段を降りた。ミゲルに続いて何段も降りていくと、船底の荷物室の奥に、三角形の部屋があった。

あきらかに日本人だと分かる少年少女が、身を寄せ合うように固まっている。足が鎖で繋がれていた。

怯(おび)えた目で見てくる人間。助けを乞(こ)う目。お前たちは何だという怒りの目。自分たちの運命を悟ったように無関心を装う目。

マンショも言葉が出なかった。

「ここにいた女はどうした？」

ミゲルが部屋の隅を指した。

「どこに行った！」

「連れて行かれたよ」

年長の男が唇をゆがめて言う。

「どこへ！」

「上玉だからって、船に積まれたときから目をつけられてたんだよ。今頃(いまごろ)は、商人たちのオモチャだ」

言葉が終わらないうちに、ミゲルが走り出していた。

「ミゲル！」

マンショも後を追った。

「女をどこに連れていった！」

ミゲルの怒鳴り声がする。

マンショが甲板に飛び出したときには、ミゲルが船員たちとにらみ合っていた。鉄砲を持っている船員がいる。西洋刀を下げている船員もいる。

「この先は入れない！」

「女をどこにやった‼」

船員を押し退けて船尾に行こうとしたミゲルが、水夫に叩きのめされる。

「この野郎！」

マンショも食らいついたが、たちまち床に叩きつけられた。

騒ぎが聞こえたのか、メスキータが来た。

「何をしている？」

「船底に鎖で繋がれた日本人がいた」

興奮するミゲルに、マンショは逆に気持ちが落ち着いた。

「あのものたちは何なのですか？」

「日本人の商人が売った奴隷だ」

「どこへ運ばれていくのです？」

「マカオだ」

ヴァリニャーノも来た。

「何事だ？」

「この船は、日本人の奴隷を乗せている！」

ミゲルが叫んだ。ヴァリニャーノは答えない。

「女が連れて行かれて慰みものにされてるんだ！」

ミゲルが船員を押し退けようとしたが、屈強な肉体の敵ではない。

「知っているのですか、そのことを？」

マンショもヴァリニャーノをにらみつけた。ヴァリニャーノが船尾を指して、メスキータに命じた。

「行ってこい！　不埒（ふらち）な行為をしている人間がいたら、即座に止めろ」

「そんなことをする権利は、私にはありません」

「権利なんかなくていい。淫（みだ）らなことをする人間には天罰が下ると言って止めろ‼」

ヴァリニャーノの勢いに押されて、メスキータが船尾に走った。ミゲルも追っていこうとして、船員に止められる。

「日本から運び出される奴隷には、いつも苦慮している」

　ヴァリニャーノが言った。

「ただ、積荷はポルトガル商人のものだ」

「積荷⁉」

「彼等は商人だから、利益を見込んで、あのものたちを購入したのだ」

「どこに売り飛ばすのです！」

「われわれの関知するところではない。元はと言えば、金銭欲しさに、自分の子供たちを売り飛ばす日本人に罪があるのだ」

そのとき、メスキータが少女を連れてもどってきた。着ているものは破れ、肌が露出。どんな状態に置かれていたかひと目で分かる。

「船室にもどしておけ」

メスキータに抱えられていく少女が、強い目でミゲルとマンショを見た。あなたたちは何なの？　同じ日本人なのに、どうしてこの連中と仲よくしてるの！

「巡察師さま」

マンショが、ヴァリニャーノを見つめた。

「何だ」

「あなたは、鎖で繋がれた人間を見て何も思わないのですか？」

「この船は、ポルトガル商人のものだ。何を積み込もうと、われわれに口出しをする権限はない」

「イエスは、みじめなものの同伴者になろうとしたと、セミナリオで教わりました。人間の味わうすべての悲しみと苦しさを分かち合おうとしたと」

「そうだ」

「あのものたちの苦しさや悲しみは、自分たちとは縁がないものと思っているのですか。自分たちの教えを信じないものは、すべて無縁であると！」

「下に行って、あのものたちの鎖を外してください！」

ミゲルが叫んだ。

「そんなことは出来ない」

「なぜ！」

「この船は、ポルトガルの船だ。船で行われることは、すべて船長の判断の下にある」

ヴァリニャーノは、船底から上がってきたメスキータと共に船室にもどっていった。

三

「イエスは、愛とは何か問いつづけて死んだと、セミナリオで学んだ。黒人に愛はないのか。日本人奴隷には愛はいらないというのか！」

興奮が治まらないミゲルを、他の三人が黙って見ていた。

「マンショ、お前の言う通りだよ。おれたちは、イエズス会のあやつり人形だ」

ミゲルの胸には、自分をにらみつけてきた少女の目が焼きついている。

「日本にも奴隷はいる。戦場でさらってきた女を、自慢げに見せて回っていた男が村にもいたよ」

マルティノは、あくまで冷静だ。

「世の中には強いものと弱いものがいる。それだけのことだ。おれは、強い国に行きたくてこの船に乗ったんだ。つまらぬことで、心を揺るがせたくない」

「お前は、鎖に繋がれた日本人を見て何も思わないのか！」

ミゲルが飛び掛かっていく。

「喧嘩はやめてよ」

ジュリアンが泣き声を出した。

「海の向こうにはすぐれたものがいっぱいある。それを学んで強くなりたいんだ。おれは、巡察師さまにあやつられて海を渡るのではないよ」

マルティノは、きっぱりと言って部屋を出ていった。

「人を愛せ、これは命令である。ぼくの好きなイエスの言葉です」

ジュリアンが遠慮がちに言った。

「何を言いたいんだ、お前は‼」

ジュリアンのボソボソした声に、ミゲルが苛立つ。

「人を愛するのは、とても難しいからこそ、何も考えずに人を愛せと、イエスはおっしゃっておられるのです」

「関係ないことを言うな！」

ミゲルが、ジュリアンを殴りそうになった。

「もう、よせ、ミゲル」

マンショが静かに言った。

マカオ沖で船が停泊した。錨は下ろさない。マカオに上陸、休息するはずだったのだが、風の向きがいいので、このままゴアまで行くと船長が決めた。帆船の運行は風まかせだ。

「嵐より、もっと恐ろしいものが待っている」

嵐の後でメスキータから言われたが、それが何か、少年たちはまだ知らなかった。

小舟が、帆船に近づいてきた。帆船から縄ばしごが下ろされる。誰かがマカオで乗り込むのかと甲板から覗（のぞ）いていた少年たちの目に映ったのは、もっとも見たくないものだった。ポルトガル商人に追い立てられながら、縄ばしごを伝っていく日本人の少年少女。鎖は外されていない。

「おれも行く‼」

ミゲルが手すりを乗り越えようとした。

「よせ‼」

他の三人が慌てて止める。

奴隷たちを乗せた小舟が、帆船から離れていく。あの少女がこちらを見ている。

「あれを見て、お前たちは平気なのか‼」

「じゃ、海に飛び込んで助けにいけよ」

冷静を装うマルティノを、マンショは殴りつけていた。腹が立った訳ではない。いちいち騒ぐミゲルの方が腹立たしかった。しかし、こうでもしないと、ミゲルの興奮が治まらない。

港に向かっていく小舟を、少年たちが無言で見送った。

「あの目に答えてやれるものが、おれには何もない。ゴアに着いたら、おれは船を降りる」

ミゲルがボソリと言った。

四

戦国のようにに内乱が頻繁に起こっていた時代には、乱取り（略奪）はつきものだった。楽しみは、それしかない。手柄を立てて出世したい武将と違って、物の略奪、人の略奪が、雑兵の戦さの目的だった。「大坂夏の陣屛風（びょうぶ）」には、落城に際して侍女たちを乱取りする雑兵たちの姿が、いくつも描かれている。高貴で手を出せなかった腰元たちを自由に出来る。戦場は雑兵たちの楽園でもあった。

ポルトガル商人は、世界の奴隷商人だと言われた時期がある。砂金を探す目的で入ったアフリカで、現地の黒人の多くを運び出し、奴隷として販売した。極東の地に宣教師を運んできたポルトガル船は、銀とともに多くの日本人奴隷を運び出していった。

船尾から、フィリッピン人船員たちの奏でる弦楽器の、もの悲しい響きが聞こえてくる。誰もいなくなった船首で、マンショは海を見ていた。

母のことを思い出していた。嵐の中、母に助けを求めたジュリアンの泣き言が、忘れていた記憶をよみがえらせた。あのとき、城から脱出したとき、母の姿はなかった。城落ちのために慌ただしく父たちが動いていたときにも、母の姿はなかった。幼子を置いて母はどこに行ったのか。父が追い出したのか、母の方から出ていったのか。これまで、一度も母のことを考えたことなんかなかった。

　ミゲルの気持ちは分かる。直情径行なミゲルが、少女の目に答えてやれなくて苦しんでいることも。でも、おれは、どんなことが起ころうとも、地の果てまでいく。愛とは何か、生きるとはどういうことか。問いの答えを持って、信長の許に帰り着く。

　水平線の向こうに大きな星が落ちた。流れ星は城でも見たことがある。しかし、こんなに大きな、赤く光る星が流れるのは見たことがなかった。

　一五八二年五月二十二日、夜空に巨大な彗星が現れた。大きな流れ星は、時代に異変が起きる知らせだ。占星術ではそう言われている。この日、遠い日本でも、多くの人が不吉な予感に襲われていた。

五

　心が揺れる。今だ。今しかない。ただ、気持ちは薄氷の張った池のように静かだった。

　信長を殺る。そんなことを考えたことはなかった。

　信長が、身の回りの者だけを連れて本能寺に入った。安土城から、茶器の名品を運び出している。博多の豪商らを集めて、茶会を開くつもりだ。現代の寺とは違って、本能寺には土塁もあり堀もあるが、本格的に戦える城ではない。信長が武装した家臣を伴わなかったのは、自分に歯向かうものはいないという自信でもあり、武装兵士で守られて茶会を開くことは、誇りに傷がつくと思っているからだ。光秀には、信長の気持ちが手に取るように分かる。

長年、信長に仕えてきた。名門・土岐一族の出だったが、たった一人の下僕しかいなく、食うに困る時代もあった。

信長が室町将軍・足利義昭と上洛したとき、細川藤孝の計らいで義昭に仕えた。信長が義昭と袂を分かつと、信長に仕えた。征夷大将軍の誇りだけ強く、蔭で企みごとをしている義昭よりも、気持ちをまっすぐに出す信長の方が好きだった。

一月ほど前、家康を安土で饗応した。家康は重臣だけを伴って城を訪れ、早々と堺に遊行に出かけた。饗応のおり、光秀が足蹴にされたことが、後々まで憶測を呼んだ。堺から運んだ魚が腐っていたとか、それを指摘された光秀が食器を叩きつけて激怒したとか。人から人に伝わるごとに、噂は真実を失う。

信長が、饗応のふりをして家康を謀殺すると噂をするものがいて、それを告げたら、

「わしがそんな謀り事をすると思うのか！　殺すなら、真っ向から叩く‼」

信長が激怒して、光秀を蹴りつけた。自分が陰謀を企んだのではないのだから、怒られるいわれはない。そう思いながら光秀は耐えていた。

同じことが何度もあった。気持ちが激すると、抑えることの出来ない男。そばにいる人間に気持ちを叩きつける男。

光秀は、温和で真面目な人間だった。結婚の決まった相手が疱瘡にかかってしまい、中

し訳ないから妹を嫁がせると婚家から申し入れがあったとき、一度約束したことだからとそのまま相手を迎えた。しかも、生涯、側室を持つことがなかった。

気持ちのおもむくままに生き、周囲の人間から恐れられていた信長。穏当で、そばにいる人間に好かれた光秀。正反対の人間だったから、長く仕えられたのかもしれない。

気持ちのおもむくままに突っ走る人間と、枠から外れることが苦手な人間。激情型の人間は、いつも平静でいる人間がそばにいると、訳もなく苛立つときがある。その反面、心を鎮めてくれる人間は、貴重な存在だということも分かっている。

自分にないものを持つ人間への羨望と軽蔑。憎しみと憧れ。嫌悪と愛着。それが、信長と光秀の間を行き来する強い感情だった。

信長とは、いろんなことがあった。激怒したこと、安堵したこと。憎悪したこと、感謝したこと。比叡山の徹底した虐殺も、伊勢長島の『根切り』も、戦国の世では仕方のないことだと理解した。人の上に立つ人間の過酷さ、非情さも分かる。

安土城には感嘆した。誰も造ったことのない城を造る。それが、見事に形になっている。日本古来のもの、唐風のもの、西洋の風も取り入れた安土城の天主閣は、都を見下ろす見事な建物だった。天主、その言葉をキリシタンたちは、信長がデウスに近づこうとしたのだと喜んでいたが、信長が、神など信じていないことは、光秀が一番よく知っている。一切の権威を否定しようとした男。自分が頂点に立ちたくて権威を否定したのではない。戦さに次ぐ戦さをして、権威の脆さなど知り尽くしていた男。

そして、命の脆さも。

「人間五十年、下天の内をくらぶれば、夢幻のごとくなり」

信長は、『敦盛』を舞うのが好きだった。五十年の生涯など、夢幻のようなもので、いつかは消滅する。人生に悲観していたのではない。夢幻のような一生だからこそ、命懸けで生きねばならぬ。そう思っていたのだ。

「愛とは何か。自分を信じ、まっすぐに生きるとはどういうことか」

旅立った少年たちに問う言葉は本心だった。生きるとはどういうことか、戦いに次ぐ戦いに生き残ってきた男でいながら、天下人になりながら、それを分からずにいる男。

信長の心を知っているのは自分だけだ。光秀には自信があった。突如、激する、心の落ち着かぬ男への愛着もあった。

ただ、あのとき。琵琶湖・竹生島に戦勝祈願に行ったとき。あのときの侍女たちの斬首は心の奥底に澱が残った。澱は、時がたつにつれて濃く深くなっていく。

六

バテレンからの贈り物で、信長がひときわ興味を示したのは、羽根飾りのついた帽子、ダイヤの飾りのある黒いマント、そして、真っ赤なビロード張りの椅子だった。

「ポルトガルの王のために作られたものです」

嘘かまことか分からぬバテレンの言葉に乗せられて、信長は、馬揃えのときに、それらを身につけたのだ。

天皇、親王、宮廷の女たち、大名、武将たち、そして、二十万の大群衆の前で、信長は、ビロード張りの椅子に座り、金紗の唐織物を纏い、紅梅に白の段替わりの小袖を羽織り、花を差した帽子を被り、赤い椅子を四人の従者に担がせて高座に向かった。信長の好きな『他の人間とは異なる姿』を、すべての人間に見せつけたのだ。椅子に座る習慣のなかった民衆は、ビロード張りの椅子に座った信長の姿に、並々ならぬ権威を感じただろう。

ヴァリニャーノとフロイスは、賓客として、天皇たちと同じ高台に席が作られた。朝廷にとって、これ以上の屈辱はない。玉座に座り威風堂々と入城してきた信長。西欧の王も同じ様式で権威を見せつけると、バテレンどもが信長の耳元で囁いたのだと、光秀は思っていた。

朝廷の特権だった『暦』にも、信長は手を突っ込んだ。時を支配するというのは、世界を支配するということだ。近代になって、月を巡る太陰暦から、太陽を中心とする太陽暦に変えたとき、日本は急速に西洋化した。

信長は、あまりに性急に世を変えようとする。光秀のように、世の中を冷静に見てきた男には、世の動きがはっきりと見える。これ以上、世を荒らされてはかなわない。下克上はもういい。もっと落ち着いた世になってほしいと、朝廷も民衆も思っている。

信長は有頂天になりすぎたのではないか。有頂天に気づかない人間は、あっという間に転がり落ちる。

生涯百二十もの戦いに生き残ってきた男に歯向かうことなど、考えたことがなかった。落ちぶれ、領主を渡り歩いていた自分を盛り立ててくれ、城まで持たせてくれた信長に反旗を翻すことなど考えたことはなかった。正月に坂本城で開いた茶会では、信長の書いた書を床の間に飾った。

しかし。

信長が、小姓衆だけをつれて本能寺に入ったことを知ったとき、心が騒いだ。心の奥底に眠っていた気持ちが湧き上がってきた。

今だ。今しかない。

家康が早々に堺に向けて発ったのは謀殺の噂を耳にしたからではないか。突然思った。馬鹿らしいと一笑にふすところだが、疑心暗鬼に囚われやすい家康なら、万が一と思ったかもしれない。

信長から裏切りの疑いをかけられた正室を、家康は家臣に殺させた。母の死を知った信康は自害して果てた。徳川家の存続のためには、信長との友好関係が欠かせない。子や妻を犠牲にすることなど仕方がない。権勢欲の強い家康なら、そう考えても不思議ではない。信長のせいで、正妻と息子を殺すはめになった。果たして、そのことを忘れ去っただろうか。

家康は、いつか必ず信長を殺る。光秀は思った。そのときを、ひたすら待っている。

そして、もう一人の敵、羽柴秀吉。

どんな相手にでも平伏することなど平気な男。土下座をしながら、上目遣いで人の顔色を読む男。心の中では、相手を倒してのし上がることしか考えていない男。秀吉も、いつか必ず信長を殺ると、光秀は思った。あの男も、ひたすら、そのときを待っている。

光秀を、将軍・足利義昭に引き合わせてくれた細川藤孝が言ったことがある。

「足利将軍も天皇も、おまえのような人間が出てくることを期待している」

「私のようなとは？」

「信長を倒す男だ」

都を追われた義昭が、鞆ノ浦に居城を構えながら、信長を倒す機会を狙っていることは聞いていた。本願寺も、朝廷と義昭の手を結ばせ、信長を倒す機会を狙っている。誰もが、そのときを待っている。声を上げると、攻撃の的になるから無言でいるだけだ。

信長を殺るのは自分だ。心の奥底まで知っている自分だ。突然のように思ったとき、信長から備中・高松城を攻めている秀吉を加勢しろという命令が下った。軍団を率いて出陣しても、怪しむものはいない。

「ときは今あめが下知る五月哉」

丹波亀山の愛宕山で開かれた戦勝祈願で、光秀は詠んだ。光秀の出自である土岐一族を復権する時がきた。そんな意味だと言う人間もいる。謀叛を企てようとしている人間が、疑いの種になるような句を詠むだろうか。家臣にさえ気持ちを明かさなかった慎重居士の光秀が。

雨が降っていた五月。それ以上の意味はない。いや、意味のないところに、意味がある。光秀は神前で三度おみくじを引いた。先々の不安を占おうとしたのではない。揺れる心を問うたのだ。これでいいのか、これでいいのか、と。

光秀は、千二百の兵を率いて丹波亀山城から出陣した。月はなく、闇の中で雨のしたたる音だけが響いている。大江山を越え、老ノ坂を越える。数人の腹心にしか心を打ち明けてはいない。

右に行けば、備中、左に向かえば、京。

雨が降りつづいて、桂川は、いつにもまして流れが速い。橋の袂で軍勢を止めた。

そのとき、橋の向こうに黒い影が見えた。

水かさが増す川が心配で見に来た百姓だろう。向こう岸の黒々とした軍勢を見て、百姓たちが動きを止めた。そのとき、軍団の中から、馬廻衆が一騎駆けだした。何をするつもりだと、光秀が思ったとき、闇夜に白刃がきらめいた。

軍団を見た百姓は、京にもどると噂を振りまく。光秀の謀叛が一気に本能寺まで届く。馬廻衆の一人が、それに気づいて百姓を斬り捨てたのだ。

腹心以外にも、自分の心を読んでいる家臣がいる。体に力が湧き上がる。今だ。今しかない！

光秀が生涯一番の大声を上げた。

「敵は本能寺にあり‼」

七

長崎を出発してから、一年と九カ月、サンティアゴ号はインド西海岸ゴアに着いた。

ゴアは、古くからアラビア海に面した交易の町だった。西大陸からインドにかけて吹くモンスーンに乗って、アラブ商人たちが、胡椒（こしょう）、ニッキ、真珠などを求めてやってきた。大航海時代が始まると、ポルトガル人たちが遭難する危険を冒してゴアにやってきた。海沿いの道には西欧風の商館や寺院が多く建てられ、『黄金のゴア』『インドの宝石』と呼ばれるエキゾチックな町になった。植民地は、現地の文化と支配者の文化が交じり合い、独特の美しさを生む。

昼の暑さを避けて、少年たちは宿泊所である聖パウロ学院まで、黒人たちが担ぐ『輿（こし）』に乗せられて運ばれた。輿は、枕（まくら）や毛布も備わった貴人用のものだった。夜の風に、亜熱帯の果物の甘い香りが混じっている。空には無数の星だ。

黒い人種に担がれた乗り物は、ミゲルにとっては快適なものでなかった。彼の頭から、マカオで下船した奴隷少女の目が消え去っていない。あなたたちは何者なの？　異人もどきの格好をして、どこへ行くの？

貴人用の輿を担ぐ黒人奴隷。自分たちは一体なんだ。ミゲルの心に湧いた疑問は、ますます強くなっていく。

路地奥のあかりに照らされて、人が集まっているのが見えた。騒がしく声がする。少年たちの目に、台の上に乗せられた全裸の黒人女が映った。台の下に集まった男たちが、黒人女に向かって声を飛ばす。黒人女が呼応するように肢体をくねらせた。飛ぶ声は、奴隷女の値段だ。黒人女のくねる体は、自分を高く買ってもらうための媚びだった。

熱帯の甘い香りに包まれた奴隷市場。

「急げ！」

最後部の輿で、ヴァリニャーノが叫んだ。インド人従者が走ってきて、巻き上げていた布を次々に下ろしていく。少年たちの視界が一瞬でさえぎられた。宿舎である聖パウロ学院へ向かうまっすぐな道は、別名『競売通り』とも言われ、アラビア馬や奴隷たちが売られる市場だったのだ。

宿舎である聖パウロ学院で、少年たちは大歓迎された。

テーブルの果物は、どれも見たこともないものだった。ねっとりとした甘い香りが、ミゲルに競売通りの光景を思い出させる。一瞬でさえぎられたからこそ、強い印象で残っている黒人女の姿。

「おいしい」

ジュリアンもマルティノも、無邪気に初めての果実を口にしている。ミゲルだけが、素直に口に運べないでいた。台の上で体をくねらせていた黒人女の姿が、奴隷少女を思い出させる。あの少女も、マカオのどこかで、身をくねらせて競売されているのだろうか。

「マンショ」

ミゲルが小声で言った。

「黙って、食え」

マンショには、ミゲルの言いたいことが分かっていた。

「お前は、このまま行くのか」

マンショは答えなかった。

そのとき、食器の音がして、怒声が飛んだ。

「何をやってるんだ！」

黒人の給仕が、皿を滑らせて音を立てたのを、インド人給仕が注意したのだ。

「しっかり教育しろ！」

インド人給仕も、列席していた修道士から叱責（しっせき）された。意味は分からなくても、言葉のトゲは分かる。宴席に気まずい空気が流れたと思ったが、テーブルを囲んだ宣教師たちに驚いた様子はない。少年たちには、それが不思議だった。

黒人給仕たちが、カレー料理を運んでくる。部屋いっぱいに香辛料の匂（にお）いが漂った。

「ゴアで一番ポピュラーな食事は、カレーなんだ」

ヴァリニャーノが少年たちに説明した。

そのとき、ミゲルが立ち上がった。

「おれの旅は、ここで終わりにします」

ミゲルの言葉は、すべての列席者に伝わったわけではない。固い表情が、ミゲルの感情をすべての人たちに伝えた。

「今、言うことではないだろう、ミゲル」

マルティノが立ち上がった。

「今言わないで、いつ言うんだ!」

ミゲルが反論する。マンショも立ち上がって、まっすぐにヴァリニャーノを見つめた。

「あなた方は、鎖で繋がれたものたちの苦しさや悲しみを分かち合おうとはしないのですか!」

二人の少年の剣幕に、宴は静まり返った。

「色の黒い人間は、自分たちに仕えるために生まれてきたと、あなたは言った。あの人間たちは、奴隷になって売り飛ばされるために生まれてきたと言うのですか!」

ヴァリニャーノは黙ったままだ。

「同じ日本人なのに、おれたちはヴァチカンに行く。片方は、見知らぬ国に売られていく。それを、どう思ってるのか。答えが聞きたい。それがなければ、おれも旅から降りる」

「マンショ」

ミゲルが涙ぐんでいる。ヴァリニャーノは黙ったままだった。そのとき、メスキータが、ロレンツォ神父を連れて入ってきた。静まり返った宴席に、一瞬、立ち尽くしたが、すぐに力強い声を上げた。

「巡察師さまにとってとても喜ばしい知らせを、ロレンツォ神父が持ってこられた！」

ロレンツォが書状をヴァリニャーノに手渡した。ヴァリニャーノが文面に目を落としたが、沈黙したままだ。

「ヴァリニャーノさまが、インド管区長に任命されました！」

メスキータが大声を上げる。少年たちには何が起こったのか分からなかった。ヴァリニャーノだけが黙り込んでいる。少年たちに拍手が巻き起こった。広間に拍手が巻き起こった。ヴァリニャーノは黙り込んだままだ。

「きみたちにとっては残念なことだが、巡察師さまは、ここから先には行けなくなった」

メスキータの声を、ヴァリニャーノが怒声でさえぎった。

「カブラルたちが画策したのか‼」

「おそらく」

メスキータが答えた。ヴァリニャーノがまた黙り込む。

「本部の命令は絶対なんだ」

メスキータが少年たちに説明した。ヴァリニャーノが、初めて少年たちに目を向ける。

「私はイエズス会のために、お前たちをローマに連れて行くことを思いついた」

ヴァリニャーノの口調は重かった。

「イエズス会を輝かせる一番の道だと思った。それを、行き過ぎた情熱だと言うひともいる。手柄を立てて、イエズス会を牛耳ろうとしていると邪推する人間もいる。誰が、どう言おうと、そんなことはいい。私は、ただ、お前たちをヴァチカンに連れて行きたかった。教皇に会わせたかった」

少年たちも真剣な表情になった。

「東と西を繋ぐという、お前たちにしか出来ない目的に向かって旅をさせたかった」

ヴァリニャーノがミゲルを見つめた。

「ここまで来て、お前は先に行かないと言いだした」

ミゲルもヴァリニャーノを見る。

「同じように、私も、先には行けなくなってしまった。私の情熱が空回りするのを、デウスが正したのだと思う」

ヴァリニャーノは、マンショを見つめた。

「お前は、いろんな疑問を持った。イエスにも、私にも」

マンショもヴァリニャーノを見つめた。

「そういう人間に、私たちの国を見てきてほしいと、私は思ったのだ。そんな人間だけが、ふたつの文化をひとつに出来ると」

それだけ言うと、ヴァリニャーノは崩れるように倒れた。

八

控室にもどった少年たちに交わす言葉はなかった。自分たちがヴァリニャーノを追い詰めたのか。

「短気をおこすな、ミゲル」

マルティノが小さな声で言った。

「海の向こうに行ってこいと送り出してくれた兄上に何と言う」

頭のいいマルティノは、ミゲルの弱点をよく知っている。

「出発してすぐ、我慢が出来ないことがあったからもどってきましたと言うのか」

ミゲルは答えられない。

「ここまで一年九カ月の日々を費やした。その月日を無駄にするのか」

マルティノが、マンショに目を向けた。

「中途半端な旅をして、信長さまに何を伝える？」

マルティノの言葉が強くなった。

「宣教師たちのすることと言うことに我慢が出来なくて引き返してきました。これが、おれにとってのまっすぐに生きることでした。そんなやわな答えで、信長さまが満足すると思っているのか。相手は数知れない戦いで生き残ってきた男だぞ」

「マルティノ」

マンショが冷静に言い返す。

「何だ？」

「お前は頭がいい。ラテン語もすぐに覚えた」

「言葉を覚えないと、何も学べない。おれは、そう思ってる」

「でもな、許せることと許せないことがあるんだよ」

「そうだ」

ミゲルがやっと声を上げた。

そのとき、メスキータが男を連れて入ってきた。少年たちと年の変わらない男だ。容貌からすると日本人かもしれないが、肌の色は少年たちより黒い。

「巡察師さまは？」

ジュリアンがすぐに聞いた。

「幸い熱病ではなかった。静養していれば回復すると医師も言ってる」

「よかった」

「ここまで来るのに、巡察師さまは、いろんなことと戦ってきたんだ。その疲れが出たのだと思う。デウスが私の味方をしてくださるならすぐに回復すると、巡察師さまは言われている。旅でいろんなことに遭遇したと思う。これからの道中、まだまだいろいろなことがある。問題にぶつかることこそが、きみたちを成長させる。私は、それを信じている。これが、ヴァリニャーノさまからの伝言だ」

メスキータは、隣の男を紹介した。

「コンスタンティーノ・ドラード。これから先の旅には、彼が同行する」

色の黒い男は丁寧に頭を下げた。

「よろしくお願いします」

「日本人なのですか、あなたは？」

ジュリアンが聞いた。

「母は日本人で、父はポルトガル人です」

「どうして、そんなに色が黒いの？」

「インドが長いので」

ドラードは笑いながら答えた。

「マンショ」

「はい」

「ヴァリニャーノさまは、きみを正使にしたいと言われている」

「正使？」

「三人を引率する人間だ」

「おれが⁉」

「副使は、マルティノ、君だ」

「巡察師は、おれを丸め込もうとしている！　正使にすれば、旅をつづけるだろうと」

「それなら、ミゲルを正使にする」

メスキータがミゲルを見た。ミゲルが目を逸らせた。

「理由を言ってください」

マルティノが言った。自分が正使にならなかったことが不服だったのだろう。

「ミゲルは気持ちが純粋だ。それは貴重だと思う。しかし、そのときそのときで気持ちが変わる。リーダーとしてふさわしくないのは、きみたちにも分かるだろう」

みんな黙り込んだ。

「マルティノは知識欲が強い。頭もいい。ただ、それが引率の邪魔になることがある」

マルティノが目を逸らせた。

「ジュリアン、きみはやさしい。でも、やさしさだけでは人を率いていけないことは、自分が一番よく分かっているだろう」

ジュリアンがうなずいた。

「マンショ、きみはイエスに疑問を持った。磔になった裸の男になぜ手を合わせるのかと」

「だから、どうした」

マンショがぶっきらぼうに答える。

「きみの疑問に私は答えられない。きみに答えるのは、きみだけだ、ヴァリニャーノさまは、そう言っておられた。その気持ちを持ったまま旅をしてくれ。旅とはそういうものだ、と。ヴァリニャーノさまがきみを正使にしたのは、きみを丸め込もうとしたのではない」

メスキータは、控室を出ていった。

九

マンショは庭に出た。椰子(やし)の樹(き)が並び、その間に、色とりどりの実をつけた木々が並んでいる。樹から漂う甘い匂いが、また母のことを思い出させた。自分たちを置き去りにして、どこかに行ってしまった母を、甘い匂いがなぜ思い出させるのか。マンショは樹を蹴りつけた。

「どうしました?」

振り向くと、ドラードが来ていた。

「巡察師さまの言葉に腹を立てたのですか?」

「いや」

甘い匂いに母を思い出していたとは言えなかった。

「匂いが強過ぎて腹が立っただけです」

「シモでは、こんな果物はなかったですよね」

「シモで生まれたのですか」

「ナガサキです。海を渡ってきたポルトガルの船員と母が仲よくなってしまったんです。母が子を宿すと、父は船に乗るのをやめて、ナガサキに残りました。やさしい人でした。でも、ナガサキでは異人が増えてきて、町の人々とたびたび争いが起きるようになりました」

この男、何が言いたいんだ。

「日本人は、自分たちと違う人間を排除したがる。日本人の女と仲よくなった父は、村の人々の憎しみの的になっていきました。私が生まれてから、父と母は村外れの小さな家で暮らしていました」

キリシタンになったせいで村人からはじき出されていた老人。マンショにも同じ思い出がある。

「ある日、父は村の人たちと争いになり、大勢に寄ってたかって殴りつけられ、それが原因で命を落としました」

「だから？」

マンショは身構えた。この男は、自分を説得するためにヴァリニャーノが寄越したのではないか。

「子供を抱えた母は、身を売りました。ナガサキの遊廓で働くようになったんです」

「お前の身の上話を聞いてどうなる！」

「あなたは、キリストの磔の像を見て、どうしてあんなものに手を合わせるんだと巡察師さまに言ったそうですね」

「それが悪いのか」

「私も同じことを言ったことがあるんです。母に」

「……」

「父からもらったキリストの像に、母はよく手を合わせていました。あるとき、私は母に言ったんです。その男が、あなたに何をしてくれたんだ。助けようとしてくれたのか、と」

「母上はどう答えた」

「何も」

　あのときの老人も、何も答えなかった。

「六歳のとき、ポルトガル船に乗り込んで、ナガサキを出ました。船員が密航者の私を見つけて海に放り込もうとしたのを、船にいた宣教師が助けてくれたのです。それで、ここまで来ました。ゴアに来て何年もたってから、母が死んだことを知りました」

「身の上話をして、おれを丸め込めと言われてきたのか」

「ゴアに来るポルトガル人は、すべてキリスト教徒です。でも、ここには、差別もあり、奴隷もいる。インドに渡って、西洋から来る人、日本から来る人、西洋のいいところ悪いところ、日本のいいところ悪いところ、両方を見てきました」

「言葉巧みにおれを説得するのは、やめてほしい！」

「ゴアにキリスト教を広めたのは、日本でも知られているフランシスコ・ザビエルです。遺体が納められているボン・ジェズ教会は、今では、キリスト教徒だけではなくヒンズー教徒も礼拝に訪れる聖地になっています。ただ、布教の情熱は、異端者に向けられる刃にもなる。聖人ザビエルも、ゴアに異端審問所を作りました。ゴアでは、四〇四六名の人間が裁かれ、一二一名が火あぶりになりました。ザビエルが命令したのではないにしても、きっかけを作ったのは彼です。信仰は一方では絆になり、もう一方では刃になる」

「それがどうしたと言うんだ！」

「裸で磔になった男に、なぜあんなに熱心に手を合わせる。ずっと疑問が離れませんでした。自分を幸せにしてくれたわけではないのに、母はキリストに手を合わせることをやめませんでした。イエスとは一体何者なんだ。なぜ、みんなが崇める。私は知りたいんです。イエスとは、何か」

十

風が出た。待ちに待った出航だ。歓待してくれた副王に別れの挨拶にいったときに、少年たちは恐ろしいものを見た。宮殿の廊下に、船の絵がずらりと並んでいる。ゴアに着いたときには気に止めなかった。メスキータも説明しなかった。

「マゼランが世界一周の旅に出たのが、この船だ。五隻で出発したのだが、マゼランはフィリッピンで原住民に殺されて、一隻だけがもどってきた」

メスキータは、船の絵をひとつひとつ指差した。

「この船は座礁して沈没した。これは行方不明だ。この船は嵐にあって沈んだ。これは暗礁に乗り上げたまま放棄された。元の港にもどってきたのは、半数だけだ。日本に来た宣教師が、十回死んでもこの海を航海するのはゴメンだと、帰ることを拒否しつづけていると聞いた」

「今になって、なぜそんなことを言うのです」

　マルティノが抗議した。

「先に行きたくなければ、行かなくていい。生半可な覚悟では、これから先に行くのは無理だ。お前たちに、そう言いたいのだ。今一度、覚悟を求めたい」

　メスキータが、こんな厳しい言い方をしたのは初めてだった。

「ヴァリニャーノさまが言ったことがある。新しいことをするには熱い心がいる。ただ、事態を見極める冷たい心もないと何事も成就しない。ヴァリニャーノさまが先に行けなくなった今、私は、その言葉をお前たちに送りたい」

　今までになかったメスキータの態度だった。

「幸運なことに」

　メスキータが一瞬言葉を切ってから、最後の船を指した。

「お前たちは、この船に乗るはずだった。行く行かぬと揉めごとを作り出したから、船は先に出航した。船は、モザンビーク沖で座礁して沈没。全員が死んだそうだ」

　少年たちも言葉を呑んで船の絵を見た。ポルトガルの富豪が所有している船だった。ヴァチカンに向かう使節を乗せるのは光栄だからと、熱心に乗船を誘ってきたのだ。

「ヴァリニャーノさまは、私にいろんな言づけを残された」

「何ですか？」

ジュリアンが聞いた。

「伝染病にかからないように。過労にならないように配慮せよ」

なんだ、そんなことかとみんな思った。

「偉大なものだけを見せるように。悪しきものは絶対に見せてはならない」

奴隷市場を見せたことを後悔しているのだろうか。

「旅を躓かせるような人物と交際させてはならない。帰国後に悪に染まるおそれがある」

「西と東の世界をひとつにするのが、お前たちの使命だ。大きなことを言ってたんですよ、巡察師さまは」

ミゲルが皮肉を言った。

「高いところにある階段とか、ベランダには上らせないように。落ちて死んでしまうおそれがある」

あまりに細々とした注意書きは、母親が旅に出る子供を心配しているようで、少年たちを笑わせた。ナガサキを出てから、ほぼ二年。彼らはもう子供ではなかった。ただ一人笑わなかったのは、ジュリアンだった。ヴァリニャーノの細々とした注意は、忘れかけていた母を思い出させた。

「お前たちの親や一族に、日本に連れて帰ることを約束した。どんなことをしてでも、その約束だけは守らなければならない。ヴァリニャーノさまは、何度も何度も言っておられた」

非情にならなければ、何事も成就しない。だから、使節を三人ではなく四人にした。そう言っていたヴァリニャーノは、病に陥ったことで、情の人になったのだろうか。

少年たちがゴアで留まっている間に、海の向こうではいろんなことが起きていた。モロッコ遠征に行ったままになっているポルトガル王の代わりに、スペイン王・フェリペ二世が両国を支配することになっていた。それまでイエズス会寄りだったポルトガル王と違って、スペインは対立する托鉢修道会寄りだった。イエズス会の日本での布教の成果を、少しでも早く本部に知らせなければならない。ヴァリニャーノが、少年たちをローマに行かせることを急いだのは、そのことも影響していた。

十一

船は、インド洋を下って、赤道に近づいた。それまで順調に吹いていた風が急に止まった。メスキータが、嵐よりも恐ろしいと言っていた凪だった。海のど真ん中で船が動かなくなる。それがどんなことか、少年たちは身をもって知ることになる。

甲板に出たジュリアンが手すりの金属部分に触れて、慌てて手を引いた。掌が真っ赤になっている。

「水だ、水につけろ」

ミゲルが言った。火傷したときは水につけろ。幼い頃、よく教えられていた。マルティノが縄をつけた桶を下ろして海水を汲んだ。海水が生温かい。

「こんな水じゃダメだ」

水のない怖さを、彼らはまだ知らなかった。

甲板が素足を下ろせないほど熱くなった。サンティアゴ号は百名以上の乗組員の他、ポルトガルの商人たち、インドから本国に帰る兵士たちで満員になっていた。あっというまに、飲料水が尽きる。腐った臭いのする水でも口にしていたのだが、やがて、それもなくなった。

　少年たちの食事は特別扱いにされていたのだが、水に関してはそうはいかない。配られた水桶も、すぐに、空になった。ジュリアンが這うようにして桶のところにいったが、水が入っている訳はない。桶を持って部屋を出ていこうとする。

「出るな‼」

　マルティノが大声で制した。

「出ても、水はない。体が弱るだけだ」

「いつになったら……風が……吹くの？」

　ジュリアンが弱々しい声を出す。

「分からん」

「吹かなかったら……」

「全員が死ぬ」

　甲板から叫ぶ声がする。

マンショとミゲルが甲板に出ると、悲惨な光景が広がっていた。ひとりの水夫が海水を汲み上げて飲もうとした。別の水夫が桶に飛びつく。

水夫長が、体を叩きつけて二人を撥ね飛ばした。

「それを飲んだら、さらに渇く！」

水夫が腰の短刀を抜く。目がギラギラしている。水夫長が短銃を突きつけた。二人は、ただ睨み合っている。その脇を、別の水夫が、訳の分からない声を上げて海に飛び込んでいった。

「どうなるんだ、これから」

ミゲルが、マンショの腕をつかんでくる。

「船員のいなくなった幽霊船が、何艘も海には漂ってるとゴアで聞いた」

風は吹かない。何日も何日も。

船は同じところに留まっているのだろうか。流れに乗って少しは動いているのか。見回しても海以外見えないから、何も分からない。

「どうなるのです、これから」

マンショは様子を見に来たドラードに聞いた。

「あせってムダに動かないこと。今、言えるのはそれだけです」

ドラードはそれだけ言って歩き去った。後ろ姿に力がない。

甲板で雨乞いの祈りを始めたフィリッピンの船員を、メスキータが叱りつけるのを見た。

「異教の神に祈ったりするな！」

こんなときになっても、神を区別するのか。マンショは、ドラードの話を思い出していた。布教の情熱は、異端者に向けられる刃にもなる。信仰は一方では絆になり、もう一方では刃になる。サンティアゴ号の前にゴアを出て遭難した船の乗員たちは、信仰が足りなかったのか。神は、信仰の足りない人間を罰したのか。あの時、メスキータに聞きたかったのだが、今は、どうでもよかった。

水だ。水が欲しい。イエスに愛があったら、なぜ、雨を降らさない！

村の老人は、イエスに何を祈ったのか。ドラードの母は何を願いつづけたのか。二人とも、祈りも願いも聞き届けられないまま死んでいった。

マンショは、彷徨（さまよ）いつづけた六歳の日々を思い出していた。どこへ向かっているのか分からない山道。夜の暗闇は一歩も前に進めない。孤独と不安と恐怖で狂いそうだった。しかし、飢えと渇きはなかった。岩の間から沁（し）みだす水。口に出来る木の根。樹になった果実。敵に囲まれ籠城（ろうじょう）したときのためにと、城には果実の実る木々を植えてあった。石垣の間から生えてくる雑草も、どれが食べられるか幼いときから教わった。日本の自然はやさしかったと、今になって思う。

大海の真ん中で、おびただしい水に囲まれていながら渇きに苦しむ。この苦しみはいったい何なのだ。神が人に与えた試練なのか。試練に耐えきれず、海に飛び込む。何人も、何人も。

船尾で大声がした。渇きに狂う声とは違っている。

マンショは船尾に走った。甲板で跳ねる魚に水夫が食らいついている。口が血で真っ赤だ。思わず立ち尽くすと、水夫の一人が魚を放り投げてきた。

「水だ‼」

マンショは、跳ねる魚を抱えて、船室に走った。扉に体を叩きつける。生気のない目を向けてきた他の三人の目の前に、抱えていた魚を放り投げた。

「食え！」

マンショの口も血で染まっていた。

「魚が釣れたんだ！　水分の採れるのはこれだけだと船員に言われた！」

魚は床で跳ねている。マンショが魚に食らいついてみせる。生臭さなんか気にしている場合ではなかった。

「生き抜く、何が何でも生き抜く。おれは、信長に約束したんだ！」

ジュリアンが魚にかぶりついた。マルティノも噛みつく。最後に魚を手にしたのはミゲルだった。

十二

風が出た。そよ風が甲板を走っていく。頬を撫でていく風を、こんなに心地よく思ったことはなかった。

船が進み出してすぐ、雨が降った。船員たちが、雨の中で踊った。マンショたちも、一緒になって踊った。甲板に溜まる水がいとおしかった。一滴の水も惜しいと思ったのに、こんなに大量の水に濡れるとは。

マルティノが、船員たちに混じってリュートを演奏している。マルティノは、西洋の文化を自分のものにしようと熱心に勉強していた。

久しぶりに穏やかな夜を迎えた。並べられた遺体を前に、メスキータが、死者のための祈りを唱える。水夫たちが、白布に包まれた遺体を一体ずつ海に落としていった。こんなにも大勢の人間が死んだのか。

水夫たちが歌う賛美歌が、静かに甲板に流れた。

少年たちは、航海中、何度も読み上げられた福音書の一節を思い出していた。

「明日のことを心配するな。明日は明日が自分で心配するであろう。一日の苦労は一日で足りる」

灼熱の太陽が落ちていく。空気が一気に冷たさを増した。雲が、さまざまな色に変化する。赤、青、灰、そして、黒色。夜が支配すると、波をかき分けた舳先で、夜光虫が青く光った。

ドラードが、マンショのそばに来た。

「あなたに隠していたことがあります」

「何だ？」

「信長さまが、明智光秀の謀叛にあって、命を落とされたそうです」

「え⁉」

「ヴァリニャーノさまが知らせるなと。あなたが知ると旅から降りてしまう」

「……」

「日本から来た宣教師の話によると、信長は、光秀の謀叛を知ると、ただひとこと、是非に及ばずと言って、燃える火の中に入っていったそうです」

あれこれ言うな。信長らしい言葉だとマンショは思った。百二十もの戦いで生き残った男が、一番近くにいた男の謀叛で死んでいった。

「安土城は？」

「焼け落ちたそうです」

「光秀が火をつけたのか⁉」

「誰が火を放ったのか分からないそうです」

天下を見下ろしていたあの城が焼け落ちる。

「信長は神になろうとした。だから、罰せられたのだと、ナガサキから来た宣教師が言っていたそうです。安土城は業火に焼かれたのだと」

「信長は神になんかなろうとしてない」

マンショははっきりと言った。

「信長は、何も信じていなかった。だから、ひとつの神を信じて、命を懸けて東の果ての国にきたキリシタンに興味を持ったのだ。イエスの愛とはなにか。自分を信じてまっすぐに生きるとはどういうことかと、おれに問うた。神になろうとしていた人間が、そんなことを人に問うか」

「信長が好きだったのですか？」

「心が揺らいだ初めての人間だった」

もの悲しいエキゾティックなリュートの響きが聞こえてくる。

「私は、母を捨てました」

ドラードが手すりを握りしめた。

「たった一人の子供がいなくなって、母がどんなに悲しんだか、ゴアに来てから気づきました。私は、あのとき、母のいる場所から離れたかった。あの国からいなくなりたかった。母の哀しみを思うようになったのは、ゴアに来てからです。母の死を知ってからです」

「……」

「私にとってのイエスは、宣教師たちのイエスではありません。母の心の中のイエスです。母は、なぜ十字架に手を合わせることをやめなかったのか。逆境に陥ると、神が試練を与えているのだと宣教師たちは言います。母もそう思ったから、十字架に手を合わせつづけたのか。それで、惨めな人生に耐えられたのか。神を恨まなかったのか。宣教師たちは、通りいっぺんの答えしか与えてくれませんでした。私は自分で探したいのです、神を」

サンティアゴ号は、赤道を越えてアフリカ大陸の先端に着いた。

水夫たちが甲板に集まって、雨に濡れながら口々に叫んでいる。

「喜望峰だ！」

横殴りの雨の中、遥か遠くに島影のようなものが見える。メスキータもドラードも少年たちも、雨に叩きつけられながら島影を探した。雨の彼方の、かすかな陸地。

大西洋とインド洋の海流が交差する喜望峰。魔の岬と言われたアフリカの先端は、多くの船を海に呑み込んだ。最初は、『嵐ケ岬』と言われ、その後、ポルトガル王から『善き希望の岬』と名付けられた。この岬が見られるということは、生きている証だ。東から帰ってきた船にも、西から行く船にも、生きることの喜びを伝える喜望の岬。

メスキータが、航海士や水夫たちに祝儀を手渡していた。喜望峰を廻るときには、船員たちに祝いをするのが、航海の決まりになっていた。

「千々石の城が落ちたそうだ」

ミゲルが雨に濡れながら言った。

「え？」

「兄も一族みんなも生きていないと思う」

城が落ちるとどうなるか、一番よく知っているのはマンショだった。

「おれは帰るところがなくなった」

「おれもだ」

マンショは、ミゲルの肩を強く抱きしめた。肩が雨で濡れている。

これから、どうなるのか。
雨の向こうに霞(かす)むのは、果たして、希望なのか、絶望なのか。

第三章　細川ガラシャ・フェリペ二世

一

　白刃がきらめいて、侍女の鼻を削いだ。侍女が顔を押さえて走り去る。

　珠が後を追おうとした。その鼻先に、忠興が刀を突きつけてくる。

「エステル！」

「追うな！」

「お斬りなさい！」珠は叫んだ。「私の鼻を削ぎなさい！」

　三戸野の山奥にある館は、樹々で囲まれている。林に飛び込んだエステルの姿は見えない。あの姿でどこに行ったのだろう。麓の川に飛び込んだのではないか。キリシタンに自死は禁じられている。彼女は、この後、どうやって生きていくのだろうか。

「キリシタンの教えを知ってから、お前は強くなった」

　白刃を下げたまま、夫の忠興が言った。切っ先が、エステルの血で染まっている。

「キリシタンの教えを学んでから、私はやさしくなった、辛抱強くなったと言われているのです」

珠は、夫を睨み据えて館に入った。

エステルは、嫁入りのときに、父が付けてくれた侍女だった。元は小侍従といったが、密かに受洗して洗礼名エステルになった。エステルというのは、聖書に出てくる数少ない女性の名だと、小侍従は誇らしげに話してくれた。

珠は、簞笥の着物の下から、ロザリオを出した。キリシタンはこれを身につけているのです。エステルが教えてくれた。忠興に見つかったら大変なことになる。簞笥の奥底に隠していたのだ。

ロザリオを首に下げた。寝所で衣を剝いだとき、忠興が見つけたら？　激怒して、斬りつけてくるだろうか。そうしてほしいと、珠は思った。ロザリオを身につけて成敗されれば、エステルに恩を返すことが出来る。珠は、ロザリオを握りしめた。

私が仕えているのは夫・忠興ではない。私は、私だ。

珠は、そのとき、デウス（神）に一歩近づいた。

逆臣の娘として、丹後の山中に幽閉された。謀叛の咎が女にまで及ぶことは少なかったが、秀吉の意向でどうなるか分からない。離縁して、幽閉するということで責を逃れた。忠興の愛情が珠を救ったのだ。

お互いが十六のときに輿入れした。美男美女、そう噂された二人だった。子供を生むと、珠の美しさに艶が加わった。本人が意識しない色香が全身から漂う。

忠興の愛情に異常なものがあることに気づいたのは、結婚してまもなくのことだった。

屋敷を散策しているとき、庭師が珠に見惚れて手を止めた。忠興が激怒して、庭師を斬り捨てた。血の着いた刀を、忠興は珠の小袖で拭った。お前に目を向けるものは、こういうことになる。そう言いたかったのだろう。珠はすぐには着替えようとはしなかった。血染めの小袖を着替えないことで、夫の異常さに無言の抵抗をしていた。

食事のときに、珠の飯鉢に髪の毛が入っていたことがある。忠興が見つけると騒動になると思い、中椀に入れて蓋をした。それを忠興が見つけた。珠が料理人を庇っている。嫉妬した忠興が料理人を斬り捨て、首を居室の棚に置いた。珠は退けようとしない。忠興の方が根負けして首を始末させた。

「お前は蛇だ」

忠興が言う。珠は言い返した。

「鬼の女房は、蛇でなければ務まりません」

忠興は、屋敷に見張りをつけて、珠を監視させた。外出も許さなかった。

重苦しい日々に、さわやかな風を吹き込んでくれたのがエステルだった。キリストという人間の生きざまを教えてくれた。キリストは、人々の心に愛というものを呼び覚ますために、磔という極刑に耐えたのです。エステルの言葉は、忠興の愛が執着であり、所有欲でしかないことを珠に教えた。

細川藤孝・忠興親子への疑惑も芽生えさせた。

珠の父(明智光秀)と忠興の父(細川藤孝)は、刎頸の友といってもいい仲だった。仕官先が見つからず、さすらっていた時期があったことが二人の心を近づけていた。藤孝が足利義昭に仕官し、光秀を引き上げてくれた。信長が、義昭を京から追放した後は、二人して信長に仕えた。光秀は、信長の家臣で初めての城持ち大名となった。

坂本城は、安土城には及ばないにしても、立派な居城だった。こんな城を持たせてくれたことを、信長に感謝していた父を、珠はよく憶えている。

その父が、なぜ謀叛に走ったのか。

家族思いの父だった。仕官先が決まらず貧しかったときに、母が黒髪を切って家計の足しにしてくれたことを、何度も話してくれた。

「また、その話。おやめください」

母は、その度に笑っていた。

逆臣となれば、親族も生きてはいられない。父は、逆臣の親族の無残な死を何度も見てきたはずだ。謀叛が成功すると、父は思っていたのだろうか。信長に代わって、自分が天下人になれると。

珠が見ていた父は、無謀な野心家ではなかった。冷静に自分を見つめることの出来る人間だった。

そんな父が、なぜ。

二

子供の成長を見せに、坂本城に帰ったときのことだった。父が珍しく考え込んでいた。

「どうなさったのですか？」

気性が強く、しっかりとした受け答えの出来る珠を、光秀は話相手にすることが多かった。

「藤孝に、事を起こすなら今だと煽られた」

光秀は笑いながら言った。天皇も公家も将軍も味方になる。信長を倒したいと思うものはいくらでもいる。

謀叛など冗談事に思っていたのだろう。笑い話で終わった。でも、あのとき。

笑いの底で風が吹いた。風は、少しずつ大きくなった。馬揃えで、ビロード張りの椅子に座り、高台に運ばれてきたときの得意満面の信長。公家たちもバテレンと同じ位置に座らせ、自分が支配者であることを見せつけた信長。そのとき、藤孝に言われたことが、父の心によみがえったのではないか。心の風が、嵐になった。

父は、本能寺で事を起こし、信長を亡き者にしたが、最期は、落ち武者狩りの百姓の手にかかって命を落とした。武将にとって一番の無残な死。

三井寺で首実検をしたときに、秀吉が笑いかけたそうだ。

「おぬしは、何のために謀叛を起こした。信長公が憎かったのか。朝廷を守りたかったのか。それとも、天下を取りたかったのか。謀叛というのはな、光秀、用意周到な計略がないと、うまくはいかないものなのだよ」

あなたなどに父の心は分からない！　珠は叫びたかった。父の首も、きっとそう叫んでいただろう。三戸野に幽閉が決まったときに、義父・藤孝に挨拶にいった。

「山中で不自由な生活になると思うが、そちに罪が及ばないように忠興も苦労したのだ。それは分かってやってくれ」

「ありがたく思っております」

深々と頭を下げたとき、目が床の間の書状に止まった。宛て名書きの文字が、父のものだったからだ。藤孝も、それに気づいて、

「明智殿が最期に託してくれた書状だ。見てもよいぞ」

めっそうもない。そう言って辞退したが、父の文字から目が離せなかった。覚悟していたのだろう。そう思える、弱々しい文字。

「謀叛は、忠興のためだと明智殿は書いてくれた。今となっては、信じるものはいないと思うが、明智殿の気持ちは、わしも忠興もありがたく受け取ったのだ」

本能寺の変を知ったとき、備中・高松城で毛利軍を攻めていた秀吉は、二万の兵を率いて二百キロの道を引き返し、光秀を討った。あまりの手際のよさに、秀吉が、謀叛をそそのかしたのではないかと言うものさえいる。

「明智殿が、どうして事を起こしたのか、わしにも分からぬ」

藤孝が言った。

そのとき、不意に、珠の心に浮かび上がってきたことがある。連歌の会のあとで藤孝が父に話した、あのとき。事を起こすなら今だと言った、あのとき。

藤孝は、父の心を試していたのではないか。父の反応を、じっと見据えていたのではないか。父の心に、信長に反旗を翻す気持ちなど少しもなければ、笑い飛ばして終わるだろう。あのとき、父は一瞬考え込んだのではないか。藤孝は、父の心の奥にあるものを、じっと覗き込んでいたのではないか。

光秀は謀叛を起こすかもしれません。藤孝は、秀吉に伝えた。秀吉は待った。光秀がその気になるのを、じっと待った。光秀が事を起こせば、信長を倒せば、自分の天下だ。

秀吉は、着々と手を打った。毛利軍を攻めていた秀吉の、あまりに早い光秀討伐は、準備万端整えていたからこそ出来たことだ。

「明智殿が父上に援軍を要請してきたそうだ。あまりに世を知らぬぞ、そちの父は」

忠興が笑い飛ばしたことがある。夫婦仲が冷えているときとはいえ、あのときの馬鹿にしたような笑いを、珠は忘れていない。

自分を攻めて来そうな武将の親族を、なぜ人質に取らなかったのかと、光秀はのちに言われた。妻、子供を人質に取る、戦国の戦いの常道を踏んでおけば、高山右近も一番乗りで坂本に攻め入ったり出来なかったはずだ。

父が人質を取るのを嫌がっていたことを、珠は知っている。無残に殺されていく人質の妻や子供を、幾度も見てきたからだ。

　右近は少数の兵を率いて坂本城に乗り込み、父の軍勢を蹴散らした。父は、援軍もなく、山科に逃げ、小栗栖の竹藪で恩賞目当ての百姓に首を取られた。光秀の家臣も、次々に命を取られ、本能寺の周囲に遺体が並べられたと聞いた。臭気が、あたり一面に漂ったのだと。

　坂本城に残っていた姉や弟は、燃える城の中で命を終えた。母が死んでいたことが、せめてもの慰めだ。母が生きていれば、無謀なことをしようとする父を止めただろうか。それとも、一度心に決めたことだからと、黙って送り出しただろうか。

　皮肉なのは、一番乗りで父を攻めたのが、キリシタン大名で人気の高かった高山右近だったことだ。エステルが目を輝かして、右近のことを語ってくれたことがある。母の実家が高槻なので、右近のことをよく聞いていたのだという。私がキリシタンに帰依したきっかけは、右近さまだったのだと。

　高槻で復活祭が行われたとき、十字架を担いで領内を歩く右近を見て、まさにキリストのようだったと、ヴァリニャーノ巡察師が書き残している。領民が死んだときは、どんな下層の人間であっても、黒緞子で被った棺を右近自身が担いで村を歩いたのだという。

　その右近が、一番乗りで坂本を攻め、城に残っていた姉や弟たちを炎の中で自死に追い込んだ。右近の影響で、キリシタンになったエステル。エステルからキリストの教えを学んだ自分。運命の巡り合わせというしかなかった。

藤孝が、父の心に嵐を吹かせた。謀叛の嵐を。

信長に歯向かうことを決めたとき、恩人であると同時に、苦楽をともにした友でもある藤孝の助けを求めるのは、当然のことだっただろう。謀叛の心を芽生えさせたのは藤孝なのだ。

本能寺を攻めたのち、光秀の軍は安土に向かった。信長が作らせ、ヴァリニャーノたちを感嘆させた広い道。瀬田川（せたがわ）の橋が落とされていた。工事に秀でていた光秀はすぐに橋を掛け、安土に向かったが、対岸に藤孝の姿はなかった。援軍として、そこで合流することになっていたのだ。

光秀は、すべてを知った。

「父は、何のために事を起こしたのでしょうか？」

珠は、気持ちを抑えて藤孝に聞いた。

「天下を取るなど、大それたことを父がするなど、私には今でも分かりません」

「天下を取るというのは、誰でも一度は思うことなのだよ、今、そのときだ、明智殿もそう思ったのではないかな」

藤孝はやさしい口調で言った。

光秀は、安土城に上り、信長がため込んでいた黄金、財宝をすべて家臣に投げ与えた。

その後、城は焼け落ちるのだが、誰が火を放ったか分かっていない。戦国の世では、落とした城を焼き払うことが常だったが、父は、そうしなかった。

あのとき、父の心には何があったのだろう。信長への憧憬の念が、安土城に火を放つことをためらわせたのか。

三

秀吉が、大坂に城を築いた。安土城に負けない広大な城だった。

信長を越えてみせる。それが、秀吉の生涯の目的だった。しかし、大坂城に、安土城にあった不思議な広がりはなかったように、秀吉の生涯に信長を越えるものはなかった。外に向かって目を向けていた信長に負けまいと朝鮮出兵をしたが、信長は、もっと大きく世界を見つめていた。安土城を訪れたマンショに、海の向こうがどうなっているか語って聞かせろと言ったのは、ただの励ましの言葉ではなかった。

秀吉は、大坂城下に大名屋敷を作らせ、大名たちの正室、子供らを住まわせた。謀叛を防ぐための人質だ。

珠は、丹後山中の幽閉から解放された。ただ、山中にはなかった逆賊の娘という冷たい目を、大坂に来て改めて感じた。

屋敷のすぐ近くに修道院があった。その頃、バテレン追放令は出ていたが、パードレ(司祭)を日本から追放するということで、人々の信仰までを禁じるものではなかった。秀吉には南蛮貿易が必要であり、イエズス会も布教活動の資金が必要だった。

街に来てから、忠興の珠への監視は一段と激しくなった。昼も夜も監視させ、街に出ることは絶対に許さなかった。

その頃には、侍女たちの何人もがキリスト教に帰依していた。

ある日、珠は、侍女たちに囲まれるようにして屋敷を出た。高貴な衣装を脱ぎ捨て、侍女たちと同じものを着た珠に、門番は気づかなかった。

珠は、教会の前で立ち止まり、建物を見つめた。質素な建物だったが、珠の心に清々しいものを吹き込んでくれた。なかに入ると、数人の女性たちが、神父の説教を聞くために集まっていた。説教係の修道士は外出しているので、別室でお待ちくださいと、日本人の修道士が珠の側に来た。

彼とともに来た頭巾を被った女を見て、珠の足が止まった。

「エステル！」

顔は見えなかったが、珠には分かった。エステルがうなずく。鼻を削がれたエステルは、言葉が発せないようだった。珠は、エステルを抱きしめた。力いっぱい抱きしめた。身分が他の者に分かっても、そんなことはどうでもよかった。

「元気でいたのね、エステル！」

珠は、エステルを放さなかった。

「ごめんなさい、私のために」

何も言うなと、エステルが離れた。

修道士が帰って来て、説教を始めた。終わりまで聞いている時間はなかった。長く屋敷を空けると、忠興に悟られる。教会に来ていることが分かったら、一緒に来た侍女たちも命はないだろう。自分たちを見逃した護衛のものも。

「エステルをうちに寄越して」

珠は、侍女のマリアに頼んだ。

「私は、エステルに受洗をしてもらいます」

洗礼は、カトリックの秘蹟(ひせき)のひとつで、司教にしか授けられないものだった。珠は、荷箱に入って教会を訪れることも考えたが、お付きのものに被害が及ぶことを考えて、司教が止めた。

エステルは、珠に『ジェルソンの書』を渡した。キリスト教の信仰生活についての書で、勉強するようにと伝えたのだ。日本には、まだ活版印刷機が入っていなかったので、エステルが書き移した写本だった。聖書でなかったのは、カトリックで聖書を読む資格があるのは、宣教師だけだったからだ。珠は、『ジェルソンの書』を熱心に読んだ。小型の懐中版であったことが、隠れて読むのに都合がよかった。

禁教が激しくなって、司教たちが大坂の地から追い払われることになったら、私たち女性が街頭に並んで、キリシタンであることを告白し十字架にかかりますとまで、珠は言っていた。

司教たちは考えて、侍女マリアとエステルに洗礼をほどこし、忠興がシモ（九州）に出陣したとき、エステルが屋敷に入った。声を出すことのできないエステルは、マリアの助けを借りて、珠に受洗をした。

　洗礼名・細川ガラシャ。

　丹後に幽閉されてすぐに出産した次男の興秋（おきあき）は、体が弱かった。珠は、病床にいた興秋にも洗礼を受けさせた。

　もう何も怖くなかった。珠は、また一段と美しさを増した。

四

「留守に羽柴どのが来ると言ってきても、理由を見つけて断れ。呼び出しがあっても、絶対に行くな」

　忠興は、出陣するときに必ず言い残していった。

　秀吉のシモへの戦いの目的は、女漁り（おんなあさり）だとも言われている。婚姻の決まっている娘だろうが、家臣の側室だろうがおかまいなしだった。気位の高い女が、嫌がりながらも、自分の前にひれ伏して言うことを聞く。それが、彼の快感であり、満足だった。側室が何十人いようと欲情は満たされなかった。背が低く、容貌（ようぼう）もサルに似ているとも言われ、出自も卑しかった彼は、数多くの女たちを自分のものにすることで、自尊心を満たしていたのだ。

　大坂の大名屋敷に移り住んでからすぐ、秀吉から呼び出しがかかった。

「お城に出向けと、羽柴さまのお言いつけですが」

忠興に言った。

「分かった。明日、出向こう」

「私に一人で来いと」

忠興が黙った。

「いかがいたしましょう」

意地悪な問いだった。秀吉が何を言ってくるか、忠興にも分かっている。

「仕方ないだろう」

「分かりました」

「笑うな！」

笑ってなどいなかった。珠は無表情だった。

珠は、城に出向いた。広大な城は、黄金で輝いていたが、どこか安手だった。

「よう来た」

「お目にかかれて嬉しく思っております」

「そうか、そうか」

秀吉は機嫌よかった。侍医の施薬院が冷たい目を向けてくる。秀吉のために新しい女を次々に見つけるとの噂がある元僧侶だった。

「噂にたがわぬ美しさだ」

秀吉が粘るような目を向けてくる。欲望を湛えた秀吉の目。値踏みするだけの冷たい施薬院の目。四つの目を向けられても、珠は落ち着いていた。

「珠」

「はい」

「ここへ来ぬか」

「ここへとは？」

　分かってはいたが、知らぬふりをした。

「側室にならぬかと殿さまは言われているのだ」

　施薬院が野太い声で言ってきた。

「夫のいる身でございます」

　珠は言った。

「忠興どのにも、悪い話とはならぬ」

　施薬院が率直な話し方をしてきた。こんな言い方を、いろんな女にしてきたのだろう。羽柴さまの寵愛（ちょうあい）を受ければ、一族すべてが繁栄する。ただ、逆の場合は。

　珠は、施薬院の目に卑しいものを感じた。欲情を素直に出しているだけ、秀吉の目の方がましだと思った。

「お許しくださいませ」

　珠は、両手を着いて頭を下げた。胸元から、ポロリと白鞘（しろざや）の短刀が落ちた。袋に包んでないということは、すぐにでも抜くことが出来るということだ。

「おぬし、何を！」

施薬院が立ち上がろうとする。

「不作法なことをいたしまして申し訳ございません」

珠は、短刀を胸元に納めた。

「殿様の前で何をしたか分かっているのか、おぬしは！」

「命、覚悟で参りました」

珠は、秀吉の目をまっすぐに見つめた。

「いい」

秀吉が目を逸らせた。

「もうよい」

秀吉はさっさと高座を降りて、部屋を出た。

「覚悟はしているのだろうな」

施薬院が脅してきた。

「何の覚悟でございましょう」

珠はとぼけた。

「忠興どのにもいいことにはならぬぞ」

「夫にも斬られる覚悟をしてまいりました」

珠は、はっきりと言った。

屋敷にもどったとき、忠興は何も聞かなかった。

「もどったのか」

ただ、そう言っただけだった。珠は、そのとき、忠興に初めて哀れなものを感じた。忠興を許し、自分の強さを感じた。

五

戦国の女は、生きることのすべてが、父によって決められ、領主の意向で決められる。珠と忠興の婚姻を決めたのも信長だった。自分の考えを持つことなど、武将の娘には無用だった。

生きるとは、ただ日々を過ごすことではない。自分の意志で一日一日を過ごしていくことだ。エステルが教えてくれた。マリアが教えてくれた。十字架のイエスが教えてくれることなのだと。

珠は、自分とは何かを考えた。そして、孤独を知った。

珠は、何度も司祭に離婚のことを問うた。キリシタンに離婚は許されるのか。

忠興と別れて、エステルたちと暮らしたかった。

日本人の婚姻の問題は、布教を始めたときから、司教たちを悩ませていた。ヨーロッパの結婚は、神との約束で簡単には破棄できない。日本人の結婚に対する考え方は、ずっと曖昧(あいまい)なものだ。それが、宣教師たちを悩ませた。

武将の嫁は、相手が気に入らないと簡単に離縁される。反対に、妻の家格が夫より上だと、嫁の方が夫に離婚を告げる場合もある。領主から国替えを言い渡されたとき、夫が妻を連れていかずに離縁することもあるが、妻の方が転地するのを嫌って付いていかないときもある。日本の夫婦は、宣教師が驚くほど簡単に離婚し、また再婚する。

珠の離婚の申し出は、司祭たちを苦しませた。忠興との仲がうまくいっていないことは、珠の生活から分かる。

司祭たちは『パウロの特権』という神学の言葉まで持ち出して回答しようとした。

「信者でないものが離れていくなら、去るに任せなさい」

忠興は信者ではないが、珠から離れていこうとはしていない。愛のように見える執着もある。珠は、洗礼を受けて信者になったときに、婚姻が解消不能だということを認識すべきだった。珠の場合は、『パウロの特権』には当てはまらないと、教会は結論づけた。珠の離婚を許すと、忠興が、イエズス会を迫害するのではないかと恐れてもいた。

珠は、何度か教会に問うている。キリシタンに自死は許されるのかと。

そのときが来ることを、珠は予測していたのだろうか。それとも、心の中で自殺願望が芽生えてきていたのだろうか、何度も死にたいと思ったことはある。エステルがいることで、マリアがいることで、体の弱い興秋がいることで、そして、洗礼を受けたことで思い留まってきた。

首を取られた父のことを、ふっと思う。城とともに焼け落ちた姉や弟のことを思う。

ある日、珠は、老臣の小笠原少斎に聞いた。

「父は、なぜ謀叛を起こしたのですか？」

少斎は、坂本からついてきた家臣だった。子供の頃から知っているだけに、気持ちが通いやすかった。珠が隠れて教会に行ったことも、エステルが来たことも知らぬふりをしてくれた。忠興の珠への仕打ちを見てきたのも、少斎だ。

「分かりませぬ」

少斎に答えがあるわけがない。

「ただ」

「ただ、何？」

「お父上は、身近なものを、とても大事にされる方でした」

「それが？」

父が家族を大切にしたことも、家臣たちを大切にしたことも知っている。

「信長さまのように、自分の力ですべてを切り開いて前へ前へと進んでいくことは、自分には出来ない。老臣めに語っておられたことがあります。その生き方に羨望を感じるとも。ただ、信長さまは、まわりに誰もいない。このままでは、いつか、誰かが、信長さまを攻め滅ぼすかもしれぬと、心配しておられたことがあります」

「私は謀叛のことを聞いているのです」

そう言おうとして、珠は言葉を呑んだ。

珠の姉は、荒木村重の嫡男に嫁いでいた。謀叛を起こす前に離縁され、坂本にもどってきた。離縁の理由は分からない。姉自身にも分からない様子だった。なぜなの、なぜなのと、珠はしつこく聞いた。理由も分からずに離縁されるなど許せなかった。

「人の悲しみに手を突っ込むのはやめなさい」

父に叱責された。父は何も聞かずに姉を迎え、姉はその後、父の家臣と幸せな縁組をして、明智姓を継いだ。その姉も、坂本城で死んだ。

信長の許にいて、父は、あまりに多くの悲劇を見てきた。延暦寺の攻めでは、女、子供、若い僧侶を密かに逃がしたと聞いたことがある。信長に気付かれたら打ち首になるのを覚悟して。

父は、藤孝と共に戦いたかったのかもしれない。信長の許で、何度も共に城を攻めた刎頸の友と謀叛を成就させたかったのかもしれない。女らしい感傷かもしれないと、ガラシャは思った。ただ、父のことを、そんな風に思えたことが嬉しかった。

「ありがとう」

珠は少斎に言った。何の礼なのか、少斎には分からなかっただろう。

この後、日本を二分する関が原の戦いが起きた。

西軍を率いた石田三成が、東軍の家族を人質にするため、大坂の細川屋敷を取り囲んだ。

東軍として出陣していた忠興は、屋敷が敵に囲まれるようなことがあったら、留守を預かる家臣共々自害しろと、珠に言い残していた。

戦国時代の武将にとって、自殺（切腹）は名誉の死だった。キリシタンにとっては、命は神から授けられたものだから、人間が勝手に生死を選択してはならない。

珠の父は、名誉の自死を選ぶ余裕もなく、農民に首を取られた。

珠は、屋敷に詰めていた侍女、家臣をすべて逃がした。ただひとり残ったのが、小笠原少斎だった。

少斎は、珠が自死しようとしていることに勘づいていた。キリスト教の教えを知ったことで、珠は、自分とは何かを考えるようになった。戦国武将の妻としてではなく、一人の人間として生きるとは何かということを。

珠の死は、教義にこだわって離婚を許してくれなかった司教に対する抗議でもあった。本当の愛に目覚めてほしい。忠興に、そう言いたかったのかもしれない。人質を取らなかった父への思いもあったかもしれない。

キリシタンに自殺は許されるのか。洗礼を受けた身としては迷いがあった。珠の迷いを、少斎は理解していた。帰依はしていなかったが、キリスト教の教えを彼なりに理解するようになっていた。

「私が介錯(かいしゃく)します」

少斎はガラシャに言った。

「先の長くない身です。ガラシャさまのお役に立てて命を終えることが出来たら、この上ない幸せでございます」

少斎が、初めてガラシャと言った。

「父に言われたことがあります。お前は強い。その強さが生きる妨げにならなければいいがと」

珠は、嬉しそうに言って黒髪を巻き上げた。

珠が、白刃を腹に突きたてると同時に、少斎が首を落とした。少斎は座敷に撒いた火薬に火を点け、屋敷を爆破した。ガラシャの遺体も少斎の遺体も残らなかった。

後日、頭巾を被った女が瓦礫の中で何かを探しているのを、近所の人が目撃している。骨を拾って教会に納めれば、珠の死は殉教となる。

珠が可愛がっていた次男の興秋は、父に反逆して大坂の陣で豊臣方について戦った。城が落ちたときに、家康側に捕らえられたが、父の功績で許された。しかし、興秋は、その後、切腹して果てている。

六

サンティアゴ号がテージュ河を遡る。

川岸には、豪壮な宮殿や寺院の尖塔が並んでいる。日本では見たことのない風景だった。

「きみたちは、我々が大型の船を作り出したから、大航海時代が始まったと思ってるかもしれないが、それは違う」

過ぎていく風景を見ながら、メスキータが使節たちに話しかけた。

「われわれ、ポルトガル・スペインを地の果てに向かわせたのは、キリスト教を信じる情熱があったからだ。十字軍が聖地を求めてエルサレムに向かったように、世界の果てにキリスト教国を作ろうとする情熱が、荒れる海に向かわせた。コロンブスは、アメリカ大陸を発見した後は、クリストフェレンスと署名するようになった。『キリストを運ぶもの』という意味だ」

使節たちには、メスキータの言葉は耳に入っていなかった。初めて見る西欧の街。二つに分かれた丘に、白壁の建物が密集している。長崎も丘の街だった。海岸線に大きな屋敷が並び、檣楼(しょうろう)のそばには教会が海に向かって十字架をきらめかせていた。長崎の港は、当時キリシタンに寄進されていたのだ。しかし、目の前のリスボンの街は、南欧の太陽に照らされて、まばゆく輝いて見えた。

城砦(じょうさい)から号砲が轟(とどろ)いて、使節たちを驚かせる。彼らを迎える祝砲だった。

「あれがベレンの塔といって、港に出入りする船を見張る役目をしているんだ」

メスキータが岸壁に立つ石造りの塔を指した。

テージュ河は海と思えるほど広い。帆船が何隻(せき)も停泊していて、リスボンが大航海時代の先陣を切った街だということを実感させた。叶(かな)えられない夢を求めて、布教の地を求めて、富を求めて、ポルトガル人は荒れる海に乗り出していったのだ。

使節たちは、初めてヨーロッパ大陸の土を踏んだ。長崎を出てから、二年半。ヴァリニャーノは、使節たちの背丈に合う衣服を用意させていた。年月が使節たちの肉体を成長させることが分かっていたのだ。

黒い僧服を着た修道士たちが、歓声を上げて使節たちを迎えた。力まかせに抱きしめてくる。抱きしめ合うヨーロッパ式の挨拶は、インドのゴアで慣れていたが、修道士たちの髭面(ひげづら)が痛い。

丘の上の誓願修道院では、厳かな賛美歌が使節たちを迎えた。何十本ものロウソクが、祭壇の十字架を照らしだしている。裸で十字架にかけられている男になぜ手を合わせるか。反発を感じていたマンショでさえ、厳粛な気分にさせられる光景だった。

「あなたは何者なのだ」

ロウソクの灯の中で金色に輝いているキリストに向かって、マンショは呟(つぶや)いた。

修道士が、マンショたちを質問攻めにしてくる。

彼らは、東方の果てに布教に行くことを熱望していた。憧(あこが)れの地からやってきた四人の使節たちに、聞きたいことが山ほどあったのだ。

「日本では、いくつもの宗教が融合しているというが、我々には理解できない。本当なのか？」

「木々や山々、河の流れ、岩に宿る神々、そこに神を見る神道(しんとう)というものがあると聞いたが、それはいったい何なのか？」

「日本人は、怒りを外に表すと、肝が据わらぬと言って軽蔑(けいべつ)されるというのは、本当なのか？」

「日本ではたえまなく戦乱が続いていて、日本人は敵になったもののすべてを破壊する習慣があると聞いたが本当なのか？」

「半年あまりで四十万から五十万の信者ができたと聞いたが、本当なのか？」

メスキータが通訳をしようとするのだが、修道士たちが次々に質問をしてくるから言葉が間に合わない。

「われわれが自分の国で食いはぐれて、日本にやってきたので、神について説教するのは金儲けの口実にすぎないと、日本人が思っているというのは、本当か？」

「日本人は、酔っぱらっても恥じないというのは、本当なのか？」

「デウスの前では、男と女は平等だというキリスト教の精神を、日本の女性は理解しているのか？」

「ハラキリは、名誉の死であると聞いたが、本当なのか？」

七

ポルトガル王がモロッコ遠征に行ったきり行方不明になっていた。死亡が確認されないまま、スペインのフェリペ王が二つの国を仕切ることになった。

スペイン王がポルトガルを併合したことが、イエズス会の立場を複雑にした。ポルトガルの統治機関は、イエズス会を支持していたが、スペインは、フランシスコ会に肩入れしていた。その上、当時のヨーロッパでは、カトリックとプロテスタントの宗教戦争も起きていた。

日本では、ヴァリニャーノを失脚させたいコエリョ一派が、イエズス会本部に告発状を送ろうとしていた。使節たちは、日本の王の子でもなんでもなく、ヴァリニャーノが持参した西欧の王たちへの親書はすべて偽物だ。もともと、コエリョやラモンは、ヴァリニャーノの使節団派遣をくだらないことだと思っていた。われわれは、日本人を支配、教化すべきであって、西欧の王侯などと対等に扱う必要はない。

使節たちは、何も知らずに、王宮の大聖堂を見上げていた。天に向かって延びていく天井。壁面のステンドグラスからは、神秘な光が差し込み、見上げる者たちに感動を伝えてくる。ステンドグラスに描かれているのは、すべて聖書の物語だ。

「すごい！」

ミゲルが無邪気に歓声を上げた。

「こんなに高い天井を、どうやって作ったのだろう」

マルティノらしい感想だった。

「神への祈りが届くように、上へ上と伸びていったと聞きました」

ジュリアンは、真面目に聖書の教えを学んでいた。

「こけおどしだ」

マンショは天井を睨みつけている。

アルベルト枢機卿が祭壇に登場する。枢機卿というのは、ローマ教皇の認可を得て、地域を支配する権力の持ち主だ。アルベルトがポルトガルの統治者になっていたことは、日本を発つときには分からなかった。それが、後に、旅の暗雲となってくる。

マルティノが、ラテン語で書かれた教皇への挨拶文を読み上げた。

「私たちが東の果ての国から来たのは、日本の王に代わって、教皇猊下への敬虔の情を示すためであり、キリスト教の偉大な勢力をこの目で見ることであります」

枢機卿はうなずきながら聞いていたが、

「きみは、意味が分かって読み上げているのかね」

と、問うてきた。東の果ての人間がラテン語を理解できるわけがない。

「この使節は、わが国の使節たちよりも、ずっと早くラテン語を覚えると、巡察師ヴァリニャーノさまも感心しておられたのです」

メスキータが慌てて言った。

「ラテン語は、古代ローマから伝わる言語で、深い教養と知識のある人間だけが使うものなのだよ。カトリック教会の公用語だからと思って、付け焼き刃で挨拶をして、私が喜ぶとでも思ったのかね」

やさしい口調に皮肉が混じっている。

「何を言ってるんですか、枢機卿は？」

マンショがドラードに聞いた。

「浅はかな真似はやめろと……」

ドラードの言葉が終わらないうちに、マンショが大声を上げた。

「あなた方は、自分たちが世界で一番偉いと思ってるのか！」

「よせ、マンショ！」

メスキータもドラードも、マルティノさえもが慌てた。

言葉の意味は分からなかっただろうが、マンショが自分を非難していることは表情で分かる。東の果ての少年が、文句を言っている。枢機卿の顔色が変わった。

そのとき、ミゲルが祭壇の脇のオルガンに向かっていった。

「ミゲル！」

メスキータが叫んだ。この上、何をしでかすのか。

ミゲルが、いきなりオルガンを弾いてみせる。決してうまくはなかったが、堂々としたミサ曲だった。東の果ての人間でもミサ曲を弾くことが出来る。マルティノの行為を、ミゲルが鍵盤で後押ししてみせた。

枢機卿が手を叩いた。拍手に皮肉は混じっていなかった。

ミゲルが得意げな顔でもどってくる。

「お前、いつのまに⁉」

マンショがあきれていた。

「船で甲板に鍵盤を書いて、メスキータさまが教えてくれた。ゴアの教会には、これと同じオルガンがあったんだよ」

「お前、ゴアでは、シモに帰るとゴネてたじゃないか」

「それとこれとは、別問題」

ミゲルがケロリと言ってのけた。

八

誓願修道院は、何十人もの司教・修道士のいるリスボン一の修道院だった。

「われわれは、ここで一日、神に祈りを捧げているのです」

修道士が、身を屈しないと入れない小さな僧室を案内した。狭い部屋に小さな窓、粗末なベッドが置いてあるだけだ。

「ここで、一日、祈りを?」

ミゲルが聞いた。修道士がうなずく。簡単な日本語なら分かるらしい。

「何のために、こんな狭い部屋で祈るんですか」

ジュリアンも聞いた。

「余分なものを捨てて、一対一で神と向かうためです」

余分なものを捨てて神と向き合う。その言葉がマンショを刺激した。

「われわれも、ここで泊まりたい」

「あなたたちには、もっと立派な部屋を用意してあります」

ドラードが慌てて言った。

「何、カッコつけてるんだ、お前?」

ミゲルも言った。

「あなたたちと同じ体験をしてみたいのです」

マンショは、修道士に言った。

「何日か籠もったところで、あの連中の気持ちが分かるわけじゃない」

マルティノが言い返す。

「そうだよ」

ジュリアンも小声で言った。やっと陸に上がったのだ。ゆったりと寝てみたい。

あなたたちと同じ体験をしてみたいというマンショの言葉に、修道士たちが感激して、
マンショたちは牢獄のような狭い部屋に泊まることになった。

「何、考えてるんだ、あいつは」

マルティノが小さい窓と粗末なベッドを睨みつけた。

ジュリアンは、壁の十字架に向かって溜め息をついた。

ミゲルが、部屋の壁を叩いて叫んだ。

「王宮にだって泊まれたんだぞ、おれたちは!」

マンショは、壁に掛けられた小さな十字架を見上げていた。

夜が更けると、修道士たちの祈りの声が響いた。パーテル・ノステル(われらの父よ)

を唱える声が聞こえてくる。キリストが弟子たちに教え、弟子たちが多くの人々に伝えた祈りの言葉は、混成合唱のように廊下一杯に響き渡った。

セミナリオの学問では学べなかった、修道士たちの心の響きだった。


神の子が誕生したことを知った三賢人が、東方から旅をしてきて、赤子のキリストの前にひざまずき祝福を捧げた。聖書に書かれた物語を、東の果てから来た使節たちが再現している。行く道行く道で、人が集まり大騒ぎになり始めた。

フェリペ二世の従姉妹(いとこ)に当たるカタリナ妃が、騎馬隊の先導する豪華な馬車を回してきて、館に来てくれと言ってきた。

使節たちに用意された、錦(にしき)の天蓋(てんがい)の付いた豪華な寝台。壁一杯が黄金の飾りで輝いている。

パーテル・ノステルの響いた狭い僧室。黄金の眩(まばゆ)さで溜め息が出る豪華な部屋。どちらも、使節たちが初めて経験する西洋のきらめきだった。

カタリナ妃の要請で、日本の衣服を着て館に行った。サムライ姿の使節たちが宮殿に入ると、そこにいるすべての人々から、歓声と拍手が巻き起こった。

妃は、とくに興味を示して、一晩、衣服を貸してくれと言ってきた。何をするつもりだろうと、次の日に館に行くと、妃の次男が侍の衣装で待っていた。刀まで差している。かなり珍妙な格好だった。マルティノとジュリアンが着付けを直して、ミゲルとマンショが刀の差し方、抜き方を教えた。

妃も次男も大満足だった。

出発するとき、妃は、充分過ぎる路銀をドラードに渡してくれ、エンパーダというポルトガルのおやつまで差し入れてくれた。

マドリードに入ると、沿道の騒ぎはますます大きくなった。窓や道端には、群衆がひしめき、馬車に向かって大声で叫ぶ。広場に入ると身動きできないほどの群衆が馬車を取り囲む。女子修道院を訪ねたときには、修道女たちが、興奮して泣き叫び、感動のあまり失神した。

東洋的で物静かな感じのポルトガル人と、情熱的なスペイン人。その気質がはっきりと分かる国境だった。

夜の街道を馬車が走っていたとき、遠くに、いくつもの炎が並んでいるのが見えた。

「何だ、あれは？」

ミゲルが窓から首を出した。

「止めてください！」

マンショが御者に声をかけた。

夜の闇の遠く、燃えていたのは人間だった。柱に縛りつけられたまま炎になっている。

使節たちの息が止まった。

扉が開いて、メスキータが乗り込んでくる。

「急いでくれ」

御者が鞭打つ。馬車が疾走する。メスキータが窓の被いを降ろした。

「あれは、何なのです？」

マルティノが聞いた。

「異端者の処刑だ」

「異端者⁉」

マンショが被いを上げようとした。メスキータが手を押さえる。

「お前たちは知らないでいい」

夜の闇の中に、炎の柱が遠ざかっていった。


宿舎に着いてから、使節たちはドラードを質問攻めにした。

「異端者って何なのですか？」

「ヨーロッパでは、カトリックとプロテスタントとの宗教戦争が長く続いているのです」

「プロテスタント？」

「ルターという人が興した新しい宗派です。カトリックの腐敗を激しく糾弾したので、一気に信徒が増えたのです」

余計なものを彼らに見せてはならぬ。ヴァリニャーノがもっとも見せたくないものを、使節たちは見てしまった。

「腐敗しているのですか、カトリックは？」

　ジュリアンが心配そうに聞いた。

「長くつづいた制度は、必ず腐敗します。カトリック教会は、聖職者の質も落ち、信者も巡礼、断食などのつらい行為を避けるようになっていきました。洗礼を受けてキリシタンになってからは、犯した罪を告白しないと天国に行けないということになっています。懺悔の相手は司祭以上の宣教師と決まっているのです。そんなとき、教皇レオ十世が免罪符を売り出して、それを買えば懺悔をしなくても罪が軽減されると言い出したのです」

「許しが金で買えるということか」

　ミゲルが憤慨していた。

「ルターの主張を広めたのが、活版印刷機だ」

　マルティノが声を上げた。

「そうです。私は、ヴァリニャーノさまから活版印刷機を日本に持ち帰る使命も受けて、船に乗り込んだのです」

「ほんとですか‼」

「巡察師は、ポルトガル語と日本語の辞書を日本でも作ろうとされているのです。そうすれば、イエスの言葉を多くの人々に伝えることが出来るようになる」

「同じ文書を何枚も作ることが出来るようになるのですね」

　マルティノが、ドラードの手を握りしめた。

「ゴアで異端者の処刑が行われていたと、あなたから聞きました」

マンショは冷静だった。

「ゴアにも……」ドラードが声をひそめた。『魔女に与える鉄槌（てっつい）』という本が持ち込まれていました。ドイツの異端審問官だった人が書いた、魔女狩り必携と言われている本です。女は、悪魔に乗り移られて信仰心を失（な）くす。女性嫌悪と蔑視（べっし）を基にしたこの本のせいで、異端者として裁かれる者のほとんどが女性になっていったのです。イタリアの寺院には、あらゆる拷問器具が置かれているところがあると聞きました」

使節たちは黙り込んでしまった。

「カトリックは、聖書を読み、それを信者に伝えるのは、司祭だけの役目だとされています。ルターは、すべての信者が聖書を読み信仰をしてもいいと言ったのです。それでは、信徒、修道士、司祭、司教、枢機卿というカトリックの階級制度は崩壊してしまいます。われわれが、これから謁見（えっけん）しようとしているローマ教皇もいらなくなります。ヴァチカンとしては絶対に許せないことなのです」

「同じ神を信じているのに、なぜ戦うのです」

マンショが聞いた。

「同じ神だから、違いが際立つのかもしれません。イエズス会も、ルターのプロテスタントに対抗するために生まれた戦闘的な宗派だったのです」

「イエスは敵を愛せ、隣人を愛せと言ったと聞きました。愛を伝えるために命を捨てていったのだと」

狭い僧室で、キリスト像に手を合わせ、一心に祈りを捧げている修道士たちのことを、マンショは思い出していた。あのとき感じた澄みきった空気と、異端審問の血なまぐさい話とはあまりに違いすぎた。

「修道士ひとりひとりは、私欲を捨て信仰に命を捧げる人が多いのですが、集団となると、相手を許さなくなってしまうのです」

ドラードが言った。ひと息ついてから、

「これから会うフェリペ二世というのは、狂信的なカトリック信者です」

「え?」

「この地に、異端者は絶対に存在させないと、王になったときに誓ったそうです」

九

スペインは、太陽の沈まぬ国と言われていた。

スペイン、ポルトガル、ナポリ、シチリア、オランダ、アフリカ、アメリカ、太平洋の島々、インド、フィリッピン。フェリペ二世は、世界を支配する王だった。世界の海のほとんどが、スペイン王の支配下にあった。

使節たちは、宿泊施設のあったトレドから、四頭の白馬の曳く、四台の輿馬車にひとりずつ乗って、マドリードからエスコリアールに向かった。

現存するこの建物は、フェリペ二世が二十四年の歳月をかけて作り上げた壮大な宮殿だ。南北二百七メートル、東西百六十一メートルのほぼ四角形の建物には、修道院、教会、王宮が入り、二千名の人間が働き、修道士百名が居住していた。部屋数二千六百、窓の数一万千、扉千二百。内部のきらびやかさはスペインの栄華を、いやというほど見せつける。

騒ぎが大きくなってはと、馬車の窓には帳（とばり）が下ろされた。騎馬隊が馬車を守っていたが、宮殿の前には使節たちを一目見たい群衆が詰めかけて、大騒ぎになった。

「姿を見せろ！」

「顔を出せ！」

群衆が大声で叫ぶ。騎馬隊が抜刀して、野次馬を蹴散らした。

王宮には、メスキータとドラード以外の従者は連れて入るなという、フェリペ二世の命令だった。理由は分からなかった。

最強の王には、客を王宮に招いたとき、密（ひそ）かに客の姿を覗き見する性癖があった。見られていないとき、人は心に秘めていた本性を覗かせる。フェリペ二世は、柱の蔭（かげ）から、宮殿の奥深く歩いていく訪問客たちを盗み見るのが趣味だった。

王は、十二歳のときに母を失くし、妃も二度失った。三十三歳のときには、息子カルロスの婚約者を奪って王妃に迎えた。カルロスは、父に反逆を企てたが失敗。精神に異常をきたして王宮に幽閉され、二十三歳で死んだ。

赤い絨毯（じゅうたん）を敷きつめられた王宮の大階段を、使節たちは上がっていった。花鳥模様の着物を袴（はかま）に着替え、大小の刀を腰に差して、底が革でできている尻きり草履を履いた。

中央の金と絹で被われたひな壇には、天蓋のついた高台があって、そこには国王のための黒いビロード張りの椅子があった。両側には、教皇使節、神聖ローマ皇帝使節、ヴェネツィア総督使節など、スペインと縁のある大国の特使が並んだ。国王は、黒の式服を着て、黒いビロード張りの椅子に座り、金の羊のついた金鎖（ハプスブルグ家の名誉を示す金羊毛勲章）を下げ、マントを肩にかけて、頭に真っ赤な更紗（さらさ）の冠を被っていた。

マンショは信長を思い出していた。愛とは何か、自分を信じ、まっすぐに生きるとはどういうことか。それを問うた信長を。

フェリペ二世の眼が、信長と同じように鋭く光っている。

マンショが、王の前にひざまずいて手に接吻（せっぷん）をしようとすると、それを制して、立ち上がって抱擁（ほうよう）した。ミゲル、マルティノ、ジュリアンたちも、次々に抱擁する。

随員のメスキータやドラードまで、親しく抱擁をした。屈託のなさも、信長と同じだ。

マルティノが、漆の箱から大友宗麟（おおともそうりん）の親書を出して読み上げようとすると、フェリペ二世が壇上から降りてきて、親書を覗いてきた。マルティノが、上から下に、右から左へと読んでいくのを知って、それを真似て、意味が分からないまま日本語を繰り返してみせる。使節たちは思わず笑ってしまった。フェリペ二世も笑いだす。

このとき、朗読された大友宗麟の書状は、後にヴァリニャーノを追い詰めることになるのだが、書状が偽物かどうかなど、この時の王にはどうでもよかったに違いない。

ミゲルが、持参した日本刀を献上した。

こんな形の刀を見るのは初めてだ。フェリペ二世が剣をかざして見る。ずしりと重い日本刀の鋭利な輝きを、じっと味わっていた。ゆるやかに反っている刀身。刃先に白く走る波紋。西欧の刀にはないものだった。

「なぜ反っている」

「力強さと美しさ。それを同時に表現したいと、作り手が思ったからだと聞きました」

ミゲルが、剣を腰にもどし、一気に抜いてみせる。もう一度鞘にもどし、抜く。間髪をいれずに、鞘に納めてみせた。

フェリペ二世がさっそく真似をしてみるが、刀を抜くことさえ難しい。ミゲルがもう一度やってみせる。ミゲルの鮮やかな刀さばきは、マンショたちも見たことがなかった。ミゲルが城主の子だったことを、使節たちは思い出した。

フェリペ二世がもう一度刀を受け取った。ミゲルがしたように、剣を抜いて鞘に納める真似をしてみせようとするが、危うく手を切りそうになって鞘を落とした。慌てて駆け寄ろうとする侍従を、フェリペ二世は手で制した。

もう一度やってみる。出来ない。ミゲルには、なぜ簡単に出来るのか。何度もやってみる。王座の両脇には、各地の枢機卿、大司教、各国の大使たちが正装して並んでいるのだが、フェリペ二世は、一向にかまわず刀に熱中している。やっと見事に出来るようになると、ミゲルの手を握って、子供のように喜んだ。

並んだお偉方が、ほっと溜め息をつく。

フェリペ二世は、ジュリアンの袴の腰板を珍しがって、手を差し入れてさぐってみたかと思うと、尻きり草履に眼を止める。マルティノが気をきかせて片方を脱いで見せた。

「親指と他の指を離しているのは、我らの手袋に似てる」

と、指を入れてみる。王宮に、また笑いが流れた。

使節たちが、楽器を演奏してみせた。アルパ、クラヴォ、リュート、ラベキーニャ。このときのために、ずっと練習してきた。

フェリペ二世も、満足そうに演奏を聞いている。ひな壇に並んだ枢機卿、大司教、各国の大使たちは、終わりがくるのを待ち望んでいるように見えた。

王の家臣らしき男が二人、最後部に立っているフランス大使のそばに近づいた。一人の男の手に白刃が煌めいた。倒れる大使を、二人の男が支える。まわりの大使たちは気付いているのかどうか、表情も変えない。

男たちは音も立てずに列を離れ、大使を奥に連れ去っていった。

十

寝所に下がった使節たちが、ミゲルの見事な剣さばきをからかっていたら、メスキータがやってきた。

「フェリペ王が、献上した名刀について聞きたいと言っている」

「今からですか？」

ミゲルが剣を置いた。

「お前はいい」

ミゲルがけげんな顔になる。メスキータは、マンショを見て、

「フェリペ王が、お前に刀の説明をさせろと言ってきてるんだ」

「私に？」

今度は、マンショがけげんな顔になった。

「お前、フェリペ王と何かあったのか？」

「いいえ」

「何か気に入らぬことがあったのだろう。ドラード、お前、ついていってやれ」

マンショとドラードが、応対の間に行くと、フェリペ二世が待っていた。部屋にいる侍従たちに出ていくよう指示する。

ドラードにも、

「お前もだ」

と、言ってくる。

「それでは、言葉が通じません」

ドラードが言い返すと、フェリペ二世はあっさりとうなずいて、献上した日本刀を手にした。

フェリペ二世が刀を抜く。

マンショとドラードは一瞬緊張した。

「これは何だ？」

フェリペ二世が刃先の波紋を指し示した。ドラードが説明しようとすると、

「お前じゃない」と、マンショに答えをうながしてきた。「何の印だ？」

「刀を作ったものが、自分だけの印として刃先に刻むものです」

ドラードが通訳する。

「波紋は、いろんな形があるのだとミゲルから聞きました」

自分よりもミゲルを呼ぶべきだったのではないか。フェリペ二世は、なぜ自分だけを呼んだのか。

「刀というのはしょせん、人を殺すためのものだと思わないか」

フェリペ二世が聞いてきた。

「思います」

マンショに幼い頃の記憶がよみがえった。逃走する峠で、父が侍女を斬り捨てたときの白刃のきらめき。

フェリペ二世が、マンショに刀を渡した。

「連れのものが、やったようにやってみせろ」

「私には出来ません」

「お前も、王の子ではないのか？」

「私は、幼き頃に父と死に別れました。あれは、日々鍛練したサムライにしか出来ぬ技なのです」

「お前は、目が鋭い」

「……」

「部屋に入ってきたときから、おれに目を向けてきた」

ドラードが、マンショを見る。

「なぜだ？」

「この刀の贈り主とどこか似ていたからです」

「私と似た男が、東の果てにもいるのか？」

「風貌(ふうぼう)ではありません」

「何が似ている」

「何も信じていないところが」

「私は、神を信じている。キリストの教えを信じている」

マンショは黙って王を見つめていた。夜の闇に浮かんだ幾本もの炎。キリストの教えを信じているものが、なぜあんなことをするのか。

「お前は異端者なのか？」

「え？」

「異端者の密使か！」

「違います！」

ドラードが慌てて言った。

「このものに聞いているのだ！」

フェリペ二世が、日本刀の切っ先をマンショに突きつける。

「おやめください！」

ドラードが叫ぶ。鼻先に切っ先を突きつけられても、マンショは落ち着いていた。

「お前、見ただろう？」

「何をですか！」

マンショより先にドラードが聞き返していた。

「伝えろ！」

フェリペ二世が怒鳴った。ドラードが慌てて伝える。

「見ました」

マンショが落ち着いて答えた。

「何を見たんだ、お前？」

ドラードの方が聞いた。

「私が人を殺させたところをだよ」

フェリペ二世が答えた。

「え⁉」

「あの大使の国は、スペインに対抗しようと、プロテスタントに手を差し伸べている」

一瞬戸惑ったドラードが、フェリペ二世の怒りを思い出して、慌てて通訳する。

「あの男は、やがて、フランスに流れ着く。それが、私の警告なのだ」

マンショが落ち着いている。それを見て、

「お前、やはり異端者だな」

フェリペ二世が刀を振り上げる。

「おやめください！」

ドラードが慌てたが、こんなことになるのを予見していたとでもいうように、マンショは落ち着いていた。

「なぜ、慌てぬ？」

「私は、何度も死に目にあってきました。いつ死んでもいいと思って生きてきました。死ぬことは怖くないのです」

「私は、この刀でお前を斬るつもりでいる。お前は追い詰められ、逃げまどい、哀れな眼を向けてくる。その眼が快楽を呼ぶんだ」

「それが、神を信じているひとの言葉ですか」

「何⁉」

「マンショ！」

ドラードの叫びが終わると同時に、フェリペ二世がマンショに斬りつけてきた。マンショが、近くにあった燭台(しょくだい)で危うく切っ先を受け止める。

「お前、やはり王の子か？」

マンショには、何を言っているのか分からない。

「なぜ、おれの刀が受けられる！」

フェリペ二世が刀を振り下ろす。マンショがまた燭台で受け止めた。

「なぜ、受けられるのかと、王は言っている！」

ドラードが慌てて通訳する。

「必死で生きてきたからです！」

フェリペ二世が両手で刀を振りかぶって、一気に叩きつけてくる。受け止めたマンショの燭台が真っ二つに切れた。

フェリペ二世は、マンショが防いだことよりも、鉄の燭台を刀が切ったことに驚いていた。刃先が欠けてはいるが刀身はそのままだ。フェリペ二世は、マンショよりも刀に気持ちを奪われていた。

「名工が作った刀は、そう簡単には折れませぬ」

ドラードが言った。フェリペ二世は、まだ刀身を見つめていたが、

「贈り主の王に会いたい」

「このものたちが出発したのちに、裏切りにあって、命を落としました」

フェリペ二世が刀を下ろした。

「マンショと言ったな」

「はい」

「私と会ったことで、お前たちはいたるところで大歓迎を受けるだろう。でもな、歓声の裏には、それと同じだけの憎しみがある」

ドラードが通訳した。王がなぜこんなことを言うのか分からなかった。

「お前たちに歓声を上げるものが増えれば増えるだけ、行く手を遮るものも増えてくる」

マンショには、フェリペ二世が何を言おうとしているのか分かっていた。

「歓声と同時に、憎しみの矢も受ける。王というのは、そういうものだ」

あの時の信長。安土城で謁見したときの信長。その信長が言っているように聞こえた。

「行け」

刃先の欠けた刀を下げて、フェリペ二世が奥に行った。そこに誰が待っているのか。待つものは誰もいないのではないか。フェリペ二世の後ろ姿は、そんなことを思わせるほど淋しげだった。

頂きに昇りつめたものの孤独。大勢の人間を従えながら、誰一人信じるもののいない淋しさ。鋭い眼光と共に、フェリペ二世と信長が訴えていた孤独だった。

第四章　高山右近・キリスト

一

「どう思う？」

秀吉が、右近に聞いた。聚楽第の『黄金の茶室』でのことだった。壁、天井、柱、障子まで金箔が張られ、台子、皆具も金で彩られていた。

「すべて、利休の設えで揃えた」

「関白さまの趣向のままに」

利休が、茶器に湯を注ぎながら言う。

「いやいや作ったというのか？」

秀吉が、利休を見た。

「いえ。私も楽しみながら作らせていただきました」

亭主は秀吉、客は右近ひとりだった。点前は、利休。

利休は偽りの答えをしたわけではない。黄金のきらめきは、利休が目指しているものとはあきらかに違う。如才ない商人の答えを、右近は、利休の答えに見た。商売は自分の気持ちだけでは成り立たない。相手の得、自分の得をすり合わせたところで商いは成り立つ。

「おぬしは、やはり堺の納屋衆だのう」

心を見抜いたように、秀吉が笑った。利休は黙って茶筅を動かしている。

堺には、さまざまな国から多くの物資が運び込まれる。それを保管する倉庫を持っているのが納屋衆だった。侘びとか寂びとか言っていても、しょせん、おぬしは商売人ではないか。秀吉の笑いを、利休はどう受け止めただろうか。

利休が、点てた茶を右近の前に置く。右近は、茶碗を手で包んだ。温もりが心を落ち着かせる。ゆっくりと茶を含んだ。細かな泡が口に広がる。利休の茶は、いつも心地よく口を楽しませてくれる。

「茶は心で点てるものだ」

利休はよく言っていた。秀吉の皮肉な笑いも、利休の心には響いていない。右近は茶を呑み干した。

「結構なお点前で」

心から言っていた。その時に秀吉が聞いてきたのだ。

「この茶室を、どう思う?」

「面白い趣向だと思いますが、私には落ち着きませぬ」

右近は正直に答えた。

「おぬしらは、あの狭苦しい茶室が好みであろうが」

秀吉が言っているのは、天王山(てんのうざん)の麓(ふもと)に利休が作った『待庵(たいあん)』のことだ。

「あの茶室では、心が安らぐものを感じます」

秀吉が上目遣いに見てくる。秀吉がこんな目をするときは、要注意だ。

「待庵には、利休を慕って、さまざまなものが集まっているそうだの。とくに、キリシタンが」

利休を見ている。

「すべての欲望を捨て、自分の心と向き合う。茶道というものは、信仰と相通じるものがあると思います」

右近は率直に答えた。理由は分からないが、利休に向けてくる秀吉の矢を、間で受け止めたかった。

「欲望を捨てて、何が残る？」

「心の豊かさとでもいうものでしょうか」

「多くの側女(そばめ)を侍(はべ)らせる。それが、わしの心の豊かさだと言ったら、おぬしは何と言う」

秀吉が絡んでくる。

「きりのない欲望は、ひとを貧しくするだけだと、私は思います」

右近は、秀吉の言葉を跳ね返した。

「利休」

秀吉の矢が、利休に向いた。

「おぬしは、どう思う?」

「欲望を断ち切るために、私は、待庵を作ったのでございます」

利休も、はっきりと答えた。

「わしは、金色で囲まれた、この茶室が好きなのだよ」

秀吉が、なおも絡んでくる。

「この間、いいおなごに出会っての。わしの側女にならぬかと呼び寄せたら、懐剣を忍ばせてやってきおった」

誰のことを言っているのか、右近には分かった。ガラシャだ。

「どうしてもとおっしゃるのなら、私はここで自害いたしますと」

ガラシャにそんなことがあったのか。

「キリシタンのおなごだった」

秀吉が珍しくしんみりと言った。

「強いの、キリシタンのおなごは。シモでも、何人か、そのようなおなごに出会った」

ガラシャとは縁があった。謀叛を起こした光秀を追い詰めたのは自分だ。光秀が本能寺を攻めたとき、右近は、高槻から真っ先に出陣した。千人の兵力で八千人の明智軍を撃破したと、後に称賛された。味方の戦死はたった一人の見事な先陣だったと。ガラシャの姉、弟、親族は、焼け落ちる坂本城と共に命を終えた。

事が起きたときは、近くにいたものは真っ先に駆けつける。座り込むな。それは精神の怠惰だ。信長はよく言っていた。陣の奥で戦いの指揮をする指揮官。そんな武将にはならぬ。それが信長の信念だった。まっすぐに敵に突入していく、それが信長の戦さだった。

信長のまわりには、戦術に長けた武者はいなかった。これから人生を生き抜こうとする無名の戦士しかいなかった。ひとかどのものになると、戦場を駆け抜ける自分の後についてこなくなる。戦いに勝つ。それが信長の目的ではなかった。命を懸けて単身突入するときの肌を切り裂くような切迫感。それが、彼の戦争であり、人生だった。

信長はいつも戦っていた。戦場だけではない。日常すべてが、彼にとっては戦いだった。ときには、殺人に歯止めがきかなくなる。

光秀は、それを嫌ったのだろうと、右近は思った。光秀にとって、日常はもっと穏やかなものだった。穏やかであってほしいものだった。光秀は、信長の生き方を断罪するために謀叛を起こしたのではないかと、右近は思うようになっていた。

「生きるということは、そんなものではない！」

光秀は光秀で、叫びたかったのかもしれない。

二

利休は、秀吉にも茶を点てた。茶筅を動かしていると、心が落ち着く。

「いいおなごに出会うと、気持ちがはやっての。ハハハハ。いやいやながら、わしの前に這いつくばって、言うことを聞く。それが、力を持つものの醍醐味なのだよ」

秀吉は、まだ女の話を続けている。

「おぬしらは、わしのことを、欲望に囚われた貧しきものだと思っているだろうが」

「そのようなことは思っておりませぬ」

利休が、茶を秀吉に捧げようとしたとき、秀吉が突然大声を出した。

「待庵に集まって、そう言っておるのだろうが！」

その激しさに、利休と右近は一瞬言葉を失った。

「わしから欲望を除いたら何も残らぬ」

秀吉が静かな声にもどした。

「力と女。それへの欲望があったからこそ、わしはここまで来た」

利休と右近に言っているのだろうか。それとも、自分に。

「右近」

「はい」

「バテレンが、フィリッピンからフスタ船を呼ぶそうだ。そのうちに、おぬしに長崎のキリシタンの城の主になってくれと言ってくる」

「私には、そんなつもりはありません」

「おぬしになくても、向こうから言ってくる。戦場において、そちが優れておることは、みなのものがよく知っておる」

秀吉はニヤリと笑った。

最後の敵となった島津を倒すとき、秀吉は、右近らキリシタン大名を利用した。旗幟や兜に十字架を描き、整然と行進するキリシタン兵士は、十字軍を思わせた。右近は、総司令官として、行進の先頭に立っていた。有馬、大友らのキリシタン大名を救う。右近にも戦いの理由があった。

右近は、十三歳のときに受洗した。父がキリシタンになったからだ。教えを説きにきた盲目の琵琶法師ロレンソには心を揺すぶられた。彼が余興で謡ってきかせた『平家物語』。

「祇園精舎の鐘の声、諸行無常の響きあり。沙羅双樹の花の色、盛者必衰の理をあらわす。おごれる人も久しからず、ただ春の夜の夢のごとし」

琵琶の音と共に語られた無常観。キリストの教えとは遠いものだった。ひとつの神の許に心を寄せるキリスト教。人生は諦めではない、愛と許しの祈りだ。キリストの教義に、無常観は馴染まない。

そのときには、キリストの教えよりも、ロレンソの語るポルトガル語に興味があった。初めて聞く異国の言葉の不思議な響き。高槻の城を継ぎ、戦乱の真っ只中に投げ込まれて、初めてキリストの教えが心に沁みた。

政情不安の中で、何を頼って生きていくか。それが戦国武将の課題だった。すべてが無だ。そう感じて、禅宗に帰依していく武将も多かった。神の許に自分を捧げる。無常の中で自己を捨てる。自己の処し方は、似ているようで正反対だ。

「バテレンの教えを信じるのなら、なぜ主になって戦わぬ」

「戦うこと、人と人が争うことの無意味さを知り尽くしたからこそ、私は、キリシタンになったのでございます」

「その教えを捨てろと言ったら？」

「……」

「わしの命令とキリストの教えと、どちらが重い」

「武士として一度誓ったものを捨てることは出来ませぬ」

「わしの頼みでもか？」

「はい」

「利休」

　また、話の矢が利休に飛んできた。

「最近、右近らキリシタン共と心を通わせているようではないか」

「私がキリシタン大名と気持ちが合うのは」

　右近に倣って率直に言おうと、利休も心を決めていた。

「神というものと向き合うことで、この世の栄誉、欲望、そういうものに心を惑わされることがないからでございましょう。私めも、茶の湯に携わりましてから、余計なものを棄(す)てることが出来ました」

「キリシタンのおなごも、そうか？」

「関白さまの寵愛を受ければ、親族一同、富も栄誉も授かることが出来ます。しかし、そのようなものより、おのれの心を大切にしたいと思ったのでございましょう」

「おのれの心か？」

「はい」

「右近」

秀吉の矢が、また右近に向いた。

「キリシタンは、主君の教えよりも、バテレンの信仰の方が重いと思ってるようだの」

「信仰は、ただ一度の心の誓いです。どちらが重いと聞かれれば、今の私にとってはイエスの教えこそが重いと申すしかありませぬ」

「日本は神の国だ。そう思わぬか？」

すぐには答えられない。

「木々や山々、流れる水、吹く風、空から落ちる雨。そのすべてに、神を感じる。神道、仏教、儒教、日本の教えは互いに対立するものとしてではなく、人々の心にある」

秀吉の言っていることは理解できた。

「バテレンの教えは、なぜ、それを拒む。おのれ以外の信仰を悪魔のもたらしたものと教えるのだ」

右近がすぐに答えられないでいると、秀吉が大きな声を出した。

「答えろ、右近‼」

右近は、ゆっくりと答えた。

「イエスの教えは、戦いに明け暮れていた心に深くしみ込んできたのです。私は、それを唯一の指針として、これまで生きて参りました。それ以外には、私に答えられませぬ」

秀吉が刀を摑んだ。

「おぬしは、命を捨てる覚悟で、今日、ここへ来たであろう」

いきなり刀を抜いた。

右近は姿勢を正して秀吉を見た。脅かしでなければ、ここで斬られてもいい。利休が、袱紗で茶器を拭っている。右近を斬る気持ちはないことが、利休には分かっていた。

「おぬしがわしに殺されたとなると、バテレンどもが騒ぎ立てるのだよ」

秀吉は刀を納めた。

「わしは、近々、大茶会を開こうと思っている」

突然、話題を変える。

「この茶室はな、木組みを外すと、どこへでも持ち運べる。北野天満宮の庭に、この茶室を据え、京のすべての人間を呼んで茶を飲ませようと思う」

どう答えてよいのか。右近は黙っていた。

「右近、おぬしも顔を出すか」

「茶をいただくだけでよいのなら」

「わしの茶会で茶を点てるのはいやだと言うのか」

右近は黙っていた。どう答えればいいのだろうか。

「いやです」

はっきりと答えればいいのか。秀吉を怒らせ、秀吉に斬り捨てられる。秀吉の茶席で右近が命を奪われたとなると、キリシタンが黙っていないだろう。国をあげての大騒ぎになる。それでいいのではないか。それが一番いいのではないか。

沈黙が続いた。

「おぬしをわが国から追放する」

秀吉が静かに言った。

三

国外に追放する。それは、当時の人間にとって、死罪の次に重い刑だった。

右近を惜しむ気持ちを捨てられなかった秀吉は、利休を遣(つか)わして説得しようとしたが、無駄であることは、利休にも、そして、秀吉にも分かっていた。

家臣のほとんどが右近と共に行くと申し出た。なかには髪を切って覚悟を見せる者もいたが、右近は断った。多くの信者と行動すると、猜疑心(さいぎしん)の強い秀吉は謀叛を疑う。その後、どれだけの人間が極刑に処されるか分からない。

右近は、妻のジュスタ、娘のルチア、息子の十太郎(じゅうたろう)、孫、数人の従者とともに、流浪の旅に出た。右近の武将としての名声は聞こえていて、キリシタンとしての揺るぎない態度も、信者の間では知られていた。街道を通り抜けるときには、励ましの声をかけてきたり、手を合わせるものも多かった。禁教令は出ていたが、領主や武将が信仰するのを禁じただけで、一般の信者の取り締まりまでは及んでいなかった。

女子供は京に置いていってもよい。秀吉からは、そう伝えられていた。しかし、妻のジュスタも娘のルチア、息子の十太郎も一緒に行くときかなかった。ジュスタは、十四歳のときに受洗したキリシタンだったから、それでもいい。嫁いでいるルチアは、夫と離別してでも父についていくと言った。禁教が厳しくなりつつある今、キリシタンの妻を持つことは、夫にも不利になる。それが、ルチアの結論だった。

「あなたは、領地を捨ててでもキリシタンとして生きようとされるが、われわれ下のものはこれからどうしたらいいのか」

家臣に言われたことがある。上のものは、他の大名から引き合いがある。右近に仕えていた、それだけで迎えられる家臣も多いだろう。しかし、名もない兵士たちは領主を失ってどうすればいいのか。キリシタンであることを放棄してでも、家臣たちを守るべきではなかったか。右近が転ぶ。家族の安全を願うために信仰を棄てた人間と共にいて、妻、子供たちは幸せに思うだろうか。

険しい山路を登りながら、右近の心は揺れつづけていた。

「ガラシャさまは高山さまにお会いしたいと、ずっと申されていました」

侍女のマリアが話してくれた。

「高山さまからじかに教えをいただきたいと、何度も言っておられました」

マリアは高槻の出だった。イエスの教えを伝えたのは、右近だ。

ガラシャの夫・忠興の愛が異常な執着だったとも聞いた。初めは教会に対して寛容だったのに、秀吉の態度が変化すると、教会に対して厳しい態度を取るようになった忠興。キリストの本を教えただけで、鼻を切り落とされたエステルの話も聞いた。

大坂城が出来ると、秀吉は、藩主たちに館を作らせた。謀叛を起こさないように、妻や子供を城下に住まわせる。猜疑心の強い秀吉らしいやり方だった。

丹後の山奥から解放されたものの、ガラシャは、逆臣の娘として世間の口に晒されることになっただろう。離婚したいと、ずっと言っていたというガラシャ。マリアたちと共に遠くの山里で暮らしたいと。

ガラシャに会っておけばよかったと思った。教えるのではない、ガラシャから教わるものが数多くあったような気がした。会うことは、もうないだろう。

右近は、舟で小豆島に渡った。

右近の評判を聞いている人間は、各地にいて、右近たちに宿を貸してくれる。その気持ちをありがたく思いながら、少しでも早く長崎に行かねばとも思っていた。旅の先々で、行商人の姿をした男が、鋭い目を向けてくることがあった。秀吉が、自分の行き先を気にかけているのだと思った。自分に好意を寄せてくれる人間が多くいることが分かると、今は放置しているが、いつ気持ちが変わるか分からない。

これでよかったのだろうか。小豆島から、舟で瀬戸内を下りながら、右近は自問自答していた。自分の説得で、何人もの領主がキリシタンになった。その数が増えたことが、秀吉に恐れを抱かせた。高槻でも明石(あかし)でも、寺を焼き、神社を壊させた。キリシタンとしては、当然の行為だと思っていたが、それでよかったのだろうか。

高槻の復活祭のことを思い出す。大きな十字架を背負って城下を歩いた。キリストの再来だと言われたが、あのとき、どれほどイエスに近づいていたのだろう。

ゴルゴダの丘を十字架を背負って登ったキリスト。手に釘(くぎ)を打たれ、三日三晩、血を流しつづけ、命を絶ったキリスト。呪(のろ)われたものにだけするユダヤ教の処刑を甘んじて受けたキリスト。

怒りの神であるユダヤ教に反して、イエスは愛を説いた。許しを説いた。愛の存在を証明するために、もっとも惨めな死に方をしていったキリスト。自分を裏切って去っていった弟子たちを許すと言って死んでいったキリスト。

あの時のキリストに迷いはなかったのか。峠(とうげ)を登っていきながら、右近は思った。

なぜ戦わぬ。弟子たちはキリストに迫った。あなたが先頭に立って戦えば、われわれはついていく。多くの民衆も共に戦う。

右近も言われた。あなたが先頭に立てば、多くのキリシタンも後に続く。コエリョにも言われた。キリシタン大名とスペインの兵士が共に戦えば、シモをキリストの国に出来る。

なぜ、戦わぬ。秀吉も言った。

舟は、長崎の裏手・茂木に着いた。峠を越えれば長崎だ。本当は、陸路を来たかったのだが、あまりに多くの人間が、家を出て、街路に並び、自分たちに称賛の声をかけてきた。秀吉がそれを知ると、家族もろとも死罪にしかねない。

右近は峠を上がった。そのときに、キリストの姿を思い出したのだ。十字架を背負い、地を流しながらゴルゴダの丘を登ったキリスト。愛というものを証明するために、キリストは苦しみながら死んだ。愛という不確かなものの存在を証明するために、惨めな形で死んでいった。

峠を登りながら、右近はイエスに問うた。もっとも大切なものは愛だと、あなたは言う。愛ほど尊いものはないと言われる。しかし、人々が欲しがっているのは、愛よりも今日のパンではないですか。貧しさに喘ぐ民衆の先頭に立って戦うことではないのですか。イエスを非難して去っていった弟子もいた。右近の家臣にも同じことを言った人間がいた。あなたに迷いはなかったのですか。愛よりも戦いが、愛よりもパンが大切だ。そう思ったことはなかったのですか。あなたは、裏切って去っていった弟子たちを許すと言った。十字架で血を流しながら本当にそう思ったのですか。

丘を登るイエスに付き添っていたのは、女たちだけだった。右近の側にいるのも、妻と子、孫、数人の従者だけだった。

あのとき、イエスに近づいたと思った自分のなんと浅はかだったことか。さまざまな戦いをへて、誹謗をへて、苦しみをへて、放浪の果てに、イエスに少しは近づいた。イエスの愛の意味が言葉ではなく分かる気がした。でも、まだ、心が揺れている。これでよかったのか。

イエスも揺れていたのだ。愛というものを証明できるのか。磔（はりつけ）になっても揺れていた。血を流しつづけながら揺れていた。だからこそ、弟子たちはイエスの行為を忘れることが出来なかったのだ。裏切った自分たちのことを許すと言ったイエスの言葉が、心の奥底に響いたのだ。

イエスは、弟子たちの心の中で復活した。

峠を登りきったら、長崎の港だ。

右近は十字架にかけられたキリストの顔を思い出した。痩（や）せた顔の哀（かな）しげな眼（め）。現実では無力だった小さな人。大工だった家の手伝いをせずに、いつも何か考えていた人。何もなし遂げずに死んでいった人。しかし、人が悩んでいるときには、そばにいた。苦しんでいるときにも、そばにいた。無力だけれど、誰よりも力強く心を励ましてくれた。泣きたいときに、ふっと心に浮かぶ人。淋（さび）しいときに、そばにいてやさしく微笑（ほほえ）んでくれる人。人間の味わうすべての悲しみと苦しみ、惨めさを味わって、イエスは言った。私は、あなたのそばにいる。あなたと同じように苦しみ、あなたと同じように悲しみ、あなたと同じように惨めだ。

イエスは、今、右近のそばにいた。

四

馬車は、ローマに向かって疾走した。

フェリペ二世の紋章のついた四頭立ての豪華な輿馬車。使節団は、行く先々で熱狂的な歓迎を受けた。フェリペ二世は、多額の旅費まで持たせてくれた上、無税・無検査で通過できる特別旅券を与えてくれていた。

街を通ると、大勢の市民が馬車を追ってくる。停めると囲まれてしまうので、そのまま突っ走ることが多かった。

馬車の中の使節たちは、歓迎が熱狂的になればなるほど不安にかられていた。

「私と会ったことで、お前たちはいたるところで大歓迎を受けるだろう。でもな、歓声の裏には、それと同じだけの憎しみがある」

フェリペ二世の言葉が、マンショの心に重く沈んでいた。

「お前たちに歓声を上げるものが増えれば増えるだけ、行く手を遮るものも増えてくる」

マンショの目には、奥に消えたフェリペ二世の姿が焼きついている。大勢の人間を従えながら、誰一人信じるもののいない淋しさ。頂きに昇りつめたものの孤独。

「歓声と同時に、憎しみの矢も受ける。王というのは、そういうものだ」

信長が言っているような気がした。

輿馬車が街に入ったとたん、人々が家から飛び出してきた。

「MAGI！　MAGI！」

イエスが生まれたことを知って、東洋から来た三人の賢者。使節たちは、賢者でもなく、数も違ったが、東洋から来たキリスト教を信じる少年たち。それだけで充分だった。

ひとりの若者が、大声を上げて馬車を追いかけてきた。輿馬車の中に、石つぶてが飛び込んでくる。騎馬隊が追って、若者を取り押さえた。馬車は喧騒(けんそう)のなかを走り抜けて街を出た。

マルティノが、石つぶてを包んでいた紙を拡(ひろ)げたまま黙り込んでいる。

「どうしたんだ、マルティノ？」

ミゲルが聞いた。マルティノは黙り込んだまま印刷物を凝視している。

「何か書いてあるのか？」

マンショも聞いた。

「これだ！」

マルティノが大声を出した。

「何なの？」

ジュリアンも不安になる。

「活版印刷機で刷ったものなんだよ、これがあると、いろんな考えを大勢の人に広められるんだ！」

マルティノが興奮している。

「これがあるから、西欧では文化というものが発展したんだ。ドラードも、イエズス会から印刷機を持ち帰るように命じられてる。おれは、ドラードと辞書を作ろうと約束してるんだ」

「何が書いてあるのかと聞いてるんだよ！」

ミゲルが苛立った。

「虐殺王フェリペを倒す」

「何⁉」

マンショが紙を奪った。

「教皇庁は堕落していると書いてある」

マルティノが読めたのは、そこまでだった。若者が投げ入れた文書には、もっと過激なことが書いてあったのだが、マルティノもそこまでの読解力はなかった。

免罪符というものを買えば、罪が許されると言って、ヴァチカンが売り出した。聖職者がその地位を売買したり、コネで親族に譲ったり、ヴァチカンに娼婦(しょうふ)が出入りしていたり、教皇庁は堕落の極みだ。

道が悪くなり、馬車は揺れつづけた。

「どこまで続くんだ、こんな道が！」

ミゲルが腹を立てる。

「ローマまでだよ」

マルティノが冷やかに答えた。

「ふざけるな！」

「石畳の道なんて城郭の中だけだ」

「マンショ」

ミゲルが言った。

「何だ？」

「お前は、何のために旅をつづける」

「何？」

「何のためにヴァチカンに行く！」

「難しい話はよせ。おれは、さっきから小便を我慢してるんだ」

そのとき、車輪が軋む音がして、馬車が急停車した。車体が斜めになっている。護衛兵が馬車の外で馬を停めた。

ドラードが来て、ドアを開けた。

「降りてください」

「何なのです？」

マルティノが聞いた。

「車輪が外れかけてる」

「え？」

「事故なのか、誰かが仕組んだのか分からない」

使節たちが馬車を降りると、護衛兵がまわりを囲んだ。メスキータも後ろの馬車から走ってきた。

「勝手な行動は絶対にしないように」

釘を刺して、護衛兵と共に走っていった。

「このあたりは、山岳強盗の住み処なんです」

ドラードが使節たちに説明した。

「山岳強盗？」

マンショも物騒な言葉に驚いた。

「ただの強盗もいれば、宗教的信念で、馬車を襲う一味もいる」

「おれたちを、ヴァチカンに行かせたくないと？」

ミゲルも不安顔になっている。

「フェリペ王が、新教徒を徹底的に虐殺したから、その反発が、スペイン各地に起きているんです」

まわりは鬱蒼とした森になっている。深い林の中には、大勢の人間が潜んでいるようにも思えてくる。

メスキータがもどってきた。

「この先に空き屋があるそうだ。とりあえず、そこに避難する」

護衛が使節たちを取り囲む。

「こちらでは、ずっと宗教戦争が続いているんだよ。こんなときに、お前たちをヴァチカンに行かせることが無茶だと、おれはヴァリニャーノ巡察師に言ったんだ。彼はイエズス会での地位が欲しくて、お前たちを旅に出した。誰か一人は死ぬかもしれないと計算した上でな」

「同じ神を信じているのに、なぜ戦うんです」

火柱を見たときから、マンショの心を支配していた疑問だった。

「イエスは、赦(ゆる)せ、ただそれだけ言って死んでいったんですよ」

ジュリアンも聞いた。

「それは建前だよ。集団になるとそうはいかない」

そのとき、矢が飛んできて、護衛兵に突き刺さった。

「走れ!!」

言葉が終わらないうちに、ドラードが走り出した。

使節たちも走る。

五

林業の道具をしまう小屋だった。飛び込むと同時に、無数の矢が板壁に音を立てて突き刺さった。使節たちは、重なり合って転がった。

護衛兵が応戦しているのだろう。激しい鉄砲の音が聞こえてくる。

「ヴァリニャーノさまは、地位が欲しくてあなた方を旅に出した訳ではありません。成功すれば、カトリック教会にとって、どんなに素晴らしいことになるか、本気で信じておられたのです」

ドラードが言った。銃声が一段と激しくなる。

「お前たちの一人くらいは死んでもいいと思ってな」

メスキータが、冷やかな目でドラードを見た。ドアを叩(たた)く音がした。ドラードが慎重にドアを開ける。護衛兵が来ていた。

「車輪が直ったそうです。出発します」

「大丈夫なのですか？」

ジュリアンの心配顔はもどらない。

「留(とど)まっていると、賊の数が増える。すぐ出た方がいいと言っています」

林の中を馬車は疾走した。フェリペ二世が用意してくれた馬車でなければ車軸が壊れている、そう思わせる悪路だった。

揺れる馬車の中で、使節たちは黙り込んでいた。歓声の裏には、それと同じだけの憎しみがある。フェリペ二世の言葉が現実になっている。

「母上が夢枕(ゆめまくら)に立った」

ジュリアンが関係のないことを話し出した。

「人は死ぬときに、夢枕に立つというじゃない。母上に何かあったんだと思う」

「つまらない話をするな！」

ミゲルが怒鳴りつける。

「つまらない話じゃないよ！」

ジュリアンが珍しく怒鳴り返した。

「行かないでくれという母を振り切って、ぼくは出てきた。このまま別れ別れになったりしたら、母に謝ることも出来ない」

「何かあるたびに、母、母って言うな‼」

マンショも怒鳴りつけた。

「いいじゃないか。誰だって母上のことくらい思い出す。フェリペ王に会ったからって、偉そうに言うなよ。マンショ」

マルティノは冷静だった。

「お前は、船にいた日本人奴隷を見て何の感情も湧かなかったのか？」

ミゲルが、マルティノに食ってかかる。

「ヴァリニャーノさまもメスキータさまも、あのことについて何の返答もしようとしなかった」

「今頃、何を言ってるんだ」

同じことを蒸し返すミゲルに、マンショはうんざりしていた。

「あの人たちは、自分たちの教えを信じる人間だけを守ろうとしている。それ以外の人間は、どうでもいいと思っている。そうだろうが、マンショ。お前だって、あのとき、そう思っただろうが！」

「もう、いい」

「ごまかすな！　おれは、あのとき、おれを見てきた女奴隷の眼が忘れられないんだ。あの女は、あれからどんな目にあったのだろうと、ずっと思ってた」

「子供っぽい同情だ」

マルティノが言った。

「そんなことじゃない！」

ミゲルが、マルティノに組みついていく。マンショが二人を引き離した。

「いろんな人間から狙(ねら)われてるんだぞ。喧嘩(けんか)なんかしてる場合じゃないだろうが」

「そうだよ」

ジュリアンが小声で言った。

「許せることと、許せないことがあるんだよ。正使ぶるのなら、ちゃんと考えろ！」

「おれが、いつ正使ぶった」

今度は、マンショとミゲルが喧嘩しそうになった。

使節たちの不安を乗せたまま、馬車はローマ目指して疾走する。

六

アリカンテ港から船に乗った。地中海を渡るとイタリアだ。海はこりごりだと思っていたのに、悪路に悩まされたあとでは、波の揺れが懐かしい。

ドラードが、厚い板を抱えて使節たちの船室を訪れた。閂代わりに扉に設置する。

「何があっても開けないように。沈没の危険が迫ったときには知らせます。海賊は、この船が財宝を積んで、ローマ教皇の許にいくことを知っている。峠で襲われたのも、それを知らせたものがいるからです」

「誰ですか？」

ドラードは、ミゲルの問いに答えないまま出ていった。

甲板に出たドラードを、メスキータが待っていた。

「私を疑っているのか？」

「ご自分の心に聞いてください。リスボンでもスペインでも、あなたは、ヴァリニャーノさまのすることを邪魔することしか考えてない」

「下働きが偉そうに言うな！」

「私は、どんなことがあっても、使節団をヴァチカンに連れて行きます。それが、ヴァリニャーノさまの願いですから」

「お前もヴァリニャーノにかぶれているのか」

「これが成功したら、どんなに素晴らしいことになるか分かっているからです。メスキータさまも、それが分かっているから、邪魔をなさりたいのでしょう？」

「お前たちを絶対にヴァチカンには行かせない。先走ったヴァリニャーノに手柄を立てさせてたまるか！」

　メスキータの言葉が荒っぽくなっている。

「イエズス会以外の修道士による日本布教を全面禁止、犯したものは破門に処する。ヴァリニャーノが教皇から引き出した法令が、他の宗派を刺激したんだ。使節たちを教皇に会わせるなどとんでもないと叫んでいるものが、イエズス会内部にもいる」

「日本のことを理解しようとしないで布教をしようとする人たちを、ヴァリニャーノさまは懸念されていました」

「ヒデヨシは、心の読めぬ男だとコエリョさまも言っていた。巡察師のような手ぬるいやり方では、キリシタン大名も信者も一気に潰される。カブラルさまやコエリョさまたちの心配を、ヴァリニャーノは無視しつづけている」

「ゴアでお会いしたとき、ヴァリニャーノさまが言っておられたことがあります。利休の茶室で、何の輝きもない茶器を後生大事に扱うのを見て、鳥の餌入れ（えさい）のような茶碗のどこに、それほどの値打ちがあるのかと思った」

「おれも思ったよ」

「そのうちに分かってきた。ヴァリニャーノさまは言われました。それを作った人間の心、扱う人間の心、茶を飲む人間の心。それが茶器を通じて伝わっていく。心の通わぬ器で茶を飲んでも、何の値打ちもない。利休はそれを教えようとしていたのだと。イエスの心を理解しない人間が教会に行っても、あの大げさな儀式は一体何だ、そう思うだけだろうとも言われていました。日本に布教しようと思えば、まず、その心を理解しなければならないと」

「ひとつだけ言っておく。インドでもフィリッピンでも、異端の神を信仰している人間の心を振り向かせるのは、言葉では無理だったんだよ」

メスキータは甲板を歩き去った。

地中海の色は濃い。波のない静けさが、海の深さを思わせる。砂浜のある海岸は、まず見えない。どの陸地も、切り立った崖だ。崖の頂上に石造りの家が見えている。崖の途中にもある。あんな場所に、どうやって石を運んだのだろう。地中海の領地は、海からの敵に何度も襲われた。海賊にとっても絶好の海だった。

インド洋を突っ切り、喜望峰を廻ってきた航海とはまったく違う。静けさが、使節たちには不気味だった。頑丈な扉を押さえている厚い板の閂から、みんな目を離せない。

「何があっても開けないでください」

ドラードが言い残していった言葉が、板に書かれているような気がする。

「こんな思いまでして、どうして教皇に会いに行かないといけないんだ」

ミゲルの言葉に誰も反発しなかった。

船室の壁に、小さな絵が掛けてあった。マルティノが近づいて見る。

「これだよ」

「何が？」

ミゲルもそばに行った。

母に抱かれた裸の赤ん坊を囲んで、豪華な衣装を着た三人の男の絵が書かれている。

「イエスの誕生をお告げで知った三人の博士が、マリア様のところにやってくる。行く先々でいろんな人が叫んでいた。ＭＡＧＩ。それが、これだ。東方から来た三博士。おれたちのことだよ」

「おれたちが博士？　バカな」

「おれたちは四人だ」

「長く厳しい旅だ。ひとりは欠けるだろう。それが四人で旅立つ意味だ。ヴァリニャーノさまは、はっきりとそう言った」

マルティノの言葉に、ミゲルもマンショも黙り込んだ。

「ヴァチカンに行くのは三人でいい。ひとりは余計者だ」

言葉がなかった。

突然、耳を覆うような音がして、船体が震えた。続けざま大きな音がする。使節たちが、思わず寄り添った。

さらに大きな音がして、板で押さえてある扉が身震いをするような音を立てた。こちらからの大砲だ。つづいて、鈍い音と共に、船体が震えた。相手の弾がどこかに当たったのだ。船が大きく傾いで、壁板に叩きつけられた水が隙間から漏れてくる。

使節たちは、恐怖で黙り込んでしまった。大量の水が叩きつけて、扉が揺れる。

「恐い‼」

マンショが突然大きな声を上げた。

「山賊のときも、おれは恐かった！　虚勢を張っていたけど恐かった！」

突然何を言い出したのか。すぐに他の使節たちにも伝わった。声を上げると、恐怖がそれだけ薄まるのだ。

「恐い‼」

ミゲルが声を上げた。

「恐い‼」

マルティノも声を上げた。

「恐い‼」

ジュリアンの声が一番真に迫っていた。

また大きな音がして、船室が震えた。こちらの船から撃つ音、相手の弾が当たって船室が震える音。それが分かるようになった。

突然、音が止む。音が止むと、疑惑が広がる。終わったのか。それとも、何かの始まりなのか。

外は静かだ。でも、動けない。ドアがノックされた。

「誰だ！」

マンショが怒鳴った。

外から男の声がした。

「何を言ってる？」

ミゲルがマルティノに聞いた。

「終わったと言ってる」

ミゲルがホッとして、板を外した。扉が蹴破られて、男が二人、飛び込んできた。刀を振りかざして、使節たちに斬りかかる。

ミゲルが椅子で防いだ。マンショが閂の板で殴りつける。男が刀をマルティノに叩きつけた。マルティノが危うく逃げる。マンショとミゲルが、テーブルを男たちに叩きつけた。

ジュリアンとマルティノは、必死で逃げまどう。

ドラードが船員たちと飛び込んできた。狭い船室で男たちと斬り合う。目の前でドラードの刀が男の腹を刺し貫くのを見て、ジュリアンが震え上がった。

ドラードたちが死体を外に引きずり出していく。メスキータも入ってきた。

「海賊は追い返した」

死体を引きずり出していたドラードが、ちらとメスキータを見た。その目をマンショが見逃さなかった。

七

甲板に水が流されていた。水夫たちが倒れている。

白布に包まれたのは死体だ。インド洋から喜望峰を廻るまでに何度も見てきた。水夫たちが死体を海に放り込んでいく。

マンショが言葉もなく見つめている。ミゲルがそばに来た。ミゲルにも言葉はない。

「何人もの人間が命を棄てた」

メスキータも来た。

「お前たちをローマに行かせるためにな。お前たちに、それだけの価値があるのか」

言い捨てて、船尾に去っていった。

最後の遺体が海に投げ込まれる。水夫たちの奏でる哀しい旋律が甲板に流れる。

水葬を手伝っていたドラードが、二人のそばに来た。

「海賊ですか？」

ミゲルが聞いた。

「一応」

「一応？」

「海賊の中に刺客が紛れ込んでいました」

「刺客⁉」

マンショも思わず聞き返した。

「狙いはヴァチカンへの貢ぎ物ではない。あなた方の命です」

「われわれの⁉」

「命⁉」

二人とも絶句した。

「ヴァリニャーノさまは、自分の思いつきを信じて、まっすぐに進んでいく方です。これまでにないことをしようとすれば、反発する人間がいることも、よく知っておられる。それでも、先へ先へと行こうとされる。その強さを私は尊敬してます。ただ」

「ただ？」

「そのやり方が、多くの敵を作った。イエズス会の内部にも、ヴァリニャーノさまに反発するものが出てきているのです」

「同じ十字架に手を合わせているのに、なぜ敵対する？」

何体もの火柱を見てから、マンショはずっと思っていた。

「日本では、神社やお寺、地域で信じられているさまざまなもの、石だったり大樹だったり、ときには狐や狼なんかも信心の対象になったりします。でも西欧では、そんなことは考えられない。神はひとつなのです」

日本人は何でも信心の対象にする。ミゲルもマンショも子供の頃から見聞きしていたことだった。

「ポルトガル人の父と日本人の母の間に生まれた私に対して、日本人は冷たかった。私は、ポルトガル船に紛れ込んで、ゴアに着きました。そこでもいろんなことを学んだ」

「いろんなことって？」

ミゲルが聞いた。

「地元の住民は、ヒンズー教とか土着の神とか、さまざまなものを信仰していました。でも、キリスト教にとっては、すべて悪魔の神でした。ゴアにキリスト教を持ち込んだザビエルは神様のような存在になっていますが、彼もカトリック以外の信仰を許せなくて、異端審問所をゴアに置くことをポルトガル王に提案しています。ザビエルの死後、多くの異端者が火あぶりの刑に処せられました」

マンショも、ゴアにあるボン・ジェズ教会に行った。すぐそばにあったという異端審問所。

「土地には長く住みつづけた人間の文化があります。西欧の人々は、自分たちと違った文化で暮らしている住民を見ると、未開な野蛮人と見なして教育をしようとするか、暴力で支配して、自分たちのやり方を押しつけようとします」

「あなたはカトリックの信者なの？」

ミゲルが聞いた。ドラードは、それには答えず、

「ヴァリニャーノさまは、スペイン人やポルトガル人とは違って、信仰を押しつけようと

はせず、日本人の心を理解しようとされました」

マンショは、安土城でヴァリニャーノが信長と会ったときのことを思い出した。ヴァリニャーノは、信長と激しくやり合った。劣ったものを、上からの視線でやり込めようとしたのではない。だからこそ、信長も、まっすぐに答えたのだ。

「心を理解しないで、信仰を押しつけるのは間違っている。ヴァリニャーノさまは、いつも言っておられた。信仰に正義が加わると、どんなに恐ろしいことになるか。私は、ゴアに来て学びました」

「あなたは、なぜ、われわれを教皇のところまで連れていこうとしてるんだ?」

マンショが聞いた。

「ヴァリニャーノさまに命じられたからです」

「それだけじゃないだろう!」

ドラードが大きく息をついてから言った。

「ヴァリニャーノさまは、あなた方に西欧のいいところ、美しいものだけを見せるように言われました。でも、あなた方は多くのものを見てしまった。これからも、まだまだ多くのものに触れていくでしょう。私は、あなた方をローマ教皇の許まで連れていって、あなた方がどんな反応をするのかを見たいのです」

ドラードは自分たちの味方なのか敵なのか、マンショもミゲルも黙り込んだ。

そのとき、マルティノが走ってきた。表情が変わっている。

「ジュリアンが倒れた！」

「え⁉」

「高熱を出して吐いた」

　マンショもミゲルも甲板を走った。マルティノが手配したのだろう、船室には医者が来ていた。マンショたちが飛び込もうとすると、船医が大声を出した。

「誰も、部屋に入るな‼」

　扉が閉められた。その前で、三人は立ち尽くすしかなかった。

「明日の朝には、ピサに着く。船では、これ以上のことは出来ないと、船医さまは言っておられます」

　扉の前の護衛が、ドラードに説明した。

　メスキータも来た。

「熱病か？」

「おそらく」

「熱病ってなんですか？」

　マルティノが聞いた。

「流行り病だ。昨年、トレドでは二千人が死んだ」

第五章　利休・フィレンツェ

一

秀吉が目に止めたのは、床の間に掛けられた竹花入れに飾られた一輪の椿。ほの暗い待庵で、鮮やかに匂った赤い花。

いつのことだっただろう。初めて待庵を訪れたときだったか、朝顔が満開だという噂を聞いて、花の咲く時間に合わせて待庵を訪れた。

内庭にはまったく花がなかった。

わしに見せたくなくて、花をすべて切り取ったのか。秀吉は、憤然として、潜り戸から茶室に入った。その目を射たのは、床の間の竹花入れで咲いた一輪の朝顔だった。

「色鮮やかに咲き揃った朝顔の花が、二畳の茶室にはふさわしくないと思い、一輪だけを床の間に飾ってみました」

利休が言った。

「あのときの花はな、利休」

赤い椿を見ながら、秀吉が言った。

「侘(わ)びでも寂(さ)びでもなかった」

「……」

「人を驚かせようとする趣向が透けて見えた」

秀吉がそんなことを言うとは思ってもいなかった。

「この椿はな、無造作に投げ入れられたように見える。だがな、あの時の朝顔は、内庭から持ってこられて困ったような顔をしておった」

秀吉が、そこまで見抜いていたとは思えない。

「利休、見事」

と、あのときは喜んでいたのだ。

「お前にそこまでの眼力があるのかと思っただろう、利休」

「いえ」

「よいよい。おぬしと茶の道を極めているうちに、わしも成長したのだ」

秀吉が床の間の椿を見ながら言った。

「おぬしとわしは似たもの同士だ」

一瞬、何を言い出したのか、利休には分からなかった。秀吉は、さらに利休の心をかき乱すようなことを言ってきた。

「バテレン共が、わしのことを身長は低く、容貌も醜悪、出自も卑しいと陰口を叩いておるのは知っておるの」

街の噂はもちろん知ってはいた。どう答えればいいのか。

「耳に入ったことはありますが、そのような噂はすぐに忘れました」

「生母が禁中に仕えた結果、わしが誕生したという噂を、わしが自ら流した根拠のない話だと言って笑うものがいる」

秀吉の『貴種説』が突然洛中に広まったのは、利休も知っている。秀吉自身が流したのだろうと多くの者が言っていることも。

「噂についてどう思うと聞いたら、相手は困ったような顔を見せる。わしは、それを楽しんでいるのだよ。誰が言い出したのか知らぬが、ずいぶんと楽しませてもらっている」

言い出したのは秀吉自身だ。利休もそう思っている。

「もうひとつ聞くが」

利休は緊張した。自分に向けてくる目が尋常ではなかった。

「わしの指が六本あると、バテレン共が噂しておるのは知っておるか」

「知りませぬ」

聞いたこともなかったから、はっきり答えた。

「信長が、わしのことを猿だと言ったのは、そのせいだと」

「聞いたこともありませぬ」

「どうだ。確かめてみるか」

胸の鼓動が激しくなるのを利休は感じた。見たくないと言えば、噂を肯定することにもなりかねない。見ると言えばいいのか。しかし、噂が本当だとすれば。

利休の手が止まったままなのを見て、秀吉が笑った。利休を困らせたのが楽しそうだった。

利休は、心を鎮めて、袱紗（ふくさ）で茶杓（ちゃしゃく）を包み柔らかく滑らせた。動悸（どうき）はまだ治まらない。そう言えば、秀吉の指をはっきりと見たことはなかった。興味がなかったから目にも止めなかっただけなのだが、秀吉は、どちらかの指をいつも隠していたような気もする。

秀吉が大声で笑った。

「おぬしがわしと似た者同士だと言ったのは指のことではない」

「分かっております」

「分かっておるかの」

秀吉が上目遣いに、利休を見てきた。

「わしはな、サムライが馬で通ると、地面に這（は）いつくばって顔を伏せたままで見送る。そういう身分で育ったのだよ」

「それが私に似ていると？」

利休は堺（さかい）の商人の出で裕福な身分だった。秀吉が知らないはずはない。

「わしは、上目遣いに人を見ながら、必ずや、人を見下す身分になってみせると思って生きてきた」

「それが私に似ていると？」

「おぬしも、人の上に立ってみせると思って生きてきたはずだ」

秀吉はひと息入れてから言った。

「今は、侘び寂びなどと言っているが、頂点を極めたからこそ、そう思ったのだろうが」

秀吉は人の心を読む術を持っていると改めて思った。しかし、それだけではない。

「おぬしが、本当に侘び寂びの心を大事にしておったら、わしのために黄金の茶室など作らなかったはずだ」

そうかもしれない。それだけではない。

「本当の茶人なら、黄金に囲まれて茶を点てることなどしてはなりませぬと、わしを正したはずだ。右近がキリシタンの心を捨てようとしなかったようにな」

そうかもしれない。それだけではない。

「黄金の茶室を禁裏に運び入れ、わしが茶を点ててみせたとき、おぬしがすべて設えてくれた。あのとき、おぬしがいないと何も出来なかった。おぬしも、それを知っていた。帝に伺候することが叶えば、単なる茶頭ではなく、茶の道の頂点に立てることをな」

その通りだった。

「おかげさまで利休居士という名を頂きました」

「わしが信長を越えてみせると思ったのと同じように、おぬしも津田宗及、今井宗久らを越えてみせると思っていたはずだ」

　茶の道は権力闘争ではない。そう思ったが黙っていた。秀吉が何を言いたくて、こんなことを言いだしたのか、それが知りたかった。

「おぬし、今の女房を松永久秀と争ったそうだな。あの暴れ者と競って女をものにしたとは、なかなかやるではないか」

「若いときの話です。それに、松永久秀どのと競ったわけではありません」

「女がおぬしを選んだのだと」

　その通りだったが黙っていた。

「信長に向かって二度も謀叛を起こしたあげくに、名器『平蜘蛛の釜』をよこせと言われて、釜もろとも爆死した。そんな猛将と女を競ったと聞いて、わしは、おぬしを見直したのだ」

　ひと息ついてから言った。

「それと、侘び寂びと、どうつながる？」

　利休の世界に切り込んできた。侘びも寂びも、自分が求めた世界ではない。お前の世界だ。そう言いたいのだろうか。

「私にもいろいろ迷いがありました。茶道の頂点に立ちたいという思い。心を奪われた女を自分の腕に抱きたいという迷い。侘びも寂びも、ただ、そこにあったわけではありません。心の迷い、生きる道の矛盾。そこから生まれたものでございます」

危険な道に踏み込んだ。言い終わってから、そう思った。道の果てに何があるのかは分からない。

突然、思い出した。路傍の花。

朝露の落ちるときに散策していたら、石垣の岩を押し退けるように、名も知らぬ野の花が咲いていた。朝露に濡れて鮮やかに咲く白い花を見たとき、侘びとか寂びとかを超えた貴重なものを見たという気がしたのだ。

石を押し退け、茎を表に出す前に、いろんな矛盾と遭遇しただろう。力も入っただろう。あれは、侘び寂びなどという趣向を超えた、自然の世界だった。

「趣向が透けて見えた」

秀吉の言ったことは、見事に自分を言い当てている。

そう思ったとき、不思議と心が落ち着いた。秀吉が、何を思ってからんでくるのか分からないが、どうなろうとかまわぬという気がした。どこへ行こうが、おのれの道をいくだけだ。

堺の商人でもあり、茶の道の師匠でもあった紹鷗が言い残した言葉を、突然思い出した。

「茶人の誇りは、武将にも奪えぬ」

堺の商人でもあった武野紹鷗は、茶の道に進んでからは、戦国武将に武器を調達することに矛盾を感じるようになっていた。都に近い港として栄えた堺は、戦国時代に入ってからは鉄砲や弾薬の硝石を調達することで大きくなってきたのだ。紹鷗は、信長からの要請を断った。堺が戦乱に巻き込まれるのを拒否したかった。

紹鷗の死は、信長の使いのものに斬り殺されたのだという噂もあったが、誰が手を下したのかは分からずじまいだった。

なぜ、今、師の言葉を思い出したのか。この道の先には、師匠と同じ死の道が待っているのか。それなら、それでもいい。

「今朝、一輪の野の花を見ました」

何を言い出したのかと、秀吉が見てきた。利休は、まっすぐに見返した。もう、あなたに合わせて頂点に立つことはやめました。

こやつ、何を言い出したのか。秀吉の顔に緊張が走った。

「あれこそが、私の趣向を超えた自然の境地」

言葉に力が籠もっていた。

「さまざまな心の葛藤の末に、やっと見つけた趣向でございます」

利休は、また思い出した。いろんなことが心に浮かぶのは、覚悟を決めたからだろうか。

信長の前で初めて茶を点てたときに、彼が言った。

「おぬしの茶は、恐ろしいの」

意味が分からなかった。

「鋭い刃で切りつけてくるような茶だ」

思ってもみなかった。亭主は客人に余計なものを押しつけてはならない。無でなくてはならない。禅宗の修行をして、宗という字をもらっていたあの頃、ひたすらそう思っていたのだ。それを、信長に見抜かれた。

まだまだ。利休は、あのとき思ったのだ。

信長にしろ秀吉にしろ、頂点に立つ人間は、ひとの心を見抜く目を持っている。それでなくては、道の脇に突き落とされて終わるだけだ。

利休はまた思い出した。

野の花は強い。愛弟子の宗二。愛娘のおぎん。なぜ、野の花のような強さを持ってくれなかったのだ。

宗二は、もともと秀吉を嫌っていた。茶の道に進むような人間ではない。そんな人間になぜ仕えるのですか。言葉に出して言ったこともある。一本気な宗二が、利休は好きだった。秀吉が舞う『本能寺』を見に出かけたとき、得意げに舞い終わった秀吉に、ただひとり称賛の目を向けなかった。本能寺の乱を鎮めたのは秀吉ではない。それなのに、すべてを自分の手柄のような謡を作らせて舞う秀吉を、宗二は嫌悪したのだ。

秀吉は、自分を批判してくる目には人一倍鋭い。宗二は、都から追放された。利休のとりなしがなければ、その場で打ち首になっていただろう。

時の支配者に冷たくされては、茶の道では生きていけない。物乞い同然になっていたのを見かねて、秀吉に謝罪に行かせた。

「おぬしが、それほどの男だと言うのなら」

秀吉は上機嫌で宗二を迎えたが、次に利休が見たのは、頭と胴を切り離された宗二の姿だった。

おぎんもそうだった。城に来いと秀吉から駕籠(かご)が来たとき、何のためかおぎんには分かっていた。秀吉の愛妾(あいしょう)になる気はない。断れば父を窮地に追い込む。ガラシャのように懐刀(ふところがたな)を忍ばせていくべきか。しかし、秀吉が同じ目に遇(あ)って許すわけはない。きっと、その場で打ち首になる。秀吉の座敷を血で汚して果てるのもいいかもしれない。しかし、その後、父と母はどう始末するのだろうか。

おぎんは、城に着く前、駕籠の中で息絶えていた。舌を噛(か)んだのではない。毒を呑(の)んだのでもない。死の原因は未(いま)だに分からない。

二

狭い待庵が冷たい緊迫感で満ちた。

「おぬしが茶器を鑑定して多額の礼をもらっているという噂が、市中に流れておる」

「信じておられますか、噂を？」

利休は言い返した。

「おらぬ。おぬしに鑑定を頼んで、いろよい返事を得られなかった前田玄以(まえだげんい)が流した噂だということも知っている。でもな、そんな噂が広がるのは、おぬしを快く思わぬものが多数いるということだ」

空気がさらに冷たくなった。

「不徳のいたすところだと思っております。この待庵も、関白さまに取り入るためのもの。侘び寂びなど、利休が作り出したまやかしだと言うものがいることも承知しております」

この待庵も、見る人が見れば、趣向が透けて見えるのではないか。黄金の茶室を作った後で、二畳に満たない茶室を作り上げる。見事な趣向だ、利休。そう褒められるのを予測していたのではないか。

そうではない。利休は思った。茶の道は、そんな簡単なものではない。いろんな葛藤があって、いろんな矛盾があって、いろんな人間を死に追いやって、そこで初めて咲いた野の花が、侘びであり寂びなのだ。侘びも寂びも逃避ではない。石を押し退けて咲いた野の花と同じ強さを持っているのだ。

待庵は、それまでの北に向いていた茶室を、光の移り変わりを入れようと、南を向いて作らせた。狭い茶室に外の移ろいが入ると、ほの暗い茶室に思わぬ動きが起きて、客人を喜ばせた。

「この待庵は、私の魂です。それを感じてくださる客人だけをお迎えするとの思いで、私は、これを作ったのです」

利休は、はっきりと言った。

「わしは、この待庵にはふさわしくない客だと」

思っていたとおりのことを、秀吉が聞いてきた。

「ときにはふさわしい客人。私も、関白さまと茶を呑み交わしているうちに、多くのことを学ばせていただきました」

「それで？」

秀吉が言葉を待った。

「ときには、魂の通わぬ客人」

利休は、はっきりと答えた。自分がどこへいくのか、覚悟を決めていた。

「大徳寺（だいとくじ）の金毛閣（きんもうかく）におぬしの木像が上がっていると言うものがおる。帝も上皇もわしにも、その下を潜（くぐ）れというつもりで、利休は像を作らせたのだと」

金毛閣が出来たのは二年も前のことだ。大徳寺再建のために多額の寄進をした利休のために、僧の古渓（こけい）が像を彫らせて、山門に置いた。いままで、秀吉は問題にもしなかったのだ。

本能寺の乱の後で、秀吉は、高僧を集めて盛大な葬儀を大徳寺で行った。信長の遺骸（いがい）があるように見せかけた立派な寝棺（ねかん）も用意された。しかし、その後、大徳寺は放（ほう）って置かれた。寺僧の古渓が、大徳寺を建立しなおそうと秀吉に持ちかけたが断られた。地位が揺るがなくなったら、信長のことなど振り向きもしないのか。腹を立てた古渓が、利休に相談を持ちかけてきた。利休は応じた。そのときの多額の寄進の礼だと言って、古渓が利休の像を彫らせて山門に置いたのだ。

今になって問題にしてきたのは、山門だけの話ではない。古渓は追放されてどこにいるのか分からない。

もういい、利休は思った。秀吉が何を思おうが、もういい。茶人にふさわしくない秀吉と、なぜ付き合うのか。そこまでして、茶頭でいたいのか。宗二が酔って絡んできたことがある。若い、あのときはそう思った。茶の道だとて、そんなに平坦な道ではない。岩が転がり、木の根が埋まっているのを、掘り起こし切り倒して、はじめて道が出来るのだと。

しかし、今は、宗二の言うことがまっとうに思える。右近のまっすぐな生き方。おぎんの命を懸けて父を守ろうとした生き方。それこそ、野の花に思える。石を割って伸びてきた強さに思える。

誰にでも、命を懸けて守らねばならないものがあるはずだ。野の花。それを秀吉に摘み取らせてはならない。

「椿というのはな、利休」

「はい」

「武将は嫌う花なのだよ」

利休は答えなかった。

「咲ききったままで、ポトリと首が落ちる。縁起でもない花だとな」

そんなことは知っております。そう言ったら、秀吉はどう対応するだろう。知ってみたいと思ったが、どうでもいいという気もした。

「私は、今朝、自分の心を見つけました」

「おのれの心？」

「おのれの魂とでもいうものを」

「何だ」

「人が命を懸けてでも守りたいと思うもの」

秀吉が黙り込むほど強い言葉になった。

「これか？」

秀吉が、手にした黒茶碗（くろちゃわん）を突き出した。

「これが、おぬしの心か？」

「はい」

この待庵すべてが自分の魂だと言いたかった。

「このような狭苦しいところで、黒い茶碗で茶を飲むなど、わしの趣向ではない！」

秀吉が黒茶碗を壁に叩きつけた。

「これが、わしの心だ。よう覚えておけよ、利休」

これまでにない強い目で、利休を睨（にら）みつけてきた。

秀吉は、茶器の価値を分からない人間ではなかった。茶の道に理解がなかったわけでもない。茶の道が分かっていたからこそ、茶碗を叩きつけたくなったのだということが、利休には分かっていた。利休の魂を叩き壊したかったのだ。

その日、大坂は激しい雨に襲われた。雷鳴までする。聚楽第の利休屋敷を二千の兵士が取り囲んだ。

秀吉に切腹を申しつけられた。打ち首ではなく切腹だったことに、秀吉の利休に対する思いが込められていた。秀吉は、利休に、商人ではなく武人としての最期を与えたのだ。

利休は白無垢に着替え、香を焚いた。床には、一輪の野の花が活けられてあった。

最後の茶を点てたいと申し入れ、秀吉に許された。

ゆっくりと。人生最後の点前だ。急ぐようなことは何もない。ゆっくりと。禅の修行のようにゆっくりと。座禅のときのように、ゆったりと。袱紗を畳み、棗を清める。茶杓で緑茶を掬い、湯を注ぐ。

利休の手の動きを、まわりのものは息を詰めて見つめていた。

茶筅でゆっくりと湯を混ぜる。秀吉が叩き壊した黒茶碗に、金継ぎをした。そんなことはまずしない。お前の魂を壊したと言って、秀吉が壁に叩きつけた黒茶碗で、最後の茶を呑んで見せたかった。私の魂はそう簡単に壊れたりしない。

正客は、名も知れぬ野の花。亭主は、利休。

利休は、ゆっくりと茶を呑み干し、白刃を腹に突きたてた。

血が吹き出し、野の花に散った。

『提る　我得具足の　一太刀　今この時ぞ　天に抛つ』

利休の時世の歌は、どこか信長の心に通じるものがあった。

三

船が地中海を渡ってリヴォルノ港に入ったとき、足元まで隠れた真っ白い衣服に身を包んで、鳥のくちばしのように尖った仮面を着けた男たちが三人、船に乗り込んできた。重い病を扱うときの医者の正式な服装だったが、ジュリアンは、異様な姿にびっくりして船室の壁まで後退（あとじさ）った。

「顔も分からない人間に触られるのはいやだ‼」

ジュリアンは、仮面を指して逃げまどった。

「おれたちは、お前を治療しにきた医師だ」

仮面の男が言っても、ジュリアンには通じない。

「いやだ！　いやだ！」

悲鳴を上げながら、ジュリアンは船から下ろされ、特別に用意された馬車で病院に運ばれた。

一週間が過ぎた。ジュリアンの容態は分からない。病院に付いていったドラードも帰ってこなかった。使節たちは、港の近くのピサという町で留（とど）まることになった。僧院のそばに斜めに傾いだ巨大な塔が見えている。有名な塔だと修道士に聞いたが、三人とも表に出る気持ちにはなれなかった。

使節たちの泊まった僧院には、あいかわらず大勢の人たちが集まってきている。「ＭＡ

GI！ MAGI！」と口々に叫んでいるが、スペインの大騒ぎに慣れてしまった使節たちには、拍子抜けするほど静かな歓迎ぶりだった。地中海を渡っただけでこれだけ違うのか。ルネッサンスを築きあげたトスカーナの文化の薫り（かお）を、使節たちは感じた。

礼拝堂に掲げられたマリア像をマンショは見上げていた。イエスを抱いたやさしい母。ジュリアンが、やたらと母のことを話していたことを思い出す。

あいつは、もう、もどってこないかもしれない。そんな気がした。

「ジュリアンは、自分が余計者になることを知ってたんだよ。だから、母親のことが気になったんだ。旅に出ることを必死で止めた母上のことが」

ミゲルも来て、マリア像を見上げた。

「お前、母上はいるのか？」

ミゲルが聞いてきた。

「いないと、生まれてない」

冗談でかわして、マンショはマリア像を見上げた。赤子を抱いたマリアの顔は、満ち足りていてやさしかった。城を捨てたとき、母はすでにいなかった。母はどこにいるのだろうか。

「お前は、ジュリアンが母上のことを口にするたびに苛立（いらだ）っていた。何かあったのか、母上と？」

「別にないよ」

マンショは気持ちを抑えて言った。ミゲルが自分に話題をもどした。

「千々石の城が落ちたと聞いた。兄上も母上も生きてはいない」

長い旅だった。ミゲルも体調を崩したことがある。マンショも寝込んだ。マルティノも熱を出した。いろいろなことがあって、ここまで辿り着いたのだ。

「死ぬなよ、ジュリアン」

マンショとミゲルはマリア像に手を合わせた。そのとき、マルティノが駆け込んできた。

「ガリレオに会いにいく」

「ガリレオ？」

マンショもミゲルも、マルティノの言っていることが分からなかった。

「この近くの大学に、ガリレオ先生の研究室があることが分かったんだ」

「ジュリアンの容態が分からないというのに、何を考えてるんだ、お前は！」

マンショが大きな声を出した。

「おれは、このために旅をしてきた」

「ふざけるな！」

ミゲルも怒鳴りつけた。

「お前たちにはお前たちの目的があるだろう。おれには、これが旅の目的なんだ」

マルティノは言い張った。

「ガリレオって、何だ？」

マンショには聞いたことがない名前だった。

「すべての天体が地球の周りを回っているのではなくて、地球が太陽のまわりを回ってると言っている先生だよ」

「どういうことだ？」

「お前たちにとってローマ教皇が神に近い存在なら、おれにとってガリレオ先生は神に近い存在なんだ。おれがラテン語を勉強してきたのも、先生に逢(あ)えるかもしれないという思いがあったからだ」

マルティノは礼拝堂を飛び出していった。

四

僧院の表には、大勢の人々がいて、「ＭＡＧＩ！」と叫んでいる。ジュリアンの容態が分からない今、叫び声が皮肉に聞こえた。

マルティノが、頭巾(ずきん)で顔を隠して僧院の裏口から出てきた。修道士の衣服を借りてきたのだろう。誰にも不審に思われなかった。群衆に紛れ込んでいた僧服の男がマルティノの方を振り向いた。男も頭巾で隠して、マルティノの後を追っていく。

マルティノが向かったのは、僧院からすぐのパードヴァ大学だった。歩いていける距離だと聞いて、マルティノはじっとしていられなかった。マルティノは知らなかったが、その大学は、若き日のヴァリニャーノが、議論に激したあげく女子学生を殴りつけて事件になった大学だった。

大学の回廊で学生を見つけて、マルティノが聞いた。

「ガリレオ先生の研究室はどこですか？」

学生が一瞬けげんな顔になる。大学でもラテン語を話す人間は多くなかった。

研究室は、回廊の突き当たりだった。重厚な扉の前で、マルティノは立ち尽くした。ここにガリレオがいるのだろうか、本当に。

マルティノは、大きく息を吸ってドアを叩いた。ガリレオの研究室のドアを叩いている自分が信じられない。マルティノは、もう一度大きく息を吸ってドアを叩いた。

ドアが開く。

思っていたよりもずっと若く、活力に溢（あふ）れた顔の男がドアの向こうに覗（のぞ）いた。

「ガリレオ先生ですか！」

緊張して、息が最後までつづかない。ガリレオが手振りで入れと言ってくれた。

研究室には、数台の望遠鏡の他、何に使うか分からない機械でいっぱいだった。それだけで興奮してくる。マルティノは、拙（つたな）いラテン語で自己紹介した。

「東方の日本という国から来た、ハラ・マルティノというものです」

「日本⁉」

研究室の隅に大きな地球儀があった。

「ここです、日本は」

マルティノは、地球儀を回して細長い小さな国を差した。こんなところから来たのか。自分でも改めて思う。

「先生に会いたいと、ずっと思っていました。そのためにラテン語も勉強しました。先生にお聞きしたいことがいっぱいあるんです」

途切れ途切れに話すマルティノを、ガリレオは笑顔を浮かべて見つめていた。地球の裏側から来た少年が、興奮して、必死で話している。

ガリレオが近くの望遠鏡を地上に向けた。覗いてみろと手振りで示す。言われるままに覗いたマルティノが、びっくりして目を離した。ガリレオが悪戯(いたずら)っぽい笑顔を見せる。

「向こうの塔が、あまりに大きくはっきりと見えるから、びっくりしただろう」

「はい!」

「私は、これで月を見た。金星も見た。天空に雲のように見えているものが、数えきれないほどの星の集まりであることも見つけた」

マルティノは、言葉のひとつも聞き逃すまいと、息を詰めて聞いていた。

「地球が太陽の周りを回っているというのは、私が言い出したことではない。コペルニクスの頃から言われていることだ。今では、多くの人間がそれを信じている」

「先生が異端審問にかけられていると聞きました。なぜなのですか?」

「勉強してきたのか、私のことを?」

ガリレオが、マルティノの肩を抱いてきた。

「長い道中、先生に会うことだけを考えていました」

「これから、どこへ行く」

「教皇に会いに」

「教皇に⁉」

　ガリレオのマルティノを見る目が変わった。

「東の果ての国から三人の賢者が来たと学生たちが言ってたのは、きみたちのことか?」

「賢者ではありませんけど」

　照れるマルティノに、ガリレオが顔を寄せてきた。

「誰かにつけられているのか?」

「え?」

「回廊の蔭に男がいる」

「表に出ては行けないと言われてました。でも、私は、先生にお会いしたくて」

「長く、ここにいない方がいい。私が、日本から来た賢者たちによからぬことを吹き込むのではないか。それを心配してるんだよ、連中は」

「連中って?」

「私は自然の摂理を発見した。だからといって、神の存在を否定しているわけではない。いつまでも、聖書の文言にしがみついて世界を解釈するのではなく、新しい真理に合った解釈をすべきだと大学で講演した。それが、教皇庁の気に障った」

「なぜですか？」

「聖書の解釈は我々がやる。科学者の分際で神学に口を挟むな。私のしたことは、ヴァチカンの権威を否定することだったんだ」

　ガリレオはもう一度窓から覗いて、

「帰りは裏口から出た方がいい。私の馬車を回すよう言っておく」

「僧院はすぐ近くですから」

「彼らは、君を殺すようなことはしないと思うが、私が何を話したか、力ずくでも聞き出そうとするだろう」

　ガリレオは、マルティノをしっかりと抱きしめてくれた。

「会いに来てくれてありがとう。また逢えることを、神に祈っているよ」

　埃くさいガリレオの衣服だったが、マルティノは顔を埋めて泣きたかった。

五

「ガリレオに会った！」

　マルティノが僧院の部屋に飛び込んできた。

「ガリレオに会った‼」

　すっかり舞い上がって、部屋の何も目に入っていない。マンショとミゲルが唖然と見ていた。

「ガリレオ先生が馬車を回してくれたんだよ‼」

興奮が治まらず、マルティノは床に座り込んだ。

「ガリレオに会ったんだ。ガリレオに、ガリレオに‼」

拳（こぶし）で床を叩きつづける。

マンショもミゲルも、唖然と見守るだけだった。部屋の隅にジュリアンが座っているのに、マルティノは気付かない。

「ジュリアンがもどってきたんだよ‼」

マンショが大声で怒鳴った。マルティノが初めて部屋の隅に目を向けた。

「助かったのか！」

ジュリアンは、うなずいただけだった。

「無事だったのか！」

ジュリアンは黙ったままだ。マルティノも初めてジュリアンの様子がおかしいことに気付いた。

「イエスに会った。あいつ、それしか言わないんだよ」

ミゲルが、ジュリアンを見た。

「イエスに会った？」

「ああ」

「病気、治ってないのか？」

マルティノの興奮が治まった。

「治らないと退院させないだろう」

「どうした、ジュリアン？」

ジュリアンは答えない。

「みんな、お前のことを心配してたんだぞ」

「こいつはガリレオ先生に会いにいったけどね」

ミゲルが皮肉を言った。

ドラードが入ってきた。ジュリアンが気持ちを決めたように話し始めた。

「ぼくのために、ひとりの人が死んだんだ」

「え？」

「ぼくの臆病(おくびょう)が先生を殺した。ぼくの無知が先生を殺したんだよ」

三人には何を言っているのか分からなかった。

「病気がうつるから防護服を着けていたのに、それを脱がないと治療させないと、ぼくが言ってしまったんだ。白い仮面を脱がないと触らせないとムチャなことを言ったんだ。ぼくは恐かった。悪魔みたいで恐かったんだ。ぼくが殺した。ぼくがカルロス先生を殺したんだ！」

「カルロス先生は、命を懸けて危ない治療をなさったのだと、医師の方たちも言ってました」

　ドラードが言葉を挟んだ。

「なぜ？」ジュリアンが悲痛な声を出す。「なぜ！　ぼくはそんなに大事な病人だったのですか‼」

　ジュリアンが何を言っているのか分からない。最後まで付き添っていたドラードなら知っているはずだ。みんながドラードを見た。

「カルロス先生は仮面を脱いで、ジュリアンの治療に当たってくれたんです。ジュリアンの血を浴びてしまって、そのために命を落とされた。私は医師たちに聞きました。ローマ教皇に会いにいく使節の一人だから、必死になってくれたのですかと」

　みんな黙って聞いていた。

「答えはノーでした」

「ノー？」

「たとえどんな患者だろうと、助かるすべがあるのなら、それに命を懸ける。カルロス先生は、日頃からそう言ってらしたそうです」

「今さら、きれいごとを言わないでくれ！」

　ジュリアンの叫び声を、ドラードが制した。

「医学生の頃、浮浪者がカルロス先生の家のドアを叩いたことがあったそうです。ひと目で病気だと分かったから、ドアを閉じて開けなかった。翌日、浮浪者は庭先で死んでいた。伝染病だったそうです。誰に話しても当然のことだという。中に入れていたら、彼自身も死んでいた」

ドラードがひと息いれてから言った。

「カルロス先生は、そのときの弱さが許せなかった。弱さを当然だと思ってしまう気持ちが許せなかった。自分に誓ったそうです。二度と、自分の弱さを許すようなことはしないと」

ジュリアンが泣きそうな顔になっている。

「私は神の声に従っただけだ。カルロス先生は、ただそれだけ言っていたそうです」

メスキータが入ってきた。

六

「旅は、ここで終わりだ。リスボンに引き返すことになるかもしれない」

メスキータの言っていることが分からなかった。

「ジュリアンのことなら完治するまで待ちます。われわれは、長い月日を過ごしてここまで来たんです」

マンショが言った。

「いずれ分かることだから言っておこう。ヴァチカンの枢機卿の中に、おれたちが来ることに異を唱えているものがいるそうだ」

「どういうことです」

ミゲルも言った。

「巡察師が豊後の王・大友宗麟のものだと言って送った文書が、実はヴァリニャーノが偽造したものではないかという通報がヴァチカンに届いたそうだ」

「偽造？」

「マンショ、お前は物乞いの子で、王の子なんかではないと言っている人間がいる」

「おれは、王の子供だと名乗ったことはない。巡察師さまが勝手にそうしたんです」

「ヴァリニャーノの書簡にはでたらめが多過ぎるんだよ。マルティノもジュリアンも王の子ではない。ミゲル、きみにしても、日本国の王なんかではなく、ただのシモの小さな領主の子供に過ぎない。それが、今、問題になっているんだよ」

「ヴァリニャーノさまは、なぜ、そんなことを？」

「思いつくと、情熱のあまり突っ走るところが彼にはあるんだ。会を思う熱意は分かる。しかし、文書が偽物だとしたら、きみたちは、ポルトガルの枢機卿を騙し、スペインの王を騙し、その上、ローマ教皇までを騙すことになる」

使節たちがシンとなった。

「イエズス会本部からも、来るなという指令が出ている」

「王の子供でなければ会う必要はないと、教皇さまが言っておられるのですか？」

突然、ジュリアンが言った。

「教皇さまは何も言ってはいない」

「物乞いなんかに会う必要はないと言ってるんですか！」

「何を言ってるんだ、きみは？」

「教皇さまは、それだけの人間なのですか？」

「失礼なことを言うな！」

「そんな王を、西欧の人間は崇めているのですか？」

「どうしたんだ、ジュリアン？」

マンショもミゲルも、驚いてジュリアンを見る。

「私はローマに行きます」

「一人でか？」

「ええ」

「どうやって？」

「歩いてでも、這ってでも行きます」

「バカなことを……」

マンショたちも、ジュリアンが熱病で頭をやられたのではないかと思った。

「私は日本のシモの小さな領地の家臣の子供に過ぎない。でも、私は、日本から三年あまりかかって、ここまでやってきた。病に倒れ、死ぬ思いをしながら、ここまで来た。あなたが会う必要はないと言うのなら、物乞いの子の顔なんか見たくもないと言うのなら、あなたは、それだけの人間なのかと、教皇に問います！」

「何を言ってるんだ、お前は‼」

メスキータが怒鳴りつけた。

修道士が入ってきた。その場の異常な空気に一瞬ためらったが、ドラードの側(そば)に行って何か囁(ささや)いた。

「トスカーナ大公からの馬車が着いたそうです。一刻も早く宮殿に来てほしいと」

七

フェリペ二世の馬車は堅牢だったが、トスカーナ大公が寄越してくれた馬車は、繊細で美しい装飾で彩られていた。

「スペインのフェリペ二世は世界の王などと言ってるらしいが、婚姻と征服で国を拡(ひろ)げただけだ。おれは、美と芸術で世界を支配してみせる」

トスカーナ大公は、日頃から言っていたという。

フィレンツェの街は、その意気込みで溢れていた。『再生』を意味するルネッサンスという言葉が、絢爛(けんらん)とした大きな花を開かせたのがフィレンツェだった。美しいものに命を捧げる。新しいものを生んでみせる。その熱意が花の都と言われたフィレンツェの神髄だった。世界一の商人と言われ、一度はフィレンツェから追い払われた銀行家メディチが返り咲いて、芸術家たちの後ろ盾になった。

贅沢(ぜいたく)とエロス。使節たちは、経験したことのない爛熟(らんじゅく)した花畑に足を踏み入れていくことになる。

馬車に向かって何人もの女が手を振ってきた。歓迎の修道女とは姿も形も違う。胸をはだけて見せたり、スカートをまくったりしてみせる。

「何だ、あれは⁉」

ミゲルが窓から顔を出して振り返った。

「街道筋で男に声をかける女は、シモにもいたよ」

「そんな女か、あれは」

ミゲルが、また窓から覗いた。

「イエスに出会ったというのは、どういうことだ？」

マルティノがジュリアンに聞いた。馬車に乗ってから、ジュリアンはずっと黙り込んでいた。

「言えよ」

マンショも言った。マンショはだんだん正使らしくなってきた。

「村に弥二郎（やじろう）という幼な友達がいた話はしただろう？ 村外れに隔離された伝染病の病人を看病して、死んだ。ぼくは、弥二郎を特別な人間だと思っていた。西洋の神を信仰すれば、あんなに強い人間になれるのだと」

三人が無言で聞いている。

「弥二郎は強い人間ではない。自分の弱さを知って、それを許さなかっただけだ。ぼくは、強くなりたいと言いながら、泣き言をいって、自分の弱さをごまかしてばかりいた」

三人は黙っていた。

「ぼくはイエスも強い人間だと思っていた。十字架を担いでゴルゴダの丘を上がった。掌に釘を打ち込まれて、血が流れ落ちて息が絶えるまで、自分を裏切り、処刑の丘にも姿を現さなかった弟子たちに、恨み言ひとつ残さなかった」

マルティノが真剣な顔になっている。

「イエスは自分の弱さを知っていた。いつも、それを見つめていたんだと思う。だからこそ、人の弱さも許せたんだ」

「……」

「イエスは十字架の上にだけいるんじゃない。ぼくの心の中にいる。イエスに出会ったというのは、そういうことだよ」

馬車がヴェッキオ橋を渡る。シニョリーア広場で馬車は止まった。使節たちの宿舎は、広場に面した宮殿だった。

「あの連中に好きなものを見せてやれ」

メスキータも、馬車を降りて広場を見回した。

「人間の心には闇もあれば光もある。光輝くところだけ見せて何の役に立つ。おれは、ヴァリニャーノさまのしていることに、最初から反対なのだよ」

教皇庁からの指令を聞いたからか。メスキータは勢いづいていた。

「花の都フィレンツェ！　花の都の底に何が潜んでいるのか。あの連中に見せてやれ。連中が、どんな反応をするか。それでこそ、本当の使節団だと思わないか、ドラード」

広場に巨大な像が立っていた。素裸の男の像だった。マンショもミゲルも、巨大な石の彫刻を唖然と見上げていた。遥か上に足があり、腰があり、筋肉の隆起した胸と腕がある。そして、股間には、堂々と男の逸物が下がっている。マンショもミゲルも言葉が出なかった。

「驚いたらしいな」

メスキータがそばに来ていた。

「ミケランジェロが大理石で刻んだダビデ像だ」

「ダビデって？」

「聖書に出てくるユダヤの王だ。巨人ゴリアテと戦って、今まさに石を投げつけようとしている」

八

ヴェッキオ宮殿は、九十四メートルもの鐘楼のある巨大な建物だった。マルティノは、広場の噴水に魅了された。どんな仕掛けをすれば、あれほどの水が吹き出してくるのか。マルティノは、そばに行って水を覗きこんだ。

「あの噴水は、どんな仕掛けになっているのですか？」

メスキータに聞く。

「フィレンツェは、多湿で雨も多いので、水を利用した仕掛けが多いんだよ。ローマの時代から公衆浴場も作られていた。ただ、美しい街というだけじゃない」

メスキータは広場の奥を差した。大きな像が立っている。

「ここは処刑場でもあったんだ。メディチ家の保護の許で繁栄したフィレンツェは、遊興や賭博など悪徳に満ちた町にもなった。それを一掃しようと立ち上がったドミニコ会の修道士によって、メディチ家が追放された。派手な衣装、背徳の書物、官能的な絵画など、多くのものがこの広場で燃やされたんだ。しかしその後、ローマ教皇と結びついたメディチ家の反撃に遇い、修道士は、ここで拷問を受け、火あぶりにされた。美しい花を咲かせるためには、肥沃な土壌がいる。虫の死骸、獣の死骸、それが重なりあって肥沃な土を作るように、花の都も血で染められた街なんだよ」

宮殿に隣接する美術館で、マンショとミゲルは、また度肝を抜かれた。壁いっぱいに描かれた半裸の女たち。帆立貝の上に立つ全裸の女。ボッティチェッリの描いた『プリマヴェーラ』そして『ヴィーナスの誕生』だった。

マンショもミゲルも絵の前から動けなかった。

「女の裸を、こんなにも堂々と描いたものは、日本では見られなかっただろう？」

マンショとミゲルも、メスキータの言葉にただうなずくだけだった。

「メディチ家の頼みで、ボッティチェッリという画家が描いたものだよ。女性の魅力がみずみずしく伝わってくる」

二人共、全裸のヴィーナスにただ惹きつけられている。

「ドミニコ会の修道士が火刑になってから、押さえつけられていたフィレンツェの文化が、いっそう華やかに花開いたんだ」

宮殿の壁いっぱいに、天井いっぱいに描かれている色鮮やかなフレスコ画。

「ミケランジェロとダヴィンチが、二人して描きながら未完成に終わった。これこそ、ルネッサンスだ！　フィレンツェだ！」

メスキータも興奮していた。

「西欧のいいところだけを見せて、悪いものは見せるな。帰国したときに、キリスト教国が、どんなに素晴らしいところか日本人に語って聞かせろ？　お前たちはヴァリニャーノの操り人形なのか！」

メスキータの声が天井にこだました。

その頃、ジュリアンは、ラファエロの聖母マリアの絵の前で立ち尽くしていた。『小椅子の聖母』と題された円形画のマリア像。ここへ来るまでにいろんな聖母マリアを見てきたが、イエスを抱いた慈愛に満ちたマリアの表情は、どのマリア像よりも穏やかだった。なぜか、母のことは思い出さない。それ以上に尊いものを、ジュリアンは聖母マリアから感じ取っていた。

マルティノは、宮殿の図書室でダヴィンチの設計図を見ていた。空を飛ぶ機械、人体の筋肉図、内臓らしき精密画、橋、建物、さまざまなものを、ダヴィンチは線画で残していた。ガリレオの話していた地球と太陽を表した線画もある。ガリレオより昔に、ガリレオと同じことをダヴィンチは考えていたのか。

マルティノは西欧の文化の深さに圧倒されていた。ガリレオにも感激したが、それ以上にわくわくするものがここにはある。空を飛ぶ。鳥の目で地上を見る。そんなことを空想したことはなかった。ダヴィンチの残したものは、マルティノの西欧への憧れを駆り立てた。

マンショとミゲルは石畳の路地を歩いていった。道の両側には、いろんな建物が並んでいる。大聖堂、洗礼堂、修道院、貴族の館。職人組合の館。どの建物にも、形の違う塔が聳えている。通りには、いくつもの銅像が立っていた。棍棒を振り上げている巨人。馬にまたがった騎士。切り取った首を掲げた像は、フィレンツェが血で染められた街だと言ったメスキータの言葉を思い出させたが、マンショとミゲルの頭に残っていたのは、やはり『ヴィーナス』と『プリマヴェーラ』の裸の女たちだった。

ミゲルが突然囁いた。

「あの男は何だ？」

マンショが振り返ると、男が歩いてくるのが見えた。

「メスキータさまが念のために護衛を付けると言っていた」

「護衛にしては、体が緊張している」

さすが領主の息子。そのときは、そう思ったのだ。

「走るか」

ミゲルが言った。

狭い路地を二人は走った。久しぶりに体が活気に満ちる。夢中になって走っているうちに、ミゲルの姿が見えなくなっていた。引き返そうと思ったとき、護衛の男が向こうから歩いてきた。近づいて何か言ってくる。ミゲルのことらしかった。本物の護衛だった。路地から路地へ走ったので、ミゲルの行方は分からなくなっていた。

ぶらぶら歩いていたらアルノー河に出た。大きな橋があった。人々で賑わっていたので、大丈夫だと思って橋に入った。両側にいろんな店が並んでいる。肉屋、陶器屋、動物の皮をなめした革製品を売る店。こんな橋は見たことがなかった。

堤防から河を眺める。ゆったりと流れる河の水面は美しい。マンショは、突然、豊後から逃げたときの一ノ瀬川のことを思い出した。凍るように冷たい水を蹴りつけるようにして上流に逃げた。追手に見つかれば殺される。それしか思っていなかった。あれから長い年月が過ぎた。今、このときの、ゆったりとした時間を大事にしたいという気持ちが膨らんできて、マンショは長い間、堤防からアルノー河を眺めていた。

水面が赤く染まっている。夕陽だった。

「フィレンツェは、かって、職人の街でした。職人と労働者たちが組んで暴動を起こしたこともあるのです」

メスキータの言葉に反発するように、ドラードが言っていた。ドラードというのは、金属加工を意味するのだと、ゴアで聞いたことがある。ドラードは、職工の許で修業していたことがあるのだろうか。ドラードは、ゴアでのことを何も話さなかった。

開け放された小さな工房があった。何を作っているのだろうと覗いていると、小さな女の子が奥から出てきた。

「何？」

すぐには答えられない。

「どこから来たの？」

小さな女の子の問いに、見当を定めて、

「ハポン」

と、言った。

「ハポン⁉」

と、女の子は奥に走っていった。

「ハポン、ハポン、ハポン」

と、作業している父や兄らしい職人たちに言って廻る。

「ハポン」「ハポン」

大騒ぎになってしまった。

九

日が暮れてきた。

見慣れた通りに来たので、マンショはひと息入れた。手に陶器のかけらを握っている。何のかけらか分からない。きれいに彩色された女性の顔が焼き付けられている。去っていくマンショの後を追って、女の子が走ってきて、手にしたものを渡していった。工房に落ちていた陶器のかけらを拾って、マンショにあげようと思ったらしい。小さな女の子の気持ちが嬉しくて、マンショには宝物に思えた。

向こうの広場で大きな声がする。一人や二人ではない。大勢の人間が騒いでいる。火が建物の壁で揺れていた。

マンショは火の方に駆けだした。いくつもの篝火（かがりび）が燃えていた。火に照らしだされた空き地で、男たちが雄叫（おたけ）びを上げながらボールを追って走っている。ぶつかり、取っ組み合う。着ているものは引きちぎられ、上半身は裸に近い。興奮を煽（あお）ろうと、太鼓を叩きまくっているものもいる。何かの試合なのか。それにしては、荒々しかった。

大勢の野次馬が、男たちがぶつかり合うたびに無責任に大声を上げている。半分は女たちで、荒々しく取っ組み合う男たちに興奮して叫んでいる。

女たちから離れた場所に、ミゲルがいた。

「ミゲル!?」

大声で呼んだ。

「おう」

意外と落ち着いて、ミゲルが手を上げた。

「今までどこにいた！」

ミゲルが笑った。

「心配してたんだぞ！」

そのとき、女たちの声がした。誰に言っているんだろうと目で追うと、女たちは何とミゲルに向かって手を振っていた。

「誰だ？」

「逃げ込んだのが、あの家だった」

ミゲルが女たちに手を振り返す。

「あの家って⁉」

女のひとりが、わざとらしくスカートの裾をまくり上げた。マンショも思い出す。馬車に向かって誘惑のしぐさをしてきた女たち。

「ずっといたのか⁉」

ミゲルは笑っている。

「お前、わざとおれを撒いたな」

ミゲルがマンショの体を叩く。態度が大きい。

「何をしてた！」

「入るか？」

「え？」

ミゲルが上半身をはだける。

「久しぶりに血が騒ぐ！」

雄叫びのような声を上げて、ミゲルが男たちの中に突っ込んでいった。ボールを追って走る。逞しい男たちにたちまち弾き飛ばされる。それでも嬉しそうに、ミゲルは、マンショに手を振ってみせた。

「来い、マンショ‼」

ミゲルがまた弾き飛ばされた。でも、笑っている。マンショも着ているものを脱ぎ飛ばして中に入っていった。すぐに、荒々しい男たちに弾き飛ばされた。

空き地で行われたのは、フィレンツェで昔から行われていた、カルチョという球技と格闘技を一緒にしたような荒々しいゲームだった。正式な試合は、もっと大きな広場で豪華な衣装を身にまとってやるのだが、小さな空き地に人が集まると、自然発生的に始まる。

ミゲルが飛ばされた。マンショも吹っ飛ぶ。イタリア人の屈強な体には太刀打ち出来ない。全身に汗が流れ、傷を負い、それでも楽しかった。

「どこへ行ってた‼」

宮殿に帰ると、メスキータが大声を出した。無理もない。日が暮れるまで帰ってこなかったのだ。

「どこにいたのです？」

ドラードも聞いてくる。マンショとミゲルは楽しそうに笑っている。

「これ、読んでもらえますか？」

メスキータに紙を差し出した。

「何だ？」

メスキータが文字を追っていたが、すぐに顔を上げた。

「どこへ行ってたんだ、お前たち！」

表情が変わっている。

「二人、一緒に行ったのか！」

「いえ、ぼくは……」

マンショが口ごもると、メスキータはミゲルを睨みつけた。

「読むぞ」

「はい」

「こんなにも、やさしいもの。なめらかで、えもいわれぬふくよかな、とうといもの

……」

「え？」

「女の体を賛美した詩だよ」

「え⁉」

「どこでもらってきた、これを」

ミゲルは黙り込んでいる。

「言わなくても分かっている。フィレンツェでは有名な詩なんだよ。殺人や窃盗で投獄もされたフランソワ・ヴィヨンという詩人が、酔っぱらって落書きしていったんだ。売春宿の壁にな」

みんなが、いっせいにミゲルを見た。メスキータが、ミゲルを見てニヤリと笑う。

「自分で写してきたのか？」

「いえ」

「正直に言えよ」

「壁に書いたものを……」

「ああ」

「写してもらったんです」

「そこの女にか？」

「はい」

メスキータが、ミゲルの背中を叩いて、もう一度、紙に目を落とした。

「こんなにも、やさしいもの。なめらかで、えもいわれぬふくよかな、とうといもの」

少年たちの目が宮殿の壁の絵画に引きつけられる。画の中の裸の女たち。

「大公が、お前たちのために舞踏会を開いてくださるそうだ」

「舞踏会？」

メスキータが次の間に連れていった。トスカーナ大公とビアンカ公妃の絵がある。美しく、妖艶な魅力を湛えているビアンカ公妃。

「大公も公妃も、ただものではない」

「ただものではないって？」

ジュリアンが不安な声を出した。

「ビアンカ公妃は、もとはヴェネッツィアの貴族の娘だったんだ。十五のときに、銀行員と恋に落ちて、フィレンツェに駆け落ちしてきた」

公妃の肖像画が、ボッティチェッリの『ヴィーナス』と重なる。

「銀行員の男が、何不自由なく育った貴族の娘を満足させられるわけがない。そんなとき、トスカーナ大公と出会った。大公は、ビアンカを強引に愛人にしたんだ。それから少しして、ビアンカの夫は、サンタトリニタ橋で何者かに刺し殺された」

「殺したのですか、大公が⁉」

「分からん。それから数年後、今度は、大公の妻が城の窓から転落死をした」

使節たちの目が公妃の姿から離れない。公妃の妖艶な目が、こちらを見ている。

「公妃は、東洋から来た王の子のお相手をしてみたいと、楽しみにしておられるそうだ」

寝室に入ってからも、使節たちは落ち着かなかった。

ビアンカ公妃の絵が目から消えない。ヴィーナスも重なって見える。

「誰が踊るの、あの人と？」

ジュリアンが不安そうに言った。

「王の子と踊りたいと言ってるんだから、当然ミゲルだろう」

マルティノが言うと、全員がうなずいた。

「こんなときだけ、おれに廻すな！」

ミゲルがベッドに逃げた。

「お前以外にないだろうが」

マンショがそばに行った。

「大人になったんだから、お前は」

「そうだ、そうだ」

全員が同時に言う。

「マルティノ。お前、船の中でダンスの練習をしようと熱心に誘っていたじゃないか」

ミゲルが思い出したように言う。

「向こうでは歓迎の舞踏会をすることがあるから、恥をかかぬよう練習をするようにと、巡察師に言われてたからだ」

「じゃ、お前がやれ」

「おれは正使じゃない。やるなら、マンショ、お前だ」

「そうだ、そうだ」

と、また全員が言った。

「どんなダンスだ、マルティノ？」

「イタリアの宮廷でやっているのは……」

と、マルティノがマンショの手を取った。マルティノが音楽を口ずさむ。いろいろと勉強してきたらしい。マルティノに言われて、ミゲルとジュリアンも、同じように手を取って向かい合った。

四人で踊ってみたが、すぐに乱れる。最初に放り出したのはマンショだった。

「もういい。出たとこ勝負だ」

「ということは、お前が踊るんだな」

ミゲルがすかさず言う。

「おれひとりってわけじゃないだろう？　みんな一緒だ」

「みんな、出るの⁉」

ジュリアンが悲鳴を上げた。

「当然だろうが、舞踏会だぞ」

全員が黙り込んだ。

「恥をかいても、それでいいじゃないか。おれたちが西洋の舞踏会でうまく踊れないのは当然なんだから」

「ぼくは、盆踊りでしか踊ったことがない」

「盆踊りと舞踏会は違うよ」

ドラードが入ってきた。

「大丈夫ですか？」

「大丈夫じゃない」

「トスカーナ大公は、フェリペ二世への対抗意識が強いんです。スペインの田舎者に文化が分かるか。トスカーナの文化がどういうものか、東方から来た使節たちに、じっくりと教えてやると」

「余計なことしなくていいのに」

「公妃も張り切っておられるそうです」

「張り切らなくていい」

迎えの輿馬車が着いた。

西欧式の正装には慣れてきていたが、舞踏会への不安で使節たちは落ち着かなかった。

ヴェッキオ宮殿の正面には多くの炬火（きょか）がともされて、使節たちを迎えた。騎士たちが、炬火の中を先導する。大げさな出迎えが、使節たちをますます不安に駆り立てた。

宮殿に入ったとたん、管楽器が鳴り響いて使節たちを驚かせた。天井から吊るされた豪華なシャンデリア。その下に、数えきれない男女が、大げさな衣装に身を包んで集まっている。数を見ただけで、使節たちの足が竦んだ。

管楽器が鳴り響く。広い階段を、トスカーナ大公とビアンカ公妃が、手をつなぎ合わせて降りてきた。華麗な衣装に身を包んだビアンカは、肖像画の公妃とは違う。生身の肉体が衣装の下には存在する。ドレスの胸が大きく開いていて、派手に露出した胸の谷間が、シャンデリアに照らしだされて妖しいほどくっきりと見える。使節たちだけでなく、宮殿内のすべての客たちが、ビアンカ公妃の妖艶な美に惹きつけられていた。

ボッティチェッリのヴィーナスは、清楚な全裸を手で覆っていたが、生身の公妃は衣装を身につけていても、はるかに刺激的だった。使節たちは息を詰めて見守った。

「トスカーナの文化がどういうものか、東方から来た使節たちにじっくりと教えてやる」

ビアンカ公妃は、自分の魅力を東方から来た少年たちに見せつけてやるとでもいうように、挑戦的な目を使節たちに向けてきた。

正装の男女たちが、向かい合って並ぶ。マンショたちも並ぶ。そこまでは何度も練習してきた。男同士で。向かいには女性たちが、若く美しい女性たちがいる。ビアンカ公妃がマンショの前にいる。大きく胸をはだけたビアンカ公妃を、マンショはまともに見られない。

音楽が始まった。宮殿式の挨拶をする。ここまでは、マルティノに教わった。ビアンカが、広がったフレアの裾を持ち腰をかがめる。マンショに手を差し伸べてきた。

あとは、出たとこ勝負だ。マンショは、ビアンカの手を取った。

ミゲルの方を見ると、相手の女性に笑いかけている。足どりはなっていないが、そんなことはかまわず度胸満々に見える。マルティノは、しゃちほこばった姿勢で、きちんと足を踏み出している。ジュリアンが、なぜか初老の女性と踊っていた。

ビアンカ公妃は、マンショに妖艶な目を向けつつ、踊りの作法に従いながら、離れては近づく。そばに来たときは、挑戦的に体を寄せてくる。目の前に、豊かな胸の隆起がある。今までに体験したことのない強烈な香り。香水だということは後で聞いたが、公妃が去ったあとでも、香りはずっと意識の中に残りつづけた。

ビアンカは、マンショの戸惑いを楽しむように体を寄せてくる。これが、女。これこそが、女。なめらかで、ふくよかで、とうといもの。

ビアンカの香りに包まれて、マンショは意を決した。おれたちは東の果てから来た人間なのだ。文化の違うところから来た人間なのだ。嵐にあい、渇きにあい、海賊にあい、山賊にあい。死ぬような目に何度もあってここまで来た。ちゃんと踊れなくても、それがどうした。

マンショは、顔を上げてビアンカを見た。

十一

輿馬車が走る。ローマはすぐそこだ。

マンショもミゲルもマルティノもジュリアンも、舞踏会の興奮から醒めていなかった。

「お前、あんな舞踏会に出ても、母上のこと思い出していたのか」

ミゲルがジュリアンをからかう。

「違うんだよ」マルティノが、ジュリアンの代わりに答えてやった。「女性たちと向かい合ったとき、目の前が真っ暗になって、とにかく手をさしのべたら初老の女性だっただけのことなんだよ」

「母上と踊ってるような気がしただろ」

マンショもからかった。ジュリアンは何も答えない。本当に母と踊っているような気がしていたのかもしれない。

ビアンカ公妃の豊かな胸の谷間が、マンショの脳裏にちらつく。自分の手さばきでくるりと廻ったビアンカ。放たれた香りがマンショを包んだ。胸の谷間が、マンショに迫った。

「こんなにも、やさしいもの。なめらかで、えもいわれぬふくよかな、とうといもの」

ミゲルが呟く。マンショは怒鳴った。

「うるせえ！」

舞踏会の次の日、大公がビアンカ公妃のために建てた別邸に招かれた。

信長の贈り物として持ってきた狩野永徳（かのうえいとく）の屏風（びょうぶ）を、二人に進呈した。

「これは？」

メスキータが説明する。大公も公妃も、初めてみる日本の絵画だった。

「都の様子を描いたものです」

「描いたのは誰だ？」

トスカーナ大公は、しばらく画から目を放さなかった。

「狩野永徳という日本一の絵師です」

「これは装飾品なのですか？」

ビアンカ公妃が聞いてきた。

「屏風です」

「ビョーブ？」

「部屋の仕切りとして、風よけとして、部屋を飾る絵としても使うものです」

「日本は、ただの飾りものとしてではなく。日常に使うもののなかに美を求めていくのです」

マルティノが、学のあるところを見せた。

トスカーナ大公は、金色の雲か海のような中に漂う都の風景、多くの人々、南蛮寺（なんばんじ）のような建物を、じっと見つめていた。

「どんなに強い権力を持とうとも、人間はいつかは死ぬ。どんなに美しい女でも、いつかは老いる。永遠に残るのは、絵であり彫刻だ。私は、画家というのは、神が遣わした職人だと思っている。彼らがいなかったら、イエスの存在をどうやって知らせる。ボッティチェッリ、ラファエロ、ダヴィンチ、ミケランジェロ。フィレンツェは、神の祝福を受けた芸術の町なんだよ」

馬車は、トスカーナの田園地帯を走った。緩やかな丘が美しい。フィレンツェの石造りの立派な建築物を見てきた後だったので、緑の丘が使節たちの心に沁みた。日本では見たことのない緑の丘だったが、使節たちの郷愁を誘う美しさだった。

「帰りたい！」

ミゲルが叫んだ。帰るという言葉は禁句だった。口にすると歯止めがきかなくなる。暗黙のうちに全員が思っていたのだ。

「肉の料理には、もう飽きた」

「お前ひとり楽しんでるんだぞ」

マンショが言った。ミゲルがもらってきた詩の文句に一番惹かれていたのがマンショだった。

「たまたま出くわしたら引っ張り込まれたんだ」

「おれを撒いてでも行こうとしたんじゃないか」

「ほんと？」

ジュリアンが、ミゲルを見た。

「東の果てから来たからと面白がられて、楽しむどころじゃなかったんだよ」

ミゲルが言い訳をした。ほんとかどうか分からない。

「お前は偉いよ」

マルティノが初めてミゲルを褒めた。

そのとき、馬車が止まった。衛兵が数人、馬車の外で立っている。

「何だ？」

メスキータが、後ろの馬車から来た。

「何ごとです？」

「お前たちが偽者だという告発状がヴァチカンに届いたらしい。枢機卿会議が開かれているから、結果が出るまで待つようにということだ」

「ローマはすぐでしょう」

マルティノが抗議する。

「それにな」

メスキータが、冷たい目でジュリアンを見た。

「熱病に罹(かか)ったものを、高齢の教皇に会わせるわけにはいかないと主張するものも出てきたそうだ」

第六章　長崎西坂の処刑・ローマ教皇

一

『黄金の茶室』に、フロイスとコエリョを招いたことがある。

「あの連中は派手好みだからな」

秀吉(ひでよし)は、黄金の茶室と黄金の茶器でもてなした。日本が長いフロイスは、茶事に精通していたから素直には喜ばなかったが、コエリョは手放しの喜びようだった。

「ポルトガル船のカピタンも、金の茶碗(ちゃわん)でもてなされたと大層喜んでおりました」

利休(りきゅう)は、平棗(ひらなつめ)の蓋(ふた)に茶巾(ちゃきん)を滑らす。客人はバテレンで、亭主は秀吉だ。利休はただ茶を点(た)てるだけ。茶杓(ちゃしゃく)で抹茶を茶碗に移す。すべてがゆったりとした動きだ。作法などバテレンには無駄だと言う気が起きてきて、慌てて呼吸を整えた。

巡察師ヴァリニャーノは、信長(のぶなが)の茶事に招かれたとき、鳥の餌箱(えさばこ)にしかならないような茶碗が、一国の領土に匹敵する価値があるのを知って驚いたと書き残している。しかし、彼は、日本の文化を理解しようとする心を持っていた。

この客人に茶の味が分かるだろうか。

「そのカピタンに、明に渡ることについてどう思うと聞いたら、喜んで力を貸すと言っておった」

秀吉がコエリョを見つめている。

「大砲を積んだ大型のフスタ船を、長崎に呼び寄せてみせます」

「本当か？」

「シモにはキリシタン大名の数も増えてきております。その軍勢がひとつになれば、明征服など思いのままでありましょう」

「準管区長どの」

コエリョの話の乗り方に危ういものを感じて、フロイスが口を挟んだ。利休が、ほどのいい間でコエリョに茶を差し出す。コエリョは、茶器を片手でつかんで口に持っていった。最後まで飲み干そうとはせず、茶の緑を口の端につけたままで一気に喋った。

「フスタ船の大砲が、どれほどの威力があるか、長崎でお見せしましょう。鉄砲の時代だと言って日本の大名がはしゃいでいますが、大砲にあってはひとたまりもない」

威勢のいい口調が秀吉の心に疑惑を生む。気持ちを表に出さずに、秀吉はにこやかな表情で言った。

「わしは日本国を手に入れた。この上は、朝鮮にも明にも出ていこうと思っておる。そのときは、今まで同様、わしに力を貸してもらえるかな」

「もちろんです。大砲を積んだフスタ船とキリシタン大名が協力すれば、向かうところ敵なしでございましょう」

「それを信じて、わしも、そちたちに『教会保護状』を出そう」

「ありがとうございます！」

「保護状を、日本国の王からのものだと言って、インド、ポルトガルにも送ってもらいたい」

「必ず、そういたします」

小田原北条氏（おだわらほうじょうし）を倒して、秀吉は、日本六十六カ国の君主となった。抵抗するものは、もういない。日本全土を支配した武将は、秀吉が初めてだった。各地には、戦国の名残が残っていた。戦いに明けくれた時代のエネルギーが、武士たちの心からも体からも消え去っていなかった。必要としたのは、新しい敵。そのときに、コエリョが秀吉に言ってきたのは、朝鮮侵攻だった。コエリョたちも新しい布教の地として、明を目指していた。秀吉も明に侵攻したかった。そのためには、まず朝鮮を取る必要がある。二人の思惑が一致した、ように見えた。

フロイスが秀吉の目に冷やかなものを感じて、コエリョの袖（そで）をつかんだ。コエリョには何の合図か分からない。

「その前に、そちたちに二、三聞きたいことがある」

秀吉が、身を乗り出した。利休の手が止まる。秀吉の言いたいことは、これからだ。

「なんなりと」

コエリョはすっかり乗り気になっている。

「そちたちは、なぜ、東の果ての国まで来て、キリシタン布教を熱心に勧めるのだ」

「キリストの教えこそが正しいと信じるからでございます」

「神道（しんとう）も仏道も間違いであると」

「神道も仏道も、物質に囚（とら）われていると、我々は思っております」

フロイスが通訳をやめた。コエリョに応対させておくと、どんなことになるか分からない。コエリョは、秀吉の心の複雑さを知らない。

「人間は、物質に囚われて生きてはならない。もっと上位の目に見えない霊魂に導かれて生きなければいけない。それがキリストの教えです」

フロイスはすぐには訳さなかった。それを待たずに、コエリョが続ける。

「日本の人々に正しい教えを広めるために、われわれは来たのです」

挑戦的になっていくコエリョの言葉を、そのまま通訳してもいいのか。

「では、聞くが」

「はい」

「ポルトガルの商船が、多くの日本人奴隷（どれい）を積み、マカオ、ゴア、遠くはポルトガルまで運んでいくのを、おぬしらはなぜ黙認しておる」

「それは、われわれの罪ではございません。自分たちの子女を平気で売る日本人、それを買う日本人の奴隷商人がいるから起きることでございます」

フロイスがコエリョに代わって答えた。このままコエリョに答えさせると、どんなことになるか分からない。

「船底に押し込まれた日本人娘が、航海の間、船員たちの慰み物になったという話も聞いた。その船には、当然、おぬしらバテレンも乗っていたはずだ。なぜ、止めぬ」

「われわれも、ポルトガルの船長たちに再三奴隷を乗せぬよう申し出ております。しかし、彼らが聞き入れぬので、どうすることも出来ないでいるのでございます」

「正しい教えを広めるために、日本に来たと申したな。おぬし」

秀吉の表情が変わった。利休も手を止めた。次に何が飛び出すか。

「自分の国の人間に正しい教えを伝えることも出来なくて、ひとの国の教えを変えようなどというのは、傲慢（ごうまん）というものではないか」

フロイスにも、すぐには答えが出ない。

「ポルトガル人が買った日本人奴隷をすべて買いもどせ。金は、わしが出す！」

秀吉は激しい声で言った。

そのあと、すぐに、にこやかに笑いながら『バテレン追放令』を出した。

二

「小男が、人を見下した口をききおって‼」

ですよ」

コエリョは激怒した。

「『教会保護状』を出すと喜ばしておいて、心の底では布教を禁じることを決めていたのですよ」

フロイスも言った。

「おれは最初からヴァリニャーノのような手ぬるいやりかたでは先はないと思っていた。南アメリカにスペイン艦隊が上陸、たった百五十名の兵が現地の人間を壊滅させた。一気に布教が進んで、かつては現地人の教会だった寺院に、今では現地の人間もキリストに手を合わせにくるようになったではないか」

「ヴァリニャーノさまは、征服国家のやることだと、スペインを嫌っておられました」

フロイスが非難したのは、スペインではなくヴァリニャーノだ。

「日本人は三つの心を持っている」

コエリョが言った。

「第一の心は、世間に合わせた偽りの心。第二の心は、親しい人間のみに見せる心。第三の心は、深く秘めて誰にも明かさない心だ。武力でもって攻め入れば、どの心もすべて従う。私は、日本人を改宗させるには、それしかないと思っていた。スペイン艦隊を呼べ、フロイス。そうしないと、十五万人に達した日本人の信者が、あの小男に叩き潰される！」

コエリョは、大村純忠と会い、キリシタン大名たちを結集させ、秀吉に対抗しようと働きかけた。

「資金、武器、弾薬は提供する。長崎に城砦を築き、暴君に対抗しようではないか」

当時、長崎はイエズス会のものでもあった。長崎の領主・大村純忠とヴァリニャーノが交わした公文書には、長崎の町と港をイエズス会に委託すると明記されている。純忠は、隣国佐賀の龍造寺隆信から長崎をよこせと言われていた。返答次第では攻め入る。龍造寺は残忍非道なことで有名だった。イエズス会も、大型船が避難できる港が欲しかった。

『バテレン追放令』が出て、イエズス会が迫害されているのを知ると、フランシスコ会の修道士たちが、大挙してマニラからやってきた。教皇に取り入って、日本の布教を独占しているイエズス会に反発を感じていたのだ。

大名クラスの布教に熱心だったイエズス会とは違って、フランシスコ会を始めとする托鉢修道会の宣教師たちは、粗末な衣装をまとい、裸足で家々を回った。農家の前で手を合わせると、農民がお布施を差し出す。雲水に馴染んでいた日本の民衆には馴染みやすかった。

フランシスコ会は、勢いに任せて長崎にも進出していく。使用禁止になっていた教会に入り込んで、布教を始める。秀吉の恐ろしさを知っていたイエズス会は、疑惑を生むようなことをしてはならないと申し入れたが、フランシスコ会はきかなかった。

イエズス会は、長崎奉行のところに行って、自分たちのしていることではないと訴えた。

その年の四月、浅間山が大噴火した。

噴石や火山灰が各地に降って多数の死者を出した。七月、霧島山も噴火した。間をおかずに大地震が起き、別府湾を津波が襲った。近畿地方にも大地震が起き、伏見城の天守閣をはじめ、内裏（天皇）の殿舎、神社仏閣、民家などが倒壊、京は瓦礫で埋まった。つづいて、八月、大型台風が襲う。

数々の大災害は、豊臣政権の財政を窮地に追い込んだ。

そんなとき、一隻のスペイン船が土佐沖で座礁した。

スペイン船は、大量の物資を積んでいた。上々緞子五万端、唐木綿二十六万端、白糸十六万端、りんす千五百、金襴緞子、ちりめん、木綿、糸、繻子、ビロード、香料、陶器、胡椒、鉄砲、鋼、鉄、剣、麝香箱、生きた麝香鹿十頭、生きた猿十五匹、オウム、銀子。

「この船は、バテレン追放令の出ているわが国に宣教師を乗せてやってきました。法を守らぬ船だということで、積荷を没収することが出来ると存じます」

五奉行の一人・増田右衛門尉が入れ知恵をする。

当時の海事法では、遭難した船の積荷は船主に権利があった。秀吉も最初は荷を没収する気はなかったのだが、膨大な積荷を聞いて気が変わった。まさに、宝船だ。荷を陸に運ぶための舟は、八十三隻にもなった。

荷を奪われたスペイン船の航海士が、増田右衛門尉を怒鳴りつけた。

「お前たちは、我々の王の力を知っているのか。訳の分からぬことをしていると、国王ドン・フェリペが武器をもって来襲する‼」

航海士が言ったことは、基本的にコエリョやフロイスたちの心にもあったことだ。

秀吉茶坊主、施薬院（せやくいん）が、このときとばかり反論する。

「わが国は神の国であります。キリシタンを許さないことを公に示すことが、今まさに必要だと存ずる」

三

大坂の教会に、役人が踏み込んだ。

世界のキリスト教徒を戦慄（せんりつ）させた歴史的事件の始まりだった。古代ローマにしか例を見なかったキリシタンの大量処刑。神父、伝道師、同宿、門番、料理人、教会にいたすべての人間が捕らえられた。

フランシスコ会の教会だったが、イエズス会の説教師パウロ三木（みき）や同宿のトマス小崎（こざき）等もいた。同宿というのは、本来は仏教語で、同じ師のもとで学ぶ僧侶（そうりょ）のことだ。

「門番、子供、料理人らは、信教とは関係ない！」

パウロ三木は、声を張り上げた。

奉行の石田三成（いしだみつなり）は、イエズス会と親しかったので、パウロ等イエズス会の人間だけは救おうとしたが、秀吉の怒りを恐れて、最終判断は役人に任せた。高山右近（たかやまうこん）も、このときの名簿に入っていたのだが、

「彼は、すべてを捨てたのだ」

と、三成が名前を外させた。

右近は、これを聞いて、自分も捕らえられた者と共に歩もうと、大切にしていた茶器を前田利家に贈り、

「自分が死んだのちに使っていただきたい」

と、覚悟をしたが、秀吉は、ことが大きくなるのを恐れて、右近の殉教は拒否した。

教会にいた十七人は牢に閉じ込められた。パウロは、説教師としての任務を果たそうと、牢内から声を張り上げた。

「イエスと同じ木曜日に逮捕され、金曜日に血を流すことになれば、信者にとって、こんなに嬉しいことはないのです。こんな機会を与えて下さったことを、私たちはあなた方に感謝する。イエスは、命を懸けて愛を説かれた。イエスの愛とは何か、私は、この機会に、あなた方にお伝えしたい！」

パウロの声は牢内に響いた。よく通る声に反発して、棒で殴りつける牢役人もいたが、パウロの声に心を動かされた役人も数人いた。

大坂で捕らえられた十七人は、京で捕らえられた七人とひとつにされ、一条の辻で耳を削がれたあと、三人ずつ牛車に乗せられて、京の町を引き回された。

長崎まで八百キロの過酷な旅の始まりだった。陸路を選んだのは、道々の群衆に恐怖を与えるためだ。下層からのし上がった秀吉は、民衆の心に通じていた。信仰は、罰するだけでは根絶やしには出来ぬ。大事なのは、民衆に恐れをいだかせることだ。

沿道の民衆は、牛車の信者たちに石を投げ、罵声（ばせい）を浴びせ、ツバを吐きかけてきた。信者たちの顔が嬉しさで満ちる。信仰のために罰を与えられることは、信者にとってこの上ない喜びだった。

パウロ三木は、沿道の民衆に声を張り上げ、説教をした。

「こんなにも大きな恩恵を最初にいただけることは、神のおかげだと思っております！」

最年少十二歳の少年ルドビコは、改宗するのなら命を助けてやると言われて、

「短い肉体の生命と、永遠の霊魂とは取り替えられません」

きっぱりと言った。

十三歳のアントニオ、十四のトマスらは、落ち着いた声で『パーテル・ノステル（主の祈り）を唱え、『アヴェマリア』を歌った。彼らの清々（すがすが）しい声は、沿道の人々に涙と感銘を与える。

「あざけり、罵（ののし）られることを、なぜ、これほど喜ぶのだ」

死を恐れない姿は、沿道の人々の心はもとより、警護の役人や牛車の御者の心も揺さぶった。

ときは、真冬。雪降る日もあり、泥道に足を取られる日もあった。寒風が吹きつける日もある。捕らえられたときのままの衣類だった彼らに寒さは応（こた）えた。削ぎ落とされた耳の傷は痛む。足も腫（は）れる。

「私たちのことは心配なさらぬように。神さまのご慈悲にすがり満足しております。今、

望むことはただひとつ。十字架にかけられる前に、コンヒサン（告白）を聞いてくれるパードレを遣わしてほしいということでございます」

パウロは、役人に訴えた。

信者の手助けをするために、二人の信者が備前で付き添った。ふたりは、そのまま処刑の数に入ってしまう。長崎に着いて、神父が奉行に間違いを訴えたが、人数からは外されなかった。

「信じる教えのために死んでいけるのは満足でございます」

二人とも抗議をしなかった。二十四人の殉教者が、二十六人に増えた。

安芸三原で、最年少のルドビコは、母への手紙を書いた。父親ミゲルも捕らわれていたが、母は無事だった。

「私のことも父上のこともご心配下さいませぬよう。パライソ（天国）で母上とお会いできるものと信じております。現世ははかないものですから、天国の永遠の幸せを失わぬように勤めてください。私の知っている人々に、母上から、慈悲の心を持ってくださるようお願いしてくださいませ」

ルドビコは手紙を父に渡した。父は肌着の下に隠した。

二月の霧深い朝、二十六人の殉教者は、中郷から三艘の舟に分乗して海に出た。後ろ手に縛られた縄は、大村湾を横断し、時津に着くまで解かれることはなかった。

時津はキリシタンの町だった。刑場のある長崎西坂(にしざか)からも近い。八百キロに及んだ旅も明日で終わる。二十六人は、明日には処刑だということを護送役人から聞き出していた。

「夜明け前には時津を発(た)つ」

護送役人もホッとした顔だった。殉教者たちにとっての過酷な旅は、護送役人たちにとっても過酷だったのだ。殉教者も役人たちも、この夜、ほとんど眠らなかった。

日が昇る前に、時津を出る。役人たちは先を急いだ。キリシタンの村を通るたびに、信者に襲われないかと危惧(きぐ)したのと、秀吉に命じられた過酷な任務を、少しでも早く片づけてしまいたかったのだ。

「コンヒサンを聞いてくれるパードレは来ておられるのですか！」

西坂に向かっているときに、パウロ三木が大きな声を出した。疲れ切っていた殉教者たちに、久々に聞くパウロの声は勇気を与えた。

長崎の役人は、市民に禁足令を出していた。大勢の信者が処刑場に集まってくるのが怖かったのだ。

神父ロドリゲスが、西坂の途中で殉教者たちに追いついた。

「私は、ここにいる！」

護送役人は、神父が殉教者に近づくと棒で殴りつけた。

「神は、あなた方に祝福を与える！」

神父ロドリゲスは、殴られても殴られても殉教者たちに近づこうとした。

長崎湾を見下ろす西坂の丘に、二十六本の十字架が立てられていた。

一番　フランシスコ　出身・伊勢（いせ）　大工
二番　コスメ竹屋（たけや）　出身・尾張（おわり）　刀剣師
三番　ペトロ助四郎（すけじろう）　護送中に捕縛
四番　ミゲル小崎　出身・京都　弓矢師
五番　ディエゴ　出身・備前　イエズス会修道士
六番　パウロ三木　出身・阿波（あわ）　イエズス会修道士
七番　パウロ茨木（いばらき）　出身・尾張　樽（たる）職人
八番　ヨハネ五島（ごとう）　出身・五島　イエズス会修道士
九番　ルドビコ茨木　出身・尾張　同宿
十番　アントニオ　出身・長崎　同宿
十一番　ペトロ・バプチスタ　出身・スペイン　フランシスコ会司祭
十二番　マルチノ・デ・ラ・アセンシオン　出身・スペイン　フランシスコ会司祭
十三番　フィリッポ・デ・ヘスス　出身・インド　フランシスコ会修道士
十四番　ゴンザロ・ガルシア　出身・ポルトガル　フランシスコ会修道士
十五番　フランシスコ・ブランコ　出身・スペイン　フランシスコ会修道士
十六番　フランシスコ・デ・サン・ミゲル　出身・スペイン　フランシスコ会修道士

十七番　マチアス　出身・日本　生まれ職業不詳
十八番　レオン烏丸（からすまる）　出身・尾張　職業不詳
十九番　ボナベントウラ　出身・京都　僧侶
二十番　トマス小崎　ミゲル小崎の息子　同宿
二十一番　ヨアキム榊原（さかきばら）　出身・職業不詳
二十二番　フランシスコ　出身・京都　医師
二十三番　トマス談義者　出身・伊勢　説教師
二十四番　ヨハネ絹屋　出身・京都　絹屋
二十五番　ガブリエル　出身・不明　同宿
二十六番　パウロ鈴木（すずき）　出身・尾張　説教師

十字架は、四歩の間隔で長崎の町に向けて立てられていた。

殉教者たちは、自分の十字架を見つけ、駆け寄り抱きしめた。十字架には鉄枷（てつかせ）が付けられいて、手足、手首、首を固定した。

刑吏たちが、十字架を起こす。どよめきが起きた。禁足令が出ているにもかかわらず、矢来の向こうには四千人もの群衆が集まっていた。役人たちが、鉄砲と槍（やり）で脅しつける。それでも、中に入ろうとする人間がいて、警護役人に棒で殴りつけられた。

十字架の上では、誰もが落ち着き払っていた。恐れの色は見えず、喜んでいるように見えた。ロドリゲス神父ともうひとりの神父だけが、十字架の側（そば）に行くことを許された。一人は東から、一人は西から、殉教者を励まし、祈りを捧げた。

殉教者たちも、賛美歌を歌い、感謝の祈りを捧げる。

二十六本の十字架に磔（はりつけ）にされた殉教者たちの凜々（りり）しい姿は、人々に忘れられない感動を与えた。

パウロ三木の十字架六番は、群衆の矢来に近かった。彼は声を張り上げて、最後の説教をした。

「私はれっきとした日本人です。イエズス会のイルマンですが、何の罪も犯してはおりません。キリシタンの教えを広めたという理由で殺されることになりました。この理由で死んでいけることを、私は神さまに感謝しております。処刑について、太閤（たいこう）さまやお役人衆に何の恨みもありません。お願いしたいのは、日本の皆の衆がキリシタンになって救いを受けることでございます」

最後に声を張り上げた。

「私は、今、イエスとともにいます！　イエスの声を聞き、イエスの許（もと）に参ります。私は最高の幸せの中で死んでいきます。デウスさまに感謝いたします‼」

四人の刑吏が槍を持ち、二人一組になって十字架の下に立った。槍の鞘（さや）が払われる。

殉教者と群衆が一体になって、「イエズス、マリア！」と、叫んだ。刑吏たちは、走るようにして、殉教者の両側から槍先を突き出していった。巧みな刑吏の場合は、二人で同時に心臓を刺し貫いたので、即死できるが、槍先が外れると何度も刺された。

槍先が突き出されるたびに、鮮血がほとばしった。群衆のどよめきは、遥か下の長崎の港まで聞こえていった。

最年少のルドビコは、「ラウダーテ・プエリ・ドミヌム（主を賞め讃えよ、子らよ）」を歌いながら、天を見上げて息絶えた。ルドビコと父ミゲルとは離れていたが、ほぼ同じ頃に槍を受け、同じ頃に息絶えた。

死後、父の懐から、血にまみれた幼子のキリストの絵と、ルドビコの母への手紙が見つかった。

四

馬車は疾走した。あと数時間でローマだ。

すべての道はローマに通じる。馬車がすれ違える幅広の道が長くつづいている。石を埋め込んだ道だから、馬車は激しく揺れた。揺れは、西欧の歴史の激しさを使節たちに伝えてくる。

ポポロ広場で、突然、馬車が止まった。

「何だ？」

マンショが外を覗いた。衛兵が数人、窓の外にいる。ローマの入り口フラミンゴ門が、騎馬隊で塞がれている。

メスキータが、後ろの馬車から走ってきた。

「告発状のことで、枢機卿(すうききょう)会議が開かれているから、結果が出るまで待つようにということだ」

枢機卿というのは、教皇を選出する権利を持つ顧問役である。使節たちは、ローマに入ることは許されたが、教皇庁の対応が決まるまでイエズス会本部で滞在することになった。

使節たちが教会に入ると、群衆たちが雪崩(なだれ)込んできて、教会の扉が急ぎ閉じられた。礼拝堂には無数のロウソクが灯(とも)され、使節たちが祭壇にひざまずくと、オルガンの伴奏が始まり、歌声が教会いっぱいに響きわたった。

外から「ＭＡＧＩ！」の叫びが聞こえてくる。

控室に入って、使節たちはやっと落ち着いた。イエズス会の本部だけあって、バロック装飾で飾られた教会は、重厚な雰囲気で使節たちを迎えた。宿泊した修道院には必ずあった絵が、ここにもあった。『東方から来た三賢人』。

「東から来た三人の博士が、星に導かれて、イエスを生んだマリアのところに辿り着いた。ユダヤの王ヘロデはイエスの殺害命令を出していたが、博士たちは、マリアとイエスを無事エジプトに逃がした」

絵の物語は何度も聞いた。『ＭＡＧＩ！』と呼びかけられるたびに、自分たちとは関係ないと思ってしまう。自分たちは賢人なんかじゃない。博士でもない。

突然、悲鳴が聞こえた。何か騒ぎが起きている。

メスキータとドラードが部屋に来た。

「歓迎する群衆と、ヴァチカンに行かせるなという群衆がつかみ合いになってるんです」

ドラードが言った。フェリペ二世が言った言葉が蘇る。歓声を上げるものが増えれば増えるだけ、行く手を遮るものも増えてくる。歓声と同時に、憎しみの矢も受ける。

「偽者だという告発が届いた以上、強行すると、われわれはポルトガルの大司教を騙し、スペイン王を騙し、トスカーナ大公を騙し、その上、教皇まで騙すことになる」

メスキータの顔には困惑の色がない。ジュリアンが見抜いた。

「メスキータさまは、われわれがヴァチカンに入れなくなったことが嬉しいのですか？」

口調は強かった。「私たちは、何年もかかって、ここまでやってきたんです。病に倒れ、死ぬ思いをして。ひとを死に追いやりながらここまで来ました。すべてが、教皇に会うためでした。ヴァチカンまであと一日というところまできて、旅をあきらめろというのですか」

使節たちがジュリアンを見た。今までのジュリアンとは別人だった。

「ヴァチカンは、枢機卿会議ですべてが決まる。特に、今は、教皇庁はさまざまな批判に晒されている。慎重にならざるをえないんだよ」

メスキータが答えたが、ジュリアンは引かなかった。

「私はヴァチカンのことを言っているのではありません。われわれがこんな目にあっているときに、どうにかしようというお気持ちを持てないのかと、メスキータさまに聞いているんです」

　メスキータが激怒した。

「お前が口を出す問題じゃない‼」

　激しさに反発するように、マンショが口を開いた。

「裸で十字架にかけられた男になぜ手を合わせるのか、ヴァリニャーノ巡察師に聞きました。その答えをまだ聞いてません」

「何を言ってるんだ、今頃‼」

　ミゲルも加わった。

「船底の奴隷を見ても、宣教師さまは何もしなかった。色の黒い人間は、自分たちと同じではないと考えている。自分たちと違う人種なら、奴隷にされても平気なのかと、おれは聞きたい」

　マルティノが、輿馬車に投げ込まれたビラを出した。教皇庁の堕落が書いてあったビラだ。書かれた中味よりも、活版印刷機というもので大量に印刷できることに、マルティノは興味津々だったのだ。

「ヴァリニャーノさまの文書が偽造であろうがなかろうが、そんなことはどうでもいい。私は、これを教皇さまに見せたい。これを知っているのですか。どう思っているのですかとお聞きしたいんです」

　マルティノまでが、そんなことを言うとは思っていなかった。

「王の子でなければ会わないと言うのなら、教皇というのは、それだけの人間だったと帰国したら伝えます」

マンショの言葉は、メスキータを逆上させた。

「お前たちは、教皇を何と思ってるんだ！　教皇というのは、すべての国の王の上に立つ王なんだ！　すべての人間が教皇の前にひざまずき、その足に口づけをする。どこの国の王でも、教皇の前では自然とそうなるんだ。教皇とは、そのくらい偉大な人間なんだ。お前たちは、教皇の前にひざまずいて恭順の意を示せば、それでいいんだ！」

メスキータの体が怒りで震えていた。

「東の果ての小さな国から来た人間が、西洋を舐めるな!!」

五

秀吉の肉親だという人間が現れたことが二度あると、フロイスが書き残している。

一度は、豪華な衣装を身に着けた美しい若者だった。

「伊勢の国から参りました」

名乗った若者は、身分の高そうな武士を二十名ほど引き連れていた。

「私を知るものはすべて、太閤さまの弟であることを確信しております」

秀吉は、心の中で笑った。自分は、百姓の子だ。這いつくばって生きてきた人間だ。だからこそ、ここまでよじ登ってきた。生母が禁中に仕えたときに懐妊、自分が生まれたという『貴種説』を信じて、お前は、高貴な衣装を身に着けて現れたのか。

秀吉は、生母（なか）のところに行き、

「こういうものが来ているが、どう思うか」

と、聞いた。

なかは即座に、

「そのような者を生んだ憶えはない」

と、答えた。

秀吉は、なかの言葉が終わらぬうちに政庁に引き返し、すべての人間を捕らえ、面前で首を刎ねた。

姉妹が現れたこともある。尾張の貧しい農民の娘たちだった。姉妹は自分から太閤の縁者だと名乗ったわけではない。まわりのものが噂をしていただけだ。それだけに、真実味があった。秀吉は、自分が貧しい農民の出であるのを天下に知られることを嫌った。姉妹たちに、それ相応の待遇をしたいからと都に呼び寄せ、首を刎ねた。

秀吉は、複雑な人間だった。彼に会ったフロイスも、勇敢で、決断が早く、賢く、慎重で、勤勉であると書き残した後で、残酷で、嫉妬深く、偽善者で、嘘つきだと、付け足している。

三百もの側女を持ちながら世継ぎが生まれない。それは、秀吉の男の能力を疑わせるものだった。天下人にそれを問うものはいない。しかし、蔭で言われていることは分かっていた。関白には子種がなく、子を作る能力に欠けている。

秀吉は、朝鮮に侵攻した。男の能力に自信のない人間ほど、戦争をやりたがる。号令一下、大勢の人間が戦いに赴き、死んでいく。これほど、男に自信を与えるものはない。

「余は『日輪の子』であり、唐征服は天命である」

宗義智、小西行長、加藤清正、鍋島直茂、黒田長政、石田三成、多くの戦国武将が新たな戦場に向かわせられた。第一陣・宗義智は、七百隻の船に一万九千人の兵士を乗せ、対馬から釜山に向かった。

信長も殺戮の王だった。第六天の魔王とも呼ばれ、多くの人間を殺戮した。自分に歯向かってくるものを、心が許せぬと思ったものを、遠慮会釈なく殺害した。信長の殺戮は、乾いたところがあり、それだけに激しい。

秀吉も負けずに多くの者を殺害したが、どこか陰湿だった。理由は、あるようで、はっきりしない。姉妹だと思われた農家の娘にしても、名乗りもしないのに殺害した。出自がばれると困ると思ったと後世伝えられたが、物乞いのような身分から、才覚でのし上がってきたのだと、自慢げに話したこともあるのだ。

朝鮮侵攻で、敵の首を樽に詰めて日本に運ばせた。首を取ることは、戦国時代の常道だった。取った首の数は戦いの褒美となる。朝鮮での戦いが有利に進み、樽はどんどん多くなった。首は重い。樽を積んだ船が海を渡るのが困難になる。大名たちは、首の代わりに鼻と耳を削ぎ、塩漬けにして海を渡らせた。秀吉は『鼻請取状』を軍目付に出させた。あまりの数の多さに気が咎めたのか、秀吉は、京都方広寺の脇に鼻塚耳塚を作り供養した。

秀吉の心の中で、生と死は、どんな意味を持っていたのだろう。

生母（なか）が死去したとき。大した理由もなく大勢の人間を殺害してきた秀吉が、たったひとつの死に、驚きのあまり失神した。

六

ヴァチカンに向かって、ドラードは馬を疾走させた。

「東の果ての小さな国から来た人間が、西洋を舐めるな‼」

ドラードも東の果ての小さな国から来た人間だった。ひとつの神ではなく、山、川、水、石、いろんなものに神を見てしまう小さな国。統一がなく、小さな領地欲しさに争いを起こしてしまう国。それが、ドラードの見てきた日本だった。

ひとつのものを信じると、他のすべてを排斥したくなる。ひとつのものを信じる強さは、他のものを打ち負かす。それが、キリスト教の国だった。ゴアのヒンズー教徒は、自分たちを征服したキリスト教を信じ、侵略されたカリブの民衆も、十字架を掲げた教会で手を合わせるようになっていった。それが、ひとつの神を信じるものの強さだ。

ボン・ジェズ教会の中庭に彫刻があった。大きな男が、足元に踏みつけているのは、『神、仏、仏陀（ぶつだ）、釈迦（しゃか）』。東洋の神と仏だ。使節たちが、イエズス会本部にそんなものがあると知ったら、どう思うだろう。

ドラードは馬に笞（むち）を入れた。ヴァチカンは目の前だ。

衛兵に槍で制せられた。なおも近づいたら、槍を突きつけられた。ドラードは馬を降りて、ヴァチカンの門前で大声を張り上げた。

「教皇さまに申し上げます！　私は、少年使節団に付き添って、ゴアからやってきた日本人です。長い旅をして、ローマがすぐそこというところまで来て、使節団の少年たちは、イエズス会の内紛のため、追い返されようとしています。日本から送った書状が偽物かどうか、少年たちが王の子であるかないか、そんなことより、この少年たちが長い時をへて、遠く東の果ての国より教皇さまに会いにきたことの方が大事なことだと、私は思います。私たちは、町々で、『東方から来た三賢人』という大きな声に迎えられました。一度もそんなことを名乗ったことはないのに、人々のキリストへの深い思いが、イエス誕生のときに東方から来た三博士の物語に、使節たちを重ね合わせたのです。書状が偽物かどうか、王の子であるとかないとか、そんなことより、沿道の多くの人々の心の中の思いを深く受け止めることこそ、カトリック教会がなすべきことではないか。私は、それを教皇さまに、枢機卿さまに訴えたい！」

ヴァチカン宮殿の前には誰もいなかった。ドラードの訴えは空に消えた。

「聞いていたのは衛兵だけでした」

本部に帰ってきたドラードは、メスキータにせせら笑われた。

「下働きの人間が出すぎた真似（まね）をするな」

自分のしたことが実るとは思っていなかった。使節たちに何かをしてやりたい。その思いが馬を走らせたのだ。

そのとき、総会長が入ってきた。

「教皇庁から伝言があった。本部まで来るようにと」

「私の話を聞いていただいたのですか！」

思わず声を上げたドラードを、総会長が怒鳴りつけた。

「われわれを甘くみるな！」

「何があったのですか？」

メスキータが不安顔になっていた。

「使節たちが着いているはずだと、神聖ローマ皇帝、フランス国王、スペイン国王らの大使、ヴェネツィア、ナポリ、ローマ市会、元老院らの使者が、ひっきりなしに教皇庁に贈り物を届けて来ている。偽者をヴァチカンに迎えてはならぬと言っていた枢機卿たちも、反対の声を上げられなくなったのだ」

「教皇にお会いできるのですね、使節たちは！」

ドラードが声を張り上げた。

「聖書のいわれの通り、三人で教皇さまに会いにいくことを枢機卿会議で決定した」

総会長が言った。

七

「三人⁉」

マルティノが声を上げた。

「三賢人なんて向こうの理屈に合わせることはない」

マンショは落ち着いて言った。ジュリアンが言った通り、死ぬような目にあいながらここまで来たのだ。行くのなら、みんなで行く。しかし、枢機卿会議の決定は覆せない。

「おれが引く。ヴァチカンなんかに興味はない」

ミゲルがすぐに言った。

「きみは行ってよ、ミゲル」

ジュリアンが言った。

「きみが、キリスト教に違和感をもっているのは知ってる。今、教皇に会わないといけないのは、ぼくじゃなくて、きみだ。キリスト教はどんなものか、イエスとは何か。きみが一番聞きたい奴隷というものをどう思ってるのか、それを聞いてほしい」

ジュリアンが、こんなにも毅然と使節たちに語りかけたことは、今までになかった。

「マンショ。自分を信じて、まっすぐに生きるとはどういうことか。その答えを、教皇に聞きたくないか」

「信長さまは、もういない」

「きみの心の中にいる」

ジュリアンの語調は、自信に満ちている。

「何言ってるんだ、ジュリアン」

マルティノが言った。

「一番教皇に会いたがっていたのは、お前じゃないか。おれは、ガリレオ先生にも会った。ダヴィンチの絵も見た。活版印刷機というものが、どんなものかも知った。おれの目的は果たしたんだよ」

「きみは、ビラに書かれていたことを教皇に聞きたいと言ってたじゃないか」

「そんなことに答えてくれるはずがない」

礼拝堂にキリストの像があった。

「セミナリオで習ったイエスの言葉を覚えてるか。人を愛せ、これは命令である」

ジュリアンが、十字架を見上げながら言った。

「出来もしないことを、偉そうに命令するんじゃない。そう思ったよ」

ミゲルもイエスを見上げた。

「イエスはユダヤ教の中で育った。その頃のユダヤ教は、怒りと憎しみの宗教だった。人を憎むこと、この世に怒りをぶっつけること、それはやさしい。でも、人を愛することは難しい。言葉で説得しても理解できることではない。だから、イエスは、自ら血を流すことで、人にそれを伝えようとしたんだ」

ジュリアンが、こんなにも深くキリストの教えを理解しているとは、誰も思わなかった。

「処刑される十字架を担いで、イエスはゴルゴダの丘を上がった。掌に釘を打ち込まれて、血が流れ落ちて息が絶えるまで、人々に問うた。愛とは、何か」

ジュリアンは十字架を見上げた。

「ぼくは、今、この像を見ると、人を愛せ、これは命令であると言うイエスの声が聞こえてくる。どんなに難しいことか分かっている。だからこそ、イエスは命令だと言ったんだ。どんなに難しくても、人を愛さなくてはいけない。十字架のキリストに手を合わせることで、私たちは自分の心と向き合う。自分が、いかに弱いか、人を裏切り、傷つけ、情けないか。それを告白することで、イエスの心と向き合うんだ」

毅然としたジュリアンの話し方に、使節たちは一斉にそちらを見た。ジュリアンの顔が紅潮している。

「イエスは、ぼくの心の中にいる。教皇に会わなくても、ぼくは旅の目的を果たした」

その強い口調に、誰も言い返すことは出来なかった。

八

聚落第（じゅらくてい）の壁に落首が書かれた。

聚楽第は、秀吉が洛中（らくちゅう）に作り上げた広大な城である。不老長寿の「楽」を「聚（集める）」という名前は、秀吉が命名したものだ。二千軒の民家を取り壊して造られた平屋の建物は、城というより一つの町だった。幅二十間、四方一千間の堀に囲まれた敷地の周辺には、諸大名に豪華な屋敷を造らせた。その中央が、秀吉たちの館だった。

その聚落第の壁に落書きをされたのだ。

「木の下のさる関白」が築いた聚楽第には、「（十）楽どころか一楽もない」。

白昼堂々と書かれた落首に秀吉は激怒して、番兵を処刑し、犯人を大坂天満に追い詰め、六条河原で磔にした。

朝鮮侵略にも暗雲が立ち込め始める。秀吉の野望を早くから察知していた明が、戦いに加わってくる。

「唐人は、脆弱で、鉄砲の音を聞き、抜き身の剣を見れば、すっ飛んで逃走する」

そんな情報が日本軍に届いていた。農民と土着の住民しかいないところに侵攻した日本兵によってもたらされた情報だった。しかも、彼らは、自分たちだけで無数の唐人を逃走させたと言ったのだ。広東に入ったポルトガル人も同じことを言っていた。ただし、これらの兵士たちは、一度も敵にあったことがなく、戦いというものをしたことがなかった。

戦況は一変する。地理も分からない、言葉も分からない、異国の土地での戦いは、国内でしか戦ったことのない大名たちには苦難の連続となった。食料も不足してくる。補給路も断たれた。厭戦気分が漂いはじめ、兵士の逃亡を防ぐために、秀吉は『人留番所』を各領地に作らなければならなくなった。

これは自分たちの戦争ではない、秀吉の戦争だという意識が、領主たちにも生まれる。農民を出兵させたら、農地は誰が耕すのか。武将たちは、朝鮮人捕虜を乱取り（略奪）して は連れて帰った。勝ち負けよりも、戦利品を得ること、働き手を連れ帰ることが、兵たちの戦争になった。

戦場では、何をしても許される。兵たちは乱取りに夢中になった。

生け捕りにした朝鮮人を、人買い商人が捨て値で買い取る。船で日本に運ばれた奴隷は、九州で売買された。平戸（ひらど）、長崎は世界でも有数の奴隷市場となる。どこの国でも、どの時代でも同じだが、容貌（ようぼう）の美しい女性は高値で取引された。陶工、学者なども連れ帰られた。薩摩（さつま）焼き、有田（ありた）焼き、萩（はぎ）焼き、日本の焼き物の基礎を作ったのも、このとき連れてこられた陶工たちだ。江戸朱子学の基礎を築いた高名な朝鮮朱子学者も、このとき拉致されてきたひとりだ。

秀吉が、海外の戦争に力を注いでいる間に、足元でも事件が起きる。数多くの仏僧と奥女中が乱れた関係に陥っていた。秀吉は、当然、激怒。三十名に近い男女を、火刑や斬首にした。

「兵士たちが朝鮮で命を捨てて戦っているときに、この姿は何だ。お前たちも、戦場に送る」

と、僧たちを震え上がらせた。京の商人が贅沢（ぜいたく）な暮らしをしているのを知ると、これにも処刑を命じた。ただし、この商人が多額の金銭を献上すると、処刑を止めさせた。

外でも内でも心が休まらない。

そんなとき、淀殿（よどどの）が懐妊した。秀吉、五十三歳。待望の嫡男に、秀吉は驚喜した。

秀吉の子供ではない。淀殿は他の男の子供を孕（はら）んだのだ。そんな噂を跳ね返すのが、成長していく鶴松だった。幼名「棄」。後になると不吉な名前なのだが、一度棄てた子供は、元気に育つという信仰は、長く昭和の時代まで残っていた。

「お前は、橋の下から拾ってきたのだよ」

親の冗談を真に受けて悩んだという笑い話は、地方ではよく聞かれた。

淀殿懐妊の知らせを聞いた秀吉は、元気づいた。

「明の皇帝に代わって、唐の盟主となり、わが子・鶴松に継がせる。誰も果たせなかったことを、自分はやってみせる」

自分も朝鮮に出陣すると言い出して、家康や利家に止められている。関白出陣となると、装備が大変なのだ。今は、そんな余裕もない。

秀吉は、甥の秀次を関白に据える。自分は名護屋（現在の佐賀県鎮西）に城を築き、国内の政治は秀次に任せた。

そんなときに、鶴松が病に罹った。秀吉は、国内の名医をすべて集め、あらゆる神に仏にすがり、すべての家臣、領民にも祈禱を命じた。

その甲斐もなく、鶴松は三歳で死んだ。

九

教皇の騎兵隊が、トランペットの音を響かせながら先頭を行く。金をちりばめた覆い布と、桑の実色の鞍懸けで飾った枢機卿の騾馬がつづく。

その後に、ローマに駐在する各国の大使がつづく。そして、真っ赤な長い衣の教皇庁の職員たち。さらに、ローマ騎士団の騎士たち。

きらびやかな行列を見ようと、沿道から溢れるほどの群衆が集まっていた。

騎士団の後から、鼓手の一団がつづく。黄金で飾りたてた黒ビロードの布をかけた白い馬に乗って、三人の使節たちが来る。使節たちは、白い羽根と金の房のついた帽子を被り、さまざまな色の糸で飾った白い服を着て、優雅な首巻きをしていた。先頭はマンショ、次ぎにマルティノ、その後にミゲル。それぞれ左右に大司教が付き添っていた。

三人が通過すると、沿道の観衆が歓喜の声を上げた。聖天使城の橋を、使節たちが渡っていく。城から、祝砲が響いた。祝砲の音はどんどん大きくなり、最大の号砲が鳴り終わると、遠くのヴァチカン宮殿で、聖堂護衛の親衛隊がいっせいに発砲した。さらに進むと、射撃隊が歓迎の銃声を響かせる。観衆の叫び声が使節たちを迎えた。

ヴァチカン宮殿の『王の階段』、王侯専門の長い長い廊下を使節たちが歩いていく。

彼らは、ついにヴァチカン宮殿の『帝王の間』に辿り着いた。

老教皇の高座の前に、赤い衣装（カージナルカラー）の枢機卿たちが並んでいる。『帝王の間』は、紅色の海のようだった。

使節たちは、緊張した面持ちで高座の前に控えていた。

ベルが鳴り、枢機卿たちが一斉に立ち上がる。ゆっくりとした足音が聞こえる。使節たちは頭を下げて教皇を待った。足音が止まり、枢機卿たちが座り直す。

「頭を上げなさい」

やさしい声がした。通訳するメスキータの声も聞こえてくる。

使節たちが頭を上げると、微笑んでいる教皇の姿が見えた。思った以上に、やさしい顔だ。

メスキータがラテン語の挨拶状を読み上げた。

「いとおしき教皇聖下。本日ここに参上しましたのは、東方の三博士、私どものイエズス会のセミナリオの果実・伊東マンショ、千々石ミゲル、原マルティノでございます。主のお導きにより、多くの困難を乗り越えて、日出ずる国・日本からはるばるやって来ました。本日は教皇聖下にお目にかかることが叶い、光栄の極みでございます。教皇聖下が東の果ての小国のキリスト教徒のために、父なる配慮をもって接してくださることに深く感謝いたします」

教皇が手招きをする。使節たちは、どうしていいのか分からない。

メスキータが行けと手で合図する。

マンショが前に進んだ。

「伊東マンショでございます」

教えられたラテン語で挨拶をして、教皇の前にひざまずいて足に接吻しようとすると、教皇が制して、右手を差し出した。

マンショが、教皇の右手の指輪に接吻をする。

何かが起きるかと心配していたメスキータが、ほっとした顔になった。

ミゲルが前に出る。

「千々石ミゲルでございます」

「原マルティノでございます」

教皇への挨拶が何事もなく進んで、メスキータが安心する。あのものたちも口ほどのことはないではないか。どんな人間でも、教皇の前に出るとこうなるのだ。

「東方の王からの贈り物を持って参りました。まもなく、ここへ」

「うむ」

教皇は、うなずきながら使節たちの顔を見ていた。王の贈り物よりも、はるばる遠いところからやってきた少年たちを見るのが嬉しそうだった。

従者が、運んできた屏風(びょうぶ)を拡(ひろ)げる。

「東の国の王が、教皇さまにお見せしたいとおつかわしになった。彼の城でございます」

「これが城か？」

「残念ながら、臣下の謀叛(むほん)で彼は命を落とし、この城も焼け落ちたそうでございます」

教皇は、うなずきながら屏風を見つめていた。

「教皇さまに……」

マンショが何か言おうとした。メスキータに緊張が走る。

「日本の王より託された言葉がございます」

余計なことを言うのではないだろうな。メスキータの通訳が遅れて、教皇が促す。

「自分を信じて、まっすぐに生きるとはどういうことか。それを、旅から帰って来たときに話せと言われて来たのでございます。この屛風の贈り主に」

メスキータが通訳すると、赤い軍団が波のように揺れた。教皇に向かって質問を投げかけるものなんかいない。何かあれば、枢機卿に伝えて、後日、答えを得るのが普通のやりとりなのだ。

「東の果ての王が、そんなことを……」

「質問など無礼なことを」

赤い波の中で、さまざまな呟きが聞こえた。

「マンショと言ったな」

教皇が、まっすぐにマンショを見てきた。

「はい」

「この年になって、そんな質問を受けるとは思いもしなかった」

教皇が目でうながすので　メスキータはしぶしぶ通訳した。

「自分を信じて、まっすぐに生きられたのか。イエスにも最後の最後まで分からなかったのだ。十字架にかけられて、『赦(ゆる)す』と言われたのは、裏切った弟子たちのことだけではなく、充分に人に尽くせたか分からない自分をも赦すと言われたんだと、私は思う」

メスキータの通訳の言葉を、他の使節たちも緊張して聞いていた。教皇の言葉は真剣さで満ちていた。

「生の炎が燃え尽きようとしている歳になって、私も、自分を赦すと言えるかどうか分からない」

枢機卿たちも、静まりかえっていた。

「私も、もう一度、おのれに問おう。自分を信じて、まっすぐに生きられたのかと」

こんなに真摯な答えが返ってくるとは思っていなかったマンショは、黙って教皇を見つめていた。

「私もお聞きしたいことがあります！」

ミゲルが、マンショにつられたように口を開いた。

「教皇もお疲れでしょうから、この辺で……」

メスキータが慌てて言った。

「旅の途中で奴隷に会いました。なぜ、それを許すのかとパードレに聞きましたが答えてくれませんでした。教皇はどう思われているのかお聞きしたいと、ずっと思ってまいりました」

さすがにメスキータは沈黙した。教皇に聞けるような質問ではない。

そのとき、マルティノが通訳をした。

枢機卿たちがざわめく。「無礼な！」「教皇さまに向かってなんということを」「賤しい者の話をするなんて」「口にするのも汚らわしい」

メスキータが、マルティノを睨みつけた。マルティノは、まっすぐに教皇を見ていた。

「奴隷に関しては、たびたび教皇庁も禁止令を出している。人間が欲のために人間を売買する。一番醜いことだと思うが、なかなか収まらない」

マルティノが通訳する。蚊帳の外に置かれたメスキータが憤然とした顔になったが、マルティノはまったく気にしていなかった。

「肌の黒い……」

ミゲルが言い出したとき、

「よせ！」

と、マルティノが鋭く遮った。ミゲルの問いを無視して、教皇に言った。

「教皇さまが真剣にお答えくださっているお姿に、私は感動しました」

通訳なしの言葉に、教皇も感心して、

「言葉がよく話せるな、きみは」

「言葉というものは大切なものだと思い、一生懸命学んできました」

ラテン語のやりとりに、座が少し和んだ。メスキータもひと息ついたが、それでは終わらなかった。丸く納めようとするマルティノに、マンショが我慢しなかったのだ。

「ひとは、何かを信じると、なぜ、それとは異なるものを憎むようになるのですか。同じキリスト教徒なのに、異端者を迫害するのは、なぜなのですか」

「マンショ！」

メスキータが叱責した。座をわきまえろ！　マンショがマルティノを見る。マルティノが通訳した。枢機卿たちが列を崩して、教皇の許に歩みよろうとする。

帝王の間に緊張が走った。

「彼が聞きたかったのは、ガリレオという先生が、なぜ異端審問にかけられているかということなのです」

「やめろ、マンショ！」

メスキータが大きな声を出した。マンショが、マルティノに言う。

「通訳しろよ。お前が聞きたかったことなんだろう？」

心を決めたように、マルティノがラテン語で話した。

「私がお聞きしたかったのは、ガリレオ先生が自然の摂理に合わせて聖書を解釈したからといって、なぜ異端審問にかけられたのかということなのです」

教皇の体が一瞬揺れて、椅子の肘掛けに手をつく。枢機卿たちが駆け寄ろうとする。教皇が枢機卿たちを制した。

「私に向かって、そんな質問をしたのは、きみたちが初めてだ」

教皇が、大きな息をついた。メスキータがはらはらする。枢機卿たちもざわめいていた。

「真理というものは、すぐには受け入れられるとは限らない。人は、何かが正しいか、何が間違っているか、私は、今、きみに伝えることは出来ない。何かを強く信じれば信じるほど、自分とは違う人間を排斥したくなる。イエスの赦すという言葉とは反対にな」

マルティノが真剣な顔で聞いていた。教皇が自分に向かって言ってくれている。

「こういう椅子に座って、このように大勢の人間に奉られていると、大切なものは何かということを忘れて、この椅子のことだけを考えるようになる」

教皇の言葉は、枢機卿たちに向けられているようにも思えた。

教皇は、最後の力を振り絞るようにして立ち上がった。マルティノを手招きした。マルティノが近づくと、体をしっかりと抱きしめた。

マンショにも手招きする。近づくと、しっかりと抱きしめた。

「よう問うてくれた」

思いもかけない展開に、帝王の間の空気が揺れた。

教皇は、ミゲルも呼び寄せてしっかりと抱きしめた。

「きみの問いに答えられなくて、すまない」

教皇は、力尽きたように椅子に腰を下ろした。表情は、なぜか晴れやかだった。

「人に問う。自分に問う。一番大切なことを私は忘れていた。答えを求められて、それを与える。そんなことばかりを、私はしてきた。一番大切なことを、きみたちは、私に思い起こさせてくれた。ありがとう。ありがとう」

教皇の目に涙が浮かんでいるのを、使節たちは見た。

十

　使節たちが四人で旅をしてきたことを耳にした教皇は、なぜ、ひとりを呼ばなかったのかと大司教に聞いてきた。聖書の物語のことを伝えると、教皇の方が、

「いにしえのことになぜこだわる。この少年たちは、遥か彼方(かなた)から長い旅をへて、ここまで辿り着いたのだ。すぐに、後の一人を呼べ」

と、大司教を叱(しか)りつけた。教皇には、真摯(しんし)な態度で接した使節たちが強く印象に残っていた。

　ジュリアンが、すぐにヴァチカン宮殿に向かった。三人のときとは違って、沿道に人の姿はない。トランペットを響かせる騎兵隊の姿もなかった。ローマ騎士団の鼓手の姿もない。

　城からの祝砲もなかった。

　使節たちは飾りたてた白い馬に乗って宮殿に向かったが、ジュリアンはいつもの輿馬車だ。いつもの僧服、付き添いはドラードだけだ。

　ジュリアンの心は、どんどん高まる。『王の階段』を上がるときは、鼓動が高鳴って脚が震えた。王侯専用の長い廊下を、ドラードと共にヴァチカンの奥へ奥へと進んでいく。

『帝王の間』で、教皇は待っていた。

「中浦(なかうら)ジュリアンと申します」

と、作法通り土下座して足に口づけをしようとすると、教皇は、それを制して立ち上がらせた。

「きみの仲間は、私に問うた。誰も問うことのない問いをな」

ジュリアンは黙って聞いてきた。教皇が自分に話しかけている。自分だけに。それだけで胸が張り裂けるようだ。

「私は、心が洗われる思いがした」

ドラードの通訳が待ち遠しかった。

「祈りとはな、ジュリアン」

「はい」

「答えを見つけることではない」

「はい」

「問うことだ」

「はい」

「ただ、問うことだ」

心に沁みる教皇の言葉だった。

「問いつづける。それが祈りだ」

「はい！」

「イエスも最後まで、自分に問うた。弟子たちは、なぜ自分を裏切って去っていったのか。

自分の生き方は、これでよかったのか。掌から血が流れ、死にいたるまでの数時間、ずっと自分に問いつづけておられたと思う。それが、弟子たちの心を打ったのだ。答えを示したのではなく、問いつづけたイエスが」

教皇が真剣に話してくれている。

「私も、命あるかぎり、デウスに問う。イエスの愛とは何か。自分を信じ、まっすぐに生きるとは、どういうことか。問うこと、それを、私は、きみたちに教えられたのだ」

感激したジュリアンが足許に接吻しようとしたが、教皇は制した。ジュリアンは構わず足許に口づけをした。自分は教皇のしもべ、心からそんな気がした。

「遠いところから、よう来た」

教皇がジュリアンを抱きしめてきた。

「よう来た……よう来た」

すぐそばにいるはずなのに、声が遠く聞こえる。

「気をつけて帰れよ」

「はい」

「気をつけてな」

「はい」

教皇は、もう一度言った。

「気をつけてな」

「はい！」

この日から十八日後、教皇グレゴリオ十三世は、八十四歳でこの世を去った。

「あのものたちは無事に旅をしているのか」

最後の最後まで少年たちを案じていたという。

第七章　帰還・ヴァリニャーノ

一

往路では雨で煙って見えなかった喜望峰(きぼうほう)も、くっきりと見えた。

大西洋とインド洋の海流の交差する喜望峰付近は、海の難所であると同時に、魚介類の宝庫でもある。使節たちは、船からの釣りを楽しんだ。ブリ、タコ、カツオ、タイ。行くときは楽しめなかったが、今は落ち着いて楽しめる。いろんな経験が彼らを大人にした。使節たちは、少年ではなく青年になっていた。

甲板で、マンショとミゲルが話していた。満天の星。行くときに何度も見たはずだが、こんなにくっきりと目に映ったことはない。不安や恐れが、星の輝きを曇らせていたのだろう。

「教皇に会って、どう思った？」

ミゲルがマンショに聞いた。

「やさしいひとだった。頂点に立つ人だから、もっと偉そうにしているのかと思ってたよ」

「考えが変わったか？」

ミゲルが聞いてきたのは、キリストのことだった。裸で十字架にかけられている男に、なぜ手を合わせる。マンショは、宣教師によく突っかかっていたのだ。

マンショは黙って夜の海を見ていた。答えは分からない。しかし、教皇が言った言葉は心に沁みている。

「人に問う。自分に問う。一番大切なことを、私は忘れていた。それを思い出させてくれた、きみたちに感謝する」

自分を信じてまっすぐに生きるとはどういうことか。帰ってきたら話して聞かせろ。信長も問うていた。頂点に立ちながら、心に問いを持っていた。黒人奴隷に衣類を放り投げながら、信長は、ヴァリニャーノに向かって鋭く問うた。

「このものには、愛はいらぬというのか！」

風も弱く、船首が波を切る音も静かだ。ミゲルが夜の海を見ながら言った。

「おれは、来るときの船で見た奴隷のことが忘れられない」

鎖で繋がれた奴隷の少年少女を乗せた小舟が、帆船から離れていく。甲板を見上げた少女の怒りと悲しみの瞳をマンショも憶えていた。

イエスは命を懸けて愛を訴えたと、ジュリアンは言っていた。でも、その愛は、自分たちの教えに従うものだけに与えられるものなのか。色の黒い人間は自分たちに仕えるものだと、彼らは思い込んでいる。ゴアの市場で売られていた黒人奴隷。

「なぜだ。なぜだ。おれはずっと問いつづけてきた」

ミゲルの言っていることは、よく分かった。

島津(しまづ)軍に追われて逃げた峠(とうげ)のことが、突然ひらめく。

「お許しください！」

腰元が懐剣を喉(のど)に突きたて谷底に身を投げた。追手に追われて、必死になってよじ登った山道。ひとはなぜ争うのか。人間の心から憎しみや悪意はなくならないのか。


船底では、マルティノが印刷機を必死で押さえていた。

船には、フェリペ二世やトスカーナ大公、教皇庁からの、黄金など数々の土産物(みやげもの)が積まれていたが、マルティノにとっての宝物は、ただひとつ、活版印刷機だった。大勢の人に知識や思想を伝えられる印刷機。それこそが、西欧の文化を作り上げてきたものだということが、マルティノには分かってきていた。

ドラードも降りてきた。

「揺れても大丈夫ですよ、ちゃんと結わえてありますから」

「活版印刷機を日本に持って帰れるなんて夢みたいだ」

マルティノが木箱を手で撫(な)でていく。ドラードと二人で見つけた印刷機を、ローマで船に積み込んだ。そのときから、印刷機は、マルティノの宝物になった。

ジュリアンは、船室で十字架に向かって祈りを捧げていた。

「遠いところから、よう来てくれた」

自分を抱きしめてきた教皇の柔らかな声が忘れられない。

「よう来た。よう来た」

教皇は何度も抱きしめてくれた。儀礼ではない力が腕に籠もっていた。ジュリアンは、十字架のキリストに誓った。

「この小さな命を、あなたに捧げます」

マンショとミゲルは、まだ星を見上げていた。

船尾から、水夫たちの奏でる音楽が聞こえてくる。哀愁に満ちたメロディが、故郷を思い出させる。

城が落ちて、兄が死んだ。ミゲルには帰るべきふるさとは失われていた。マンショには、もともと帰る家はない。ジュリアンも、母が死んだことを確信していた。家族が待っているのは、四人のうち、ただひとりマルティノだけだ。

ドラードが船尾から来た。

「モザンビークから乗ってきた水夫が話していました。日本は大変なことになっているそうです」

「大変って？」

マンショもミゲルも意味が分からなかった。

「セミナリオや教会が、次々に打ち壊しにあっているそうです」

水夫たちの音楽が急に大きく響いた。メスキータも出てきた。

「スペイン艦隊がこちらに向かっているそうだ」

「スペイン艦隊？」

ますます意味が分からない。

「キリシタン大名たちが、長崎に城を築こうとしている」

「城？」

「キリシタンのための城だ。戦う。それしか、秀吉(ひでよし)の悪行を止める手段はないと、コエリヨ準管区長は心を決めたそうだ。巡察師の手ぬるいやり方では、どうにもならなくなったんだよ」

二

港の望楼を、ヴァリニャーノは毎日のように訪れていた。

使節たちの乗ったサン・フェリペ号が、そろそろゴアに着く頃(ころ)だ。風まかせの航海だから、いつになるかは分からない。明日か来週か、それとも来月か。分かっていながら、ヴァリニャーノはじっとしていられなかった。使節たちが教皇に謁見(えっけん)したことは、フィリッピンから来た修道士から聞いていた。

「間違いではなかった。自分の蒔いた種が実ったのだ」

これから、どんな芽をだすのか、どんな花を咲かせるのか。

「船です！」

望楼の監視人が叫んだ。

「サン・フェリペ号です！」

言葉を待ちきれず、ヴァリニャーノが望遠鏡を奪い取った。望遠鏡を覗く。船首にかかれた船名がくっきりと見える。『サン・フェリペ』。

「船を出せ、ロレンツォ！」

ヴァリニャーノが階下にいた修道士に大声を出した。

「彼らが帰って来た‼」

ヴァリニャーノは、用意させていた小型快速船に乗って沖合に急いだ。サン・フェリペ号から縄ばしごが下ろされる。小型船で近づいたヴァリニャーノが、何度も縄ばしごをつかみ損ねる。船が波に翻弄されているというよりも、ヴァリニャーノが慌て過ぎているのだ。

甲板から使節たちが面白そうに見下ろしていた。巡察師がこんなに慌てているのを見たことがない。

「無事だったか‼」

甲板に上がると、ヴァリニャーノは船中に聞こえるような声を上げた。

「よく無事で帰って来てくれた。帰って来てくれた！」

まだ興奮が収まらない。しかし、四人の使節たちの誰(だれ)が誰か、すぐには分からないようだった。

「ジュリアンです！」

ジュリアンが名乗りを上げた。ヴァリニャーノが抱きしめる。あとは分かったようで、次ぎ次ぎに抱きしめた。

「マンショか！　ミゲルか！　マルティノか！」

みんなの成長が信じられない。

「世話になったな」

冷静な目を向けているメスキータは、一瞬のためらいの後で抱きしめた。

「あの者たちの顔を見たか、メスキータ」

「飽きるほど見てきました」

口調に皮肉が混じっている。

「大人になった。しっかりとした顔になった」

「それがどうしたのです？」

「彼らは立派に役を果たしたのだよ。スペイン王からも枢機卿(すうききょう)からもヴァチカンからも、彼らを絶賛する書面が届いている」

「スペイン艦隊が向かってるってどういうことですか？」

ミゲルが聞いた。ドラードの言葉が使節たちの胸を塞(ふさ)いでいる。日本は大変なことになっている。何が、どう大変なのか。スペイン艦隊が何のために日本に行くのか。

「コエリョたちがフィリッピン提督に、スペイン艦隊を出発させるように要請したらしい。ナウ船も二隻(せき)、マカオに向かっているそうだ」

「本当のことなのですか？」

マンショも驚いている。

「長崎に要塞(ようさい)を築いて、ヒデヨシと本気で戦う気でいる。火薬、原料の硝石、その他の武器を大量に買い入れているそうだ。マカオでも兵士二百名に武器弾薬、食料を持たせて待機させていると聞いた」

「本気で戦うのですか、日本という国と？」

マルティノが聞いた。

「コエリョは本気らしい。スペイン人はもともと戦闘的なんだ」

「はっきり言っておきますが、巡察師さま」

メスキータが口を挟んだ。

「何だ」

「あれは、コエリョさまひとりの考えではないと思います。力で向かってくるヒデヨシには、力で向かうしかない。多くの宣教師も同意しているのです。キリシタン大名たちも、長崎に自分たちの城を築くと言っている」

使節たちには、何のことか分からない。

三

コエリョは、本気だった。平戸にフロイスたち司祭を集めて協議した。

「極東の小男に大スペインがバカにされてたまるか！」

軍船数隻を日本に派遣する。二百名の兵士をマカオから呼び寄せる。スペイン王フェリペ二世、インド副王、フィリッピン提督に軍事援助を要請する。武器、弾薬を買い込んで、キリシタン大名らと共に戦う。長崎に要塞を築く。

すべての宣教師が手を挙げた。反対はたった一人、ヴァリニャーノの上司に当たる親日のオルガンティーノだけだった。

「セビリアの大聖堂をおぼえているか！」

コエリョが声を張り上げた。

「正気の沙汰でないと後世思われるほどの巨大な聖堂を作る。その合言葉で築かれた大聖堂だ！」

霞むほどの高い天井。壁一杯がイエスやマリアの像で埋め尽くされ、黄金で輝く。

「あれこそがスペインだ。世界の海を支配する、我がスペインだ！」

コエリョは、フロイスに言った。

「秀吉の黄金の茶室など、子供の遊びでしかない」

「分かっております。あのときに、準管区長が感心してみせたのは、明(みん)に攻め入ろうという言葉を引き出すため。われわれの助けを拒否した秀吉は、かの国で立ち往生しております」

他の宣教師も声を揃(そろ)えた。

「準管区長の言うとおり、いまこそ、われわれが一致して暴君に立ち向かうときであります！」

秀吉のキリスト教弾圧は、気分任せのところがあった。あるときは激しく、あるときはいいかげんに。もともと、儲(もう)けの多い南蛮(なんばん)貿易に興味があっただけだ。定期船が入ると、秀吉は積んだ金や生糸を買い占めようと、ポルトガル商人と揉(も)めた。

「これ以上強気に出ると、船は、長崎には来ないで、マカオからメキシコに向かってしまいます」

イエズス会が仲介し、問題を納めた。

大名たちの入信には目を尖(とが)らせていたが、下層の人間が信仰することは意に介さなかった。思い出したように、長崎の教会を破壊して、材木を建築中だった名護屋(なごや)城に運ばせたが、多くの教会はそのままにされた。

長崎の住民もバテレンに好意的だった。西坂(にしざか)の大処刑の恐怖は残っていたが、しょせんキリシタンの出来事だ。南蛮人のカラフルな衣装が目を楽しませる。裾(すそ)の長い南蛮衣装で、町を歩く住民も出てきた。ロザリオや十字架を、首から吊(つ)るすのが流行する。模造品を作る職人も出てきた。ロザリオや十字架を持っているだけで危険、そんな時代もあったのに。ワインや牛肉まで食す者も出てきた。

問題は、キリスト教内部で起きた。

追放令が出て、イエズス会の動きが停滞したすきに、フランシスコ会などの托鉢(たくはつ)教団が乱入してきた。

「私たちは、赤貧に甘んじ、貧しいひとたちの味方となりながら布教を進めてきた。これこそ、聖書にも書かれている正しい布教のありかたではないか。信仰のために上の人間におもねることはない。ありのままの自分でいいのだ。正しい教えというものは必ず認められる。領主に取り入ることを第一にするイエズス会のやりかたは、布教の堕落だ」

フランシスコ会の僧侶(そうりょ)は、大声で説教し、人目をはばからずミサを挙げた。弾圧覚悟だった。

「身の危険を感じること、それが信仰の極致ではありませんか」

イエズス会は応酬した。

「フランシスコ会は、我々の長年の努力を無にしようとしている」

西坂の大処刑を、フランシスコ会は、イエズス会の陰謀で起きたと教皇庁に訴えた。イエズス会も負けずに、フランシスコ会の布教の過ちに、イエズス会の信者が巻き込まれたと訴えた。

「秀吉が追放したり苦しめたりした大名たちは、全員復讐の機会を狙っている。秀吉は長生きはしないだろう」

と、フロイスは書いている。フランシスコ会の宣教師のひとりも、本部に手紙を送った。

「イエズス会は、国王フェリペ二世に忠誠を尽くしていません。長崎の信者三万人に銃で武装させ、暴君に立ち向かえば、神の助けとスペインの軍事力で日本を征服することが出来ると信じます」

武力には武力を。権力には権力を、異なった宗教は壊滅させるべきだ。フロイスやコエリョたちも、秀吉と何ら変わらない。

両派の内紛は、秀吉の耳にも入った。宣教師たちが潜伏して布教していることを知りながら、秀吉は放置していた。潜伏しているということは、自分を恐れているからだ。恐れを知らずに、堂々と布教をするとなると、事情は違ってくる。

秀吉は、多くの宣教師を長崎から追放した。

「マカオで待機しろ。このままでは終わらせない。世界の支配者スペインが、あの暴君に負けてたまるか」

コエリョは、船の宣教師に向かって檄を飛ばした。

「暴君・ヒデヨシに替わる王をわれわれは用意している!」

大友宗麟も大村純忠も死んだ。有馬晴信にも往年の力はない。コエリョたちは、秀吉の後釜(あとがま)に、アゴスティーニョ小西行長(こにしゆきなが)を据えようとしていた。

四

歓迎の晩餐会(ばんさんかい)が開かれた。

マルティノが、聖職者を前にして、ラテン語で帰国の挨拶(あいさつ)をした。堂々とした話し方に、ヴァリニャーノが目を細めている。

「ヴァリニャーノさまは、あなたがたを無事に帰すことを、母上や親族に約束していたからと、毎日、心を痛めておられました」

マンショの隣に座っていたロレンツォが説明した。

「一人くらいは欠けるだろうと思っていたんでしょう?」

ミゲルには、巡察師へのこだわりがあった。

マルティノの挨拶が終わって、ヴァリニャーノがワインを手に立ち上がった。

「大変な旅を遂行して、よく帰ってきてくれた。君たちの辛苦と神のご加護に、感謝の杯を捧げる」

全員が乾杯をした。使節たちも酒の味を知る年頃になっている。ヴァリニャーノは、使節たちをラガッツォ（少年）ではなく、シニョール（紳士）と呼んだ。

「偽者騒ぎで、余計な苦労をかけたそうだな、マンショ」

ヴァリニャーノがそばに来た。

「自分が王の子だと名乗った訳ではありません。無関係な騒ぎだと思っていました」

「私のやり方が気に入らないものが、横やりを入れた」

メスキータに聞こえたかどうか。

「東方から来た三人の賢者。聖書にあった教えに従って、われわれは、ヴァチカンに行くことが出来ました」

ミゲルが言った。

「ヴァリニャーノさまは、最初からそれが狙いだったのですね」

「ミゲル！」

マンショが止めた。ミゲルが何を言おうとしているのか分かっていた。

「われわれのうち誰かが脱落する。四人揃って帰ってくるとは、ヴァリニャーノさまは思っていなかったではありませんか」

ヴァリニャーノが緊張する。こんな言葉を歓迎の席で言われるとは思いもしなかった。

「ジュリアンが抜けてくれたおかげで、三人でヴァチカンに行くことが出来たのです」

マルティノが言った。長い旅で一人は死ぬだろうと思っていたから四人にしたのだと、ヴァリニャーノは、出発前にはっきりと言ったのだ。

「教皇に会うべきなのは私ではない。そう思ったのです」

ジュリアンが言った。その言葉の意味をヴァリニャーノは聞きたかった。何が、このシニョールたちにあったのか。

メスキータが意味ありげな顔で書状を出した。

「これは、ヴァリニャーノさまがイエズス会本部に向かって出した報告書だ」

ロレンツォが慌てた顔になる。

「ヨーロッパはすべてが驚嘆すべきものだった」

メスキータが書状を読み上げた。

「フィレンツェは幸福な都だった。それに比べて私たちはなんとみじめなことだろう」

使節たちには何のことか分からない。

「お前たちの今回の旅の感想だ」

「やめろ、メスキータ！」

ヴァリニャーノが大きな声を上げた。

「なぜです。このものたちの旅の感想を、本人に聞かせることが悪いとでも」

皮肉に力がこもる。

「後にしろ、メスキータ！」

メスキータはかまわず読み上げる。

「キリスト教が築き上げた、荘厳な教会建築、宮殿。ただただ圧倒されるだけで、言葉を失いました。キリスト教徒はお互いに愛し合うから、すべての人がキリスト教を奉じるよりいい方法は考えられない。これは、マンショ、きみの言葉だ」

マンショがヴァリニャーノを見る。

「美と芸術に満ちたフェレンツェには圧倒された。これに比べて、我が祖国は、何と哀れで惨めなことだろう。これは、マルティノの言葉だ」

マルティノもヴァリニャーノを見る。

「肌の黒い人間は、先祖の誰かが犯した罪のために、呪(のろ)いから逃れることが出来なくなったと考えられる。ヨーロッパの哲学者が、彼らは奴隷になるために生まれてきたのだと言ったのは当たっている。ミゲル、これは、きみの感想だ」

ミゲルの目がきつく光る。

「巡察師さまは、きみたちに会う前に、きみたちの旅の感想を書いて本部に送っている。自分に都合のいい報告書をな」

ヴァリニャーノが黙り込んだ。

デ・サンデの『天正遣欧使節記(てんしょうけんおうしせっき)』という書籍は、ヴァリニャーノがイエズス会本部に出した報告書を基にしたもので、ヴァリニャーノ自身も序文を書いている。後日、使節団について数多くの本が出版されているが、ほとんどがこれを基にしたものだ。禁教の真(ま)っ只(ただ)中(なか)に帰って来た使節たちの動向は、日本では書物としてはほとんど残されていない。

「このものたちは、教皇に向かって、あらゆる質問をしたのです」

メスキータが勝ち誇ったように言った。

「あらゆる質問を？」

「奴隷について、どう思うか？」

「何？」

「異端者を、なぜ弾圧するのか？」

「そんな質問を、教皇に⁉」

「このものたちは、ここで別れたときより遥かにしっかりとした顔になっていると、先程、巡察師さまは言われた。シニョールは立派に役を果たしたのですよ」

ヴァリニャーノには返す言葉もない。

「なぜ……なぜ、そんな質問を、教皇に？」

やっと、それだけ言った。

「ゴアを出るときに、ヴァリニャーノさまにも聞きました。自分の子供を売る日本人が悪い。彼らを乗せるポルトガルの船長を止める権限は、われわれにはない。ヴァリニャーノさまは、そう答えてくれただけでした」

ミゲルが言った。

「教皇は、答えてくれたのか？」

「何度も売買禁止令を出しているが、人間の欲望は止められない。すまないと」

「すまない。そう言われたのか」

「はい」

「異端者をなぜ迫害するのかと」

マンショが言った。

「なぜ、そんなことを聞いた」

「異端者が火あぶりになるのを見ました」

ヴァリニャーノに言葉はなかった。

「われわれをヴァチカンに行かせたくないものたちに、何度も襲われました」

ジュリアンも言う。

「ガリレオ先生が、聖書の解釈をしたからといって異端審問所に呼ばれたことをどう思いますかと、私は聞きました」

マルティノが言った。

「教皇は、どう答えられた……」

ヴァリニャーノの言葉が弱くなっている。

「いつの時代も、真理はたやすくは受け入れられないものだと」

「そう言われたか？」

「はい」

「このものたちは、あなたが思ってるよりも、遥かにいろんな体験をしてきているのです」

メスキータが声を荒らげた。

「あなたの操り人形ではない‼」

五

ゴアの望楼に、ヴァリニャーノはドラードを呼んだ。誰もいないところで話がしたかった。

「彼らは、本当に教皇にあのような質問をしたのか？」

「はい」

「教皇は、どうしておられた？」

「私は、その場にはいませんでしたが、ひとつひとつ丁寧に答えておられたそうです」

「そうか……」

「宮殿に住み、こんな椅子(いす)に座るようになると、人は、自分に問うてこなくなる。私は、今日、心が洗われる思いがした。答えを見出(みいだ)すことが大事なのではない。問うことが大切なのだ。帰りの船で、使節のみなさんが興奮して話してくれました」

「ドラード」

「はい」

「私は、答えを見つけることを急ぎすぎたのか」

ヴァリニャーノは自分の心に問うた。

「急ぎすぎたのか？」

海を見て、もう一度言った。

「旅は、人を成長させます」ドラードは静かに答えた。「旅で出会った人、出会ったことについて、ひとりひとりが、自分のこととして考えたのです。それこそが、巡察師さまの願っていたことではありませんか」

聖パウロ学院の礼拝堂で、ヴァリニャーノは十字架のキリストを見上げた。裸で十字架にかけられた人間になぜ手を合わせるのか。マンショに問いかけられた。カトリック教徒として生まれ育ったヴァリニャーノは、そんな疑問を持ったことはなかった。使節たちの成長も、ヴァリニャーノにとって予測できなかったことだった。これから、どうすればいいのか。ヴァリニャーノは十字架のキリストを見つめた。

マンショが入ってきた。誰もいないと思った礼拝堂に、ヴァリニャーノがひとりでいる。声はかけなかった。マンショも十字架を見つめた。

はるか遠く西欧の国に行かせてくれたのは、巡察師だった。いろんなものを見た。いろんな人に会った。それが、ヴァリニャーノの意図したものではなかったことも知った。ミゲルが、自分たちはイエズス会の野望を充たすための道具にすぎないのではないかと言ったことがある。そんなことじゃないと、マンショは激しく反論したが、今は、ミゲルが正しかったという気もする。

ヴァリニャーノも、マンショが入ってきたのを知っていたが、声はかけなかった。何を話していいのか分からない。二人は黙って礼拝堂に立っていた。静かな時間が流れる。

マンショが出ていこうとしたとき、ヴァリニャーノが初めて声をかけた。

「偽者だのなんだのと言われて、苦労をかけたな」

「いろいろ言われましたが、自分とは関係のないことだと思っていました」

「十字架に磔(はりつけ)になった裸の男にどうして手を合わせるのかと、お前は、私に食ってかかった」

「その私を、なぜ正使に」

「強さが旅に必要なものだと、私は思ったのだ」

「信長さまが問うたことを覚えてますか、巡察師さま」

「何だ」

「イエスの愛とは何か」

「ああ」

「自分を信じて、まっすぐに生きるというのはどういうことか」

「覚えている」

「頂上に登り詰めた人間が、どうしてそんなことを聞くのか、あの時は不思議でした」

「われわれを試したんだと思う、愛について語るが、本当にその意味を知っているのかと」

「ヴァリニャーノさまを試したのではありません。戦乱のなかで生きてきた信長さまは、愛という言葉を知らなかった。本気で知りたかったのだと思います」

「自分を信じることも、まっすぐに生きるということも分からなかった。だから、問うてきたのだと思います」

「……」

「その答えを信長さまに知らせなければならない。旅の間、ずっと思っていました」

「信長に、何と言うつもりだった」

「答えはありません。ただ問うだけです。そう伝えるつもりでした」

「……」

「なぜ、あなた方は簡単に答えを出すのです」

「え？」

「自分たちの信仰だけが正しいと」

「……」

「同じキリスト教なのに、異端者を火あぶりにするのを何度も見ました」

「……」

「同じイエスを信仰しながら、なぜ異端者だと決めつけるのです？」

「……」

「肌の色が黒いだけで、なぜ劣ったものだと決めつけるのです」

「教皇は何と答えられた」

「教皇ではない。巡察師さま、あなたに聞いているのです！」

マンショが激しく言った。

「生きることは、問うことだ。私は、旅でそれを学びました。問う心、それを忘れていなかった信長さまこそ日本の王だと、会って伝えたかった」

イエズス会本部に出す報告書を書いていたとき、自分がミゲルになりマンショになりジュリアンになりマルティノになっていた。嘘の話をでっち上げているという意識はまるでなかった。少年たちは帰ってきて、この通りに語ってくれる。そう思い込んでいた。

「私はイエズス会のことしか考えていなかった。危機に瀕しているカトリックをなんとか盛り返したい。それが、イエズス会の使命だ。それしか頭になかった」

マンショは黙って立っていた。その姿は、まさにシニョールだった。

「私は、答えを見つけることを急ぎすぎたのか」

ドラードに言ったことを繰り返した。

「旅は、人を成長させます」

ドラードの言葉が胸に刺さる。

六

淀殿が懐妊した。

鶴松の出産のために造られた淀城にいた淀殿は、大坂城にもどっていた。このところいいことが何もなかった秀吉は、名護屋城から疾駆して大坂城にもどった。光秀退治の中国大返しよりも、もっと気が急く。

無事、男子を出産。淀殿二十七歳、秀吉五十七歳。

三年前に鶴松を失っていた秀吉の心配は只事ではなく、

「しっかり乳を飲ませろ、独り寝をさせろ、乳がよく出るよう乳母もしっかりと食事をするように」

と、うるさく口を出した。

幼名『拾』。夭折した鶴松が「棄」という名だったので、今度は「拾う」としたのだと言われている。『拾』、のちの豊臣秀頼が、関白・秀次を悲劇に追い込んでいく。

秀頼を何がなんでも後継者にしなければならぬ。自分は老齢で『拾』が大きくなるまで生きてはいられないだろう。邪魔者は排除しなければならない。

第一の邪魔者は、自分が関白に据えた秀次だ。

秀次は、地位に馴染んでいる。自分の力で関白の座を射止めたように、それらしい顔になってきている。どうやって、引きずり降ろすか。

秀吉は、秀次が、ある大名の家督相続を順当に行うために、朝廷に献金したことを突き止めた。遺児に相続させるのに、なぜ献金をするのか。賄賂だ。謀叛だ。完全な言いがかりだった。

「私が、何をしたというのです‼」

秀次は激怒した。

「私は、ただ、あなたに操られるままに回っていろというのですか！」

秀吉は、心の中で冷やかに笑った。

「人の心の内を読む。それが、上に立つものには欠かせない技なのだよ。お前には、それがなかった」

『拾』が生まれたときに、真っ先に、

「これからは、拾を奉り、豊臣家の繁栄を支えて行きます」

と、自分の前に平伏すべきだったのだ。

「諸大名に秀頼を後継者と守り立てていくという誓書を出させたとき、家康は、平伏して誓った。人の心を読むというのは、ああいうことなのだよ」

秀吉は、人の心を読むことに長けた家康を、その頃から警戒し始めていた。

秀次は、官職を剝奪されて、高野山に追放された。その日に切腹。恨みを抱くことを警戒し、正室以下妻子三十九名が三条河原で斬殺された。

長崎に潜らせている密使から、キリシタンが不穏な動きをしているとの情報が入ってきた。長崎の城に、キリシタン大名、スペイン艦隊、フィリッピン軍などが集まり、要塞を作ろうとしている、と。

第二の邪魔者はキリシタンだ。

「関白さまは、教会を建てることは許可されたが、そこで説教をしたり、集会をしたりすることは禁じておられる。出入りするもの、すべての名を記して提出するようにと、関白さまの命令だ」

教会に踏み込ませると、驚くほどの署名が集まった。

「本物か、署名は？」

「おそらく」

「死罪になるかもしれぬのに、なぜ名を書く」

「キリシタンであることの誇り。そう思っているのではありませぬか」

奉行にも理解できないようだった。

「誇り？」

「命を捨てることが、信仰の誇り、かれらはそう思っているのです」

そんなとき、ヴァリニャーノから、謁見したいという便りが届いた。バテレン追放令が出ていることは承知のようで、

「インド副王の代理としてお目通りしたい。ローマ教皇に謁見した四人の青年たちも同行させます」

と、書いてあった。

「ペテンではありませぬか」

施薬院が、秀吉の心を先取りした。

「ローマがどこにあるのか知りませぬが、そんなところまで行って、無事に帰ってくると

は信じられませぬ。バテレン共は嘘の使節をでっち上げて、禁教令を引っ込めさせようとしているのです」

　秀吉は即座に言った。

「偽者でも本物でもよい。日本に帰ってこさせ、そののちに殺害する」

七

　聖パウロ学院の控室で、ヴァリニャーノは、十字架の刺繍（ししゅう）の入った長いマントを着た。金襴（きんらん）の刺繍の入った『カズラ』は、長身のヴァリニャーノを堂々と見せる。

　日本人は、外見で人を判断する。ヴァリニャーノは日本滞在で学んでいた。上のものに会いにいくときは、相手に合わせ堂々とした衣服で行かなくてはならない。

　日本人が何を嫌悪するかも分かっていた。肉食の西欧人は、日本人の嗅覚には不快と思える匂（にお）いを発する。水に恵まれている日本人は何度も風呂（ふろ）に入る。神道（しんとう）や仏教も体を清潔に保つことを強調している。宣教師は、この国の礼儀作法を学び、それに従うべきである。服装、食事、奉公人との接し方、家の片づけ方、身分に応じての客の迎え方。日本人の生活に合わせ、仏教の行動に従うことは、相手におもねることではない。『郷に入らずば郷に従え』。同じ言葉が西欧にもある。『ローマではローマ人に従え』。

「本当に行かれるのですか？」

　ロレンツォが手伝いながら聞いた。

「今度の船に乗らなければ、いつ長崎に行けるか分からない」

「バテレンの入国は一切禁じられております。秀吉の許可状を待っておられた方がよいのではありませんか」

「マカオからの船で来た宣教師たちを見たか？」

「はい。あんなに大勢の人間が日本を脱出してきたとは思いませんでした」

先ほど着いた船は、追放令の出た長崎から逃れてきた宣教師たちで満員だったのだ。

「なぜ日本を出てきた！」

ヴァリニャーノが甲板で怒鳴った。

「日本がどんなに酷い状態かご存じですか。マニラにスペイン艦隊が集結している。マカオでも兵士二百名に武器弾薬、食料を持たせて待機して、日本に上陸する演習をしていました。国外に逃げないと大変なことになる。われわれだけでなく、まだまだ多くの宣教師が長崎や平戸で船を待っています」

「多くの入信者が、京や大坂で逮捕されていると聞いた。お前たちが信者にしたもの、洗礼を施したもの。それを見捨てて、さっさと国にもどるのか！」

ヴァリニャーノの勢いに司祭たちは、黙り込むだけだった。

「こんなときこそ、信者を守るのが、教えを広めたものの使命だろうが！」

ヴァリニャーノの声がさらに大きくなる。

教会にもどってきたヴァリニャーノは、着替えをロレンツォに命じたのだ。マカオから来た船は、明日には長崎に引き返す。風まかせの航海だから、それを逃がすと、いつ出るか分からない。

ドラードが入ってきて、ヴァリニャーノの正装を見て驚いた。

「今、長崎に上がることは、処刑されるために行くようなものです。巡察師さまひとりで行って何になるというのです？」

「私が秀吉に会えば、迫害が終わるのではないかと、多くのものが期待している」

「そんなことで気持ちを変える秀吉ではないことは、誰もが知っています。巡察師さまにすべてを委ねるのは、修道士たちの怠慢だと私は思います」

「遠い国にいて、偉そうな口をきいても何も解決しない。司祭に言われたのだ。その通りだと思った」

ドラードはヴァリニャーノの顔を見た。決意は固い。

「最初にリスボンを出たとき、東の果ての国に行くのは命懸けの旅だった。道中何十名もの人間が死んだ。そのときの必死の思い。それを私は忘れていた」

ヴァリニャーノはひと息ついてから言った。

「あのものたちが、それを思い起こさせてくれた」

「あのもの？　使節たちですか？」

「そうだ」

「彼らも共にすると言ってるのですか？」

「いや」

「なぜ？」

「私はイエズス会のことしか考えていなかった。それを、彼らに指摘されたのだ」

「一緒に長崎に向かいます」

「お前は、もともとここの住人だった。行く必要などない」

「使節団はペテンではないかという声が上がっているそうです」

「ペテン？」

「彼らは、ゴアあたりで時間を費やして、ヴァチカンに行ったようなふりをして帰ってくるのではないかと」

「……」

「今、ヴァリニャーノさまが一人で都に行けば、それを証明することになりませんか」

「……」

「私が、彼らを説得します」

「命懸けだぞ。今、秀吉に会うのは」

「巡察師さまのおかげで、彼らは大きな旅をしてきたのです」

八

「勝てるのか、キリシタンが日本の国と戦って？」

マルティノが聞いた。

「日本は他の国と違う。戦いのやり方も知っているし、鉄砲も数多く持っている。簡単に勝てる国ではないと、ヴァリニャーノさまは言っておられます」

ドラードが答える。

「それなら、なぜ戦う？」

即座に、ミゲルが聞く。

「スペイン・ポルトガルの人間たちは、自分たちに敵うものは世界にはいないと思っているのです」

ドラードの言葉が終わらないうちに、マルティノが言った。

「それなら、やればいい」

「マルティノ⁉」

他の三人が同時に言った。

「おれは、今度の旅で、日本が西欧に比べて、何もかもが遅れていることを痛感したんだ。個人の考え、個人の思い、それが押さえつけられる国には、科学は生まれない。ひとがどう思おうが、自分はこう思う。そう言える国ではないと、科学は進んでいかないと、ガリレオ先生に会ったときに思った。おれは、日本がキリストの国になることに賛成だ」

マルティノらしく論理的な言い方だった。

「旅の間、おれはずっと思っていたんだ。上のものに言われると、すぐに考えを変える。

そんな国ではいやだと思っていた。シモでは、小さな領地をめぐって争いばかりしている。印刷機を持って入ったら、たちまち没収される。値打ちも分からない人たちが、寄ってたかって叩き壊すかもしれない。おれは、そんな国に帰る気はない」

マルティノはきっぱりと言った。他の三人も言葉がなかった。そのとき、ドラードが静かに言った。

「ヴァリニャーノさまのおかげで、あなた方は、思ってもみなかった旅に行くことが出来ました。そのおかげで、いろんなことを学んだ」

「だから?」

ミゲルがきつい表情になった。ミゲルは、自分たちがヴァリニャーノの業績を挙げるために旅に出されたと思っている。

「あなた方が長崎に上がったら、信者たちが大歓迎します。秀吉を怒らせるのは目に見えている。あなた方は、とても危険な存在になっているから。連れて行くわけにはいかないとヴァリニャーノさまは言われていました」

「そんなことじゃない!」

マンショがきっぱりと言った。

「巡察師は、自分勝手な報告書を本部に出してしまって、われわれが怒っていることを知っている。一緒に長崎に行くなんてことは不可能だとも思ってるんだ」

「おれたちは、ヴァリニャーノさまの操り人形ではない、メスキータさまが言ったことは当たっている」

　ミゲルも言った。

「あなたがたがゴアまで帰っていることは、秀吉も知っているのです。ヴァリニャーノさまが引き連れて会いにくるだろうと言っているそうです。偽者のあなた方を」

「偽者？」

　マンショが反射的に言った。

「ヨーロッパがどんなところか誰も知らない。そんなところに少年だったあなたたちが行ってきたとは、誰も思っていない。キリシタンが、自分たちの力を増すためのでっち上げだと言う人間がいることは、容易に想像がつきます」

　四人共、黙り込んだ。

「最初にリスボンを出たとき、東の果ての国に行くのは命懸けの旅だった。道中何十名もの人間が死んだ。そのときの必死の思い。それを私は忘れていた。それを、あなたがたが思い出させてくれたと、ヴァリニャーノさまが言われていました」

　使節たちが黙り込んだ。

「今、秀吉に会うのは命懸けだということは分かっています。だから行かなければならない。私も同行させていただきます」

　全員がドラードを見た。

「おれも行く」

　マンショが言った。

「あの旅を、いろんなことがあった旅を、偽者だと言われて引っ込んでいられるか。そうだろう、ミゲル」

　ミゲルは乗ってこない。

「印刷機は、どうなるのです？」

　マルティノが関係のないことを尋ねた。

「え？」

　ドラードも一瞬とまどった。

「印刷機を長崎に持ち運べますか？」

「長崎から来た宣教師たちに状況を聞きました。どこの港に上げればいいか。印刷機を隠す場所はあるか」

　ドラードは三人の顔を見回した。

「私は、マルティノさまと船の中で話していたんです。長崎に行ったら新聞を作ろうと。私たちのしてきた旅に何があったか。何を見て、何を考えたか。それを印刷して、日本の人たちに伝えようと」

「ほんとか？」

　ミゲルが、マルティノに聞いた。

「日本は、そんなことが出来る状態ではない！」

突然、大きな声がした。ヴァリニャーノが入ってきていた。

「きれいごとを言ってる場合じゃないんだ、マルティノ」

ヴァリニャーノが使節たちを見つめた。

「秀吉は、お前たちを恰好（かっこう）の標的にしてくる。コエリョはコエリョで、お前たちを旗印にして、キリシタン大名たちを結集させようとするだろう。今、長崎に帰り着くと、争いの真っ只中に飛び込んでいくことになる。そんなことはさせられない」

第八章　秀吉・マンショ

一

ヴァリニャーノは、ゴアを発った。

宣教師として日本に入ると何が起きるか分からないので、インド副王の使節となり、マンショたちを随員として連れていくことにした。使節らがヨーロッパから持ち帰った品々も、秀吉への贈り物にすることに決めた。豪華な贈り物は秀吉の気を引く。ヴァリニャーノは秀吉の性格を熟知していた。

船はマカオに向かった。兵士や鉄砲、火薬を用意させているというコエリョたちの反撃が本当なら、即刻、廃棄させなければならない。秀吉が知ったら、どう出るか分からない。これまで築いてきた努力を、スペイン人に反故にされてたまるか。

マカオには、長崎からの船も着いていた。大勢の宣教師だけではなく、コエリョまでが港にいる。

「どうした、コエリョ！」

コエリョは答えない。

「長崎を要塞にして戦うと、ゴアに来た宣教師が言っていた」

コエリョは沈黙したままだ。

「スペイン艦隊が向かっているのではないのか！」

「ローマ教皇から、スペインのフェリペ王に通達が来たのです」

そばにいた宣教師が答える。

「日本は、他の国とは違う。武力でもって征服するようなことをしてはならぬと」

もうひとりの宣教師が付け加えた。

「あなたが教皇に取り入った成果ですよ」

コエリョが、悔しそうに言って立ち去ろうとした。

「待て、コエリョ」

「あとはお好きに」

宣教師たちを連れて歩き去ろうとする。

「教皇が通達を出されたのは、私の力ではない。あのものたちの力だ！」

ヴァリニャーノは大きな声を出して、使節たちを指した。

「あのものたち？」

コエリョには、目の前にいる使節たちのことが分からない。

「私が教皇の許に派遣した使節たちだよ」

ヴァリニャーノは、胸を張って四人の使節を紹介した。

「伊東マンショ。千々石ミゲル。原マルティノ。中浦ジュリアン！」

ヴァリニャーノの声が力で満ちていた。

コエリョがせせら笑った。

「日本国の王の子などひとりもいない。なかには物乞いの子もいる。あなたは、偽者を秀吉の前に連れていくのですか」

「あのものたちがどんな人間か、教皇に聞いてみるがいい！」

ヴァリニャーノは激しく言った。

「お前たちの偽者呼ばわりにめげず、彼らは立派に役割を果たして帰ってきたのだ。そのふるまいで、その態度で、その輝きで！」

コエリョは笑い飛ばした。

「インド副王が、偽者を連れて帰ってきたとの噂が溢れてます。秀吉の耳にも当然入っている。そんなところに、あなたは、あのものたちを連れていくのですか、自分の手柄のために」

「これだけは言っておく。どんなに私を責めようと、あのものたちの価値は変わらぬ」

ヴァリニャーノはきっぱりと言った。

「私は、イエズス会を思うあまり、多くの間違いをした。でも、彼らは、私の間違いを拭い去ってくれたのだ」

歩き去ろうとするコエリョの背に向かって、ヴァリニャーノが声を大きくした。

「私は、あのものたちと共に長崎に向かう。私が関白のところに行けば、この迫害が終わるのではないかと期待しているものが、大勢いるからだ」

「あなたは、秀吉の残酷さを知らない」

コエリョがせせら笑った。

「お前が何を知ってる！」

ヴァリニャーノの言葉がさらに激しくなる。

「何を知ってるんだ‼」

こんなに激するヴァリニャーノを、使節たちも見たことがなかった。

「私は、命を懸けてでも秀吉に謁見するつもりだ。それが、私の償いだと思っている」

最後の言葉は、使節たちに聞かせるものだった。コエリョたちには何のことか分からなかっただろう。

船はすぐには出なかった。風任せの帆船だ。風が吹かないと、どうにもならない。ヴァリニャーノは待っていられず、港に停泊している中国人のジャンク船を手配して、長崎に向かおうとしたが、金銭で折り合いがつかず断念した。

これが幸いした。突然巻き起こった強風で、長崎に向かったジャンク船のほとんどが沈没したのだ。一番ホッとしたのは、マルティノとドラードだった。大事に運んできた活版印刷機が海に沈むところだった。

三カ月待って、彼らはやっとマカオを出た。

玄海灘は流れが速い。流れと風を利用して、帆船は前に進む。甲板で水夫たちが慌ただしく動いた。帆を動かすもの、舵を切るもの、前方を監視するもの。長崎に近づくと島が多くなる。舵取りを誤ると岩礁に乗り上げる。

最後の岬を越えた。長崎はすぐそこだ。

岬からジャンク船が漕ぎだしてきた。ヴァリニャーノたちは緊張した。何者なのだ。

ドラードが手を振った。

「知り合いなのか?」

ジャンク船がサン・フェリペ号に近づく。男たちが上がってきた。

「印刷機を下ろします」ドラードが言った。「長崎に入ると、秀吉の密偵に勘づかれる危険があるので」

男たちは言葉を発さずに、船底から活版印刷機を運び出した。船を去るときに、頭らしい男が十字を切ったのを見ると、キリシタンらしい。

「私も、ここで降ります」ドラードが言った。「岬のセミナリオに運びこまないといけないので」

ドラードは、使節たちにも手を合わせた。

「一緒に来ますか、マルティノさま」

「いや。後から行く」

マルティノが言った。

「先のことは分からないぞ」

ヴァリニャーノも促した。マルティノは首を振った。

「なぜ、行かない」

マンショが言った。マルティノにとって印刷機がどんなに大事なものか、よく分かっていた。

「お前なら行くか」マルティノは言った。「仲間を見捨てて」

マルティノから仲間という言葉を聞いたのは、初めてだった。


長崎港は入り江に守られている。入り江の先端に、見覚えのある『聖母の教会』が姿を見せ始めたとき、使節たちは思わず歓声を上げた。

伝馬舟で港に入ったが、歓迎の声はない。出発時に別れを惜しみ、見えなくなるまで手を振り声援を送ってくれた者の姿はない。歓迎してくれる宣教師たちの姿がないのは、コエリョたちの話で分かっていた。

突堤に舟が入ると、人が続々と港に出てきた。

使節たちを旅に送り出した三人のキリシタン大名のうち、大村純忠（おおむらすみただ）と大友宗麟（おおともそうりん）は、この世にいなかった。純忠の嫡男の大村喜前（よしあき）が出迎えた。最大のキリシタンだった大友宗麟の息子・義統は、秀吉を恐れて迫害側に回った。生きて出迎えたのは老齢の有馬晴信だけだったが、息子の直純は、父を追放して自分が領主になろうとしていた。

母の姿は、すぐミゲルには分かった。思ったほど年を取っていない。

「母さん！」

と、駆け寄ろうとして足が止まった。母が自分を見ていない。ひとり子を手放したくないと見送りで泣いた母にも、息子が誰か分からなかったのだ。

「私です、母上」

前に立ったときに、初めて母が目を向けた。一瞬遅れて、ミゲルを抱きしめてくる。

「兄上は？」

母が首を振った。

「私らを逃がして、城と共に……」

それですべてが分かった。ミゲルは母を強く抱きしめた。

マルティノも、兄を見分けることが出来なかったし、兄の方もそうだった。理論派らしく、礼儀正しく、少しぎこちなく挨拶を交わしている。

ジュリアンの母は、彼の予想通り生きてはいなかった。

出発のときには見送る者のいなかったマンショに、出迎えの母がいた。飫肥で生きていた母・町上が、噂を聞いてやってきたのだ。自分を置いて城を出てしまっていた母への恨みの感情は、長い航海の間に消えていた。同時に、思慕の念もなくなっている。母の方もそうだったのだろう。

「祐益（すけます）……？」

おそるおそる声をかけてきたが、それ以上の言葉は出なかった。自分を置いてなぜ城を出たのか、ずっと知りたかったことを聞けないまま、マンショは母と別れた。

騒ぎが大きくなると、猜疑心（さいぎしん）の強い秀吉が何を思うか分からない。ヴァリニャーノは、早々に船を雇って室の津（むろのつ）に向かった。

瀬戸内の室の津は、小西行長（こにしゆきなが）の父・隆佐（りゅうさ）の支配領で、都に上がるシモの大名やポルトガル商人たちの中継港だった。

ヴァリニャーノは、行長から、謁見について助言をされていた。ポルトガル商人を多くし、宣教師は少なくした方がいい。

「バテレン追放について交渉はしない。自分に敬意を持って伺候するならば会ってもよい」

秀吉はそう言ってくるから、辛抱強く待つようにと。

室の津に着いたのは、旧暦の正月だった。九州の大名たちが、関白に年賀の挨拶をするために上京する途中で、次々に港に上がってくる。

大名たちは使節たちがいるのを知ると、見知らぬ国の体験談を聞きたがった。西欧とはどんなところだ。秀吉への贈り物にしようとしていた地球儀、世界地図、海図、時計等をむさぼるように見ていった。珍しい楽器の演奏も聞きたがった。

この時の歓迎ぶりを密偵から聞かされて、秀吉は、使節たちに会うのが得策ではないかと思い始める。自分がいかに世界から尊敬されているかを示す、いい機会ではないか。彼らは、珍しい土産物を持参しているという。気に入らぬことがあれば、処罰すればいい。追放令の出た後でわが国に入ってきた。罪状は、それで充分だ。

二

引き潮の淀川を船は上がっていった。何人もの人足が岸で綱を曳いている。九年前、同じように人足に曳かれて流れを遡ったことを、マンショは思い出していた。信長に会うための上京だった。今、会おうとしているのは、その後の天下人・豊臣秀吉。どんな人間か、マンショには分からない。

「生きて帰ってこられると思っているのか。巡察師に騙されるな！」

コエリョが叫んだ声が、まだ耳に残っている。他の三人も同じなのだろう。みんな黙り込んでいた。ヴァリニャーノが沈黙をつづけているのも、あの声を気にしているからだ。

「何があっても覚悟はしています」

ジュリアンが、ヴァリニャーノに声をかけた。ジュリアンは急速に大人になってきていた。死を覚悟したこと、人を死に追いやったこと。それが、ジュリアンを神に近づけた。何があっても怖くはない。

ヴァリニャーノにも、ジュリアンの気持ちが伝わったのだろう。やさしく笑って、肩を抱いた。

この先、どうなるのか。ジュリアンには神がいる。マルティノは、印刷機という宝物がある。先の分からないのは、自分とミゲルだけだと、マンショは思った。旅でやり合った思い出は、しっかりと心に残っている。この先どうなろうと、お前のことは忘れない。マンショは、ミゲルに言いたかった。

流れに逆らう船は、ぎこちなく淀川を上がっていく。

都路を、ヴァリニャーノたちは聚落第に向かった。

先頭を行くのは、ターバンを巻いたインド人の馬丁。色鮮やかな絹の長衣が、見物人の目を引いた。馬には、ヴァリニャーノがまたがる。インド人の若者が、長い日傘を差しかけた。その後を、贈り物を積んだ荷馬車を引かせた、ポルトガルの商人たちが行く。その後、随員の使節たちが、金モールの飾りの付いた黒いビロードの長衣を着て、馬にまたがっていた。

ミゲルの背が強張っているのが、マンショには分かる。秀吉に会うのを怖がっているのではない。ポルトガルの商人たちと、こんな衣装で都に向かっていくことが納得できないでいるのだ。

マンショは心を決めていた。ゴアで激しく巡察師を責めた。自分たちの旅の感想を、ヴァリニャーノが先走って本部に報告した。そのこだわりは消えていない。しかし、ヴァリニャーノを激しく責めて心を決めた。この先は、ヴァリニャーノに従おうという気持ちになっていた。

行列が、聚落第に着く。まだ破壊されていなかった聚落第。

驚くほど広い屋敷だった。屋敷は、すべて塀でかこまれ、高い屋根が花模様の黄金の瓦（かわら）で覆われている。屋敷が変わると、別の瓦で覆われる。

「真ん中に関白のお屋敷があります。まわりは、すべて、各大名の屋敷になっているのです。どの屋敷にも、見事に豪華な門がふたつあって、ひとつは屋敷の持ち主のもの、ひとつは関白様が訪れたときにだけ開門されるものです」

通辞が説明した。

広い堀が、秀吉の居城を取り囲んでいる。どこに入るのかもわからず、使節たちは案内されるままに歩いた。信長の安土（あづち）城は、螺旋（らせん）のような階段で上へ上へと伸びていた。

「大名たちの屋敷でまわりを囲ませることで、安心して内に住める。用心深い秀吉らしい建て方だ」

ヴァリニャーノが言った。

マンショは、安土城の階段で迷子になったという、信長の話を思い出していた。

「もう一度会ってみたかった」

切ない想（おも）いが込み上げる。

謁見の間で、秀吉が待っていた。公家の公式衣装の束帯を身に着けている。下座には、着飾った公家が三人並んでいた。自分は、内裏（天皇）に通じているのだ。それを、ヴァリニャーノたちに誇示したかったのだろう。

ヴァリニャーノは、正式の僧服を着て、インド副王からの親書とともに、贈り物を献上した。金飾のミラノ製の甲冑、銀の太刀、短刀付き鉄砲、野外用の天蓋、時計などの精密機械、測量機器、地図、船の位置測定器具、田畑を耕す鉄製農具などが、秀吉の前に並べられた。秀吉が、ひとつひとつ見ていく。どれも見たことのないものだったので、満足げだった。

秀吉は、銀百枚と小袖四枚を返礼として贈った。四枚の小袖は、使節たちに用意したものだ。

随員の使節たちは、控えの座敷で待っていた。

公式の行事を終えた秀吉が、普段着に着替えてやってくる。ヴァリニャーノもついてきて、小袖を使節たちに手渡した。絹の小袖の柔らかい手触りが、使節たちを感激させた。西欧とは違う、日本の感触。

信長と秀吉。二人とも体から強く発してくるものがある。信長には、目の前のものを屈伏させる眼力があった。秀吉は、簡単にねじ伏せられそうな小男なのに、全身から発散する得体の知れない気力が、こちらを圧迫してくる。

「伊東マンショ。千々石ミゲル。原マルティノ。中浦ジュリアン」

　秀吉は、ひとりひとりの名を呼んだ。

「今、このときに、キリシタンの名で来たということは、それなりの覚悟をしてきたということだな」

「私をひとりでは参上させられぬと、このものたちがついてきたのです」

　ヴァリニャーノが慌てて言った。

「それほど信仰が篤いということか」

　秀吉が、また、ひとりひとりの顔を見ていく。

「私たちは、ヴァリニャーノさまのお蔭で遠くの国まで行くことが出来ました」

　ジュリアンが言った。

「西の果ての国の、いろんな王に会いました」

　ミゲルが言った。

「王の上に立つ王にも会いました」

　マルティノが言った。

「最後まで、ヴァリニャーノさまと行動を共にするのは当然のことだと思いました」

　マンショも堂々と話した。

「バテレンは命を懸けることが好きだからのう。死罪になることが、キリシタンであることの誇りだというではないか」

　秀吉の言葉は、からかいなのか本気なのか分からない。

「『バテレン追放令』を見直していただきたい。そう思って、私は、ここへ来たのです」

　ヴァリニャーノが、からかいを断ち切るように言った。秀吉がジロリとヴァリニャーノを見る。

「バテレン追放について話はしない。そう言っておいたのを聞かなかったのか、おぬしは」

　厳しい口調だった。

「聞いております。ただ、私に課せられた任務は、それだけなのです」

　ヴァリニャーノが言い返した。

「信長は、歯向かっていく人間を叩き潰した。わしはな、信長ほど強くもなく、度胸もないから、歯向かって来る前に叩き潰すのだよ。毒蛇に噛みつかれてからでは遅い。飛びかかられる前に引き裂くのだ」

　秀吉の言葉は一同を怯えさせる。秀吉が笑いだした。笑いの意味が分からず、座がさらに冷える。

「わしに仕えぬか、マンショ」

「は？」

　突然、言ってきた。

「おぬしが、わしに仕えると言ったら、都で捕らえた信者どもを解き放つ」

答えようがない。

「千々石ミゲル。原マルティノ。中浦ジュリアン。わしに仕えぬか？」

「お待ちください。信者の替わりというのなら、私が人質になります。代わりに処刑なされてもいい」

「たわけたことを言うな‼」

秀吉が大きな声を出した。体に似合わぬ大きな声だった。

「わしの言ってるのは、そんなことではない‼」

ヴァリニャーノが戸惑っている。

「それだけの覚悟があるのなら、なぜ、インド副王の使者などと嘘をついて、わが国に入ってきたのだ、ヴァリニャーノ」

「そうしなければ、長崎に入ることも出来ぬと思ったからです」

ヴァリニャーノも偽りなく答える。

「私は、ひとに騙されるのが嫌いでの」

秀吉の目が冷たい。

「騙したわけではありません！」

マルティノが突然大きな声を出した。

「私たちは、嵐に遇い、渇きに苦しみ、八年の歳月をかけてローマ教皇に会ってきたのです」

マルティノが、大声を上げるとは誰も思っていなかった。

「ローマ教皇にか」

秀吉がマルティノの顔を覗(のぞ)き込んだ。

「はい」

「と、いうことは、おぬしはキリシタンだということだな」

「はい」

「バテレン追放令が出ていることは知っておるな」

「知っております!」

そう答えたのは、ジュリアンだった。

秀吉が手招きをした。隅に控えていた小姓が刀を持ってくる。秀吉は白刃を抜いた。

「待ってください、そのものたちは!」

ヴァリニャーノが叫んだ。

「座ってろ!」

秀吉が刃(やいば)をヴァリニャーノに向ける。

「わしが、今、話しているのは、このものたちだ。わしに成敗される覚悟で来たというのなら、ここで斬(き)られても、誰からも何の文句も出ぬ」

刃を使節たちに向けた。

「そうだな」

使節たち四人を睨み据える。

「畳が汚れます」

ミゲルが、ひどく冷静に言った。

「斬るのなら、お庭にしていただきたい」

使節たちが全員、ミゲルを見た。何を考えているのだ、ミゲルは。

白刃を下げたまま、秀吉もミゲルを見た。

「おぬし、名は？」

もう一度、聞いてきた。

「千々石ミゲル」

「有馬のものか？」

「はい」

「そのものは、キリシタンではありません」

マンショが言葉を挟んだ。

秀吉が、マンショに目を向けてくる。

「おぬしは？」

「伊東マンショ」

「あの男を庇っておるのか、おぬし？」

「いいえ。ミゲルは、もう、キリシタンにはもどりません」

「マンショ！」

ヴァリニャーノが大きな声を出した。その声をふさぐように、秀吉が声を荒らげる。

「おぬしは、キリシタンなのか！」

「漂っております」

「何？」

「風に吹かれた船のように」

からかわれたと思った秀吉が、刀をマンショに向けてきた。切っ先を、マンショの鼻先に突きつけた。マンショは身じろぎもしない。

秀吉が刀を振り上げた。一気に振り降ろす。刃が風を斬る音がした。

マンショはじっと座っている。

「怖くはないのか、おぬし」

風切り音を耳元で聞けば、誰でも身を避ける。

「スペインでも、フェリペ二世に刃を突きつけられました」

「なぜ？」

「列席の大使を暗殺するところを見てしまったからです」

「作り話をしておるのか、おぬし？」

「献上した日本の刀を、真っ向から叩きつけられました」

「それからどうした？」

「鉄の燭台で受けたら、真っ二つに切れたのです。驚いて、王は刀を納められました。日本の刀は、こんなにも強靱なのかと」

「そのとき、どう思ったのだ、おぬしは」

「王というものは淋しいものだと思いました」

「何？」

「大勢の人間を従え、崇められ、だが、ひとりとして信じられるものがいない」

シンとした空気が流れる。誰も、何も言わない。何が起きるのか、誰にも分からなかった。

「王とはそういうものだと、私は、王から教えられました」

刀を下げたまま，秀吉がマンショを見ている。何も言わない。マンショも黙っていた。

秀吉が刀を納めて、突然、話を転換した。

「西洋の楽器が演奏できるそうだな、おぬしら」

「はい」

マルティノが、はじけるように言った。

「聞かせてもらえるかな」

「はい！」

ジュリアンも嬉しそうに答えた。

三

サンパロ、リュート、ラベイカ、ハープの西洋楽器を使節たちは演奏した。終わると、秀吉は、別の曲を演奏させた。

「汝ら(なんじ)が日本人であることを嬉しく思うぞ」

理由の分からないことを言って、楽器を念入りに触った。そして、全部欲しいと言い出した。

やっと慣れてきた西洋楽器だったので、使節たちもヴァリニャーノも戸惑ったが、断ると何が起きるか分からないので、献上することにした。

その後、秀吉は、使節たちに聚楽第を自由に見て廻(まわ)らせた。すべてが黄金色で輝いている。厨(くりや)も茶室も、それに、寝所には西洋式のベッドまであった。

秀吉の居城を、深い堀が取り囲んでいる。岸には樹木が植えられ、新緑が芽を吹こうとしていた。居城は石垣で守られている。

「これから、どうする？」

庭の見える廊下で、使節たちはひと息入れた。自然に似せて作られた庭園が、使節たちを和ませてくれた。

「なぜ、あんなことを言った？」

マルティノが、ミゲルに聞いた。斬るのなら表にしていただきたいと言ったことだ。

「脅かしに乗るのがいやだっただけだ」

そうだろうと、マンショも思っていた。

「秀吉は、人を殺すことなど、何とも思っていない人間だと聞いた」

マルティノは心配していた。うっかりすると、全員が斬られていたかもしれない。

「風に吹かれた船のように漂っているという、マンショの言葉がよかったよ。あれが、秀吉の殺意を削いだ」

ジュリアンは、マンショの言葉をよく理解していた。

「これからどうする？」

マンショがみんなに聞いた。

「布教にシモを回る」

ジュリアンが即座に答えた。

「こんな時に？」

ミゲルも聞いた。

「信者がいるかぎり祈りを捧げるのが、修道士の務めだ」

「命懸けだぞ」

「命は、もうイエスに捧げた」

ジュリアンは、こともなげに言う。

「お前は？」

マンショが、マルティノに聞いた。

「秀吉さまに、これを動かしてくれと言われた」

マルティノの手に置き時計があった。副王からの土産として持ってきたものだ。

「おれは、ドラードのところに行く。活版印刷機で、日本語で印刷が出来るようにしようと、ドラードと約束してるんだ」

マルティノは嬉しそうに言った。

「場所、分かってるのか？」

「加津佐(かづさ)」

「見つけられたら、ただではすまないぞ」

ミゲルが言った。

「おれは、そのために帰ってきた」

マルティノも、きっぱりと言った。

「おれたちより先に、アラビア馬が届いていたのを知っていたか、マンショ？」

ミゲルが聞いてきた。

「ああ」

「信長のときもそうだった。もうひとつ、黒人奴隷(どれい)」

鎖をつけられた黒人と安土まで同行したことを、全員が思い出した。

船底の女奴隷。ゴアで売られていた黒人女。叱(しか)りつけられた黒人給仕。ミゲルの心に残っているのは、すべてひとつの光景だった。

「どうするんだ、これから？」

マンショは、ミゲルに聞いた。

「母上に会う。その後は分からん」

ミゲルが、ぶっきらぼうに言って、マンショに言葉を返してきた。

「お前は、どうする？」

「もう一度、会いにこいと秀吉に言われた」

「お前、仕官するつもりなのか？」

マルティノが聞いた。

「いや」

「なぜ、行く」

ミゲルが強く言った。

「行かないと、お前たちみんなに害が及ぶ」

「ぼくたちのことなんかいいよ」

ジュリアンが言った。

「おれは正使だ」

マンショが笑った。自分が正使に選ばれたことを、他の使節たちが嫌がっていたことがあったのを憶（おぼ）えていて、冗談を言ったのだ。

「ここまで来て、逃げるのはいやだ」

マンショが、みんなを見た。堀のそばの樹から鳥が飛び立った。空高く消えていく鳥の自由さが、改めて目に焼きつく。

「巡察師さまは、どう言ってるんだ？」

ジュリアンが聞いてきた。

「何も言わない」

「仕官すればいいと思ってるのか！」

ミゲルの言葉に怒りが混じる。

「仕官を断ったら命はない。おれだけの命で終わらないかもしれない。でも、おれに、犠牲になれとは言えない。ヴァリニャーノさまも迷っているんだよ」

マンショが静かに言った。

堀にかかった華麗な橋で、マンショはヴァリニャーノと話した。

「みんなを長崎に送り届けてください」

「お前も長崎を出ろ。マカオ行きの船を手配させておく」

「私が姿を消したら、秀吉公は、意地にでも全員を探し出させて処刑します。私は、今日、秀吉公の冷酷さを知りました。あの冷たさは演技ではない」

「お前を窮地に追い込んだ。すまないと思っている」

「旅でいろんな目にあいました。先のことは分からない。そんな旅を経験させてくれたヴァリニャーノさまに感謝しています」

「本気か……」

「この時になって、まやかしなど言いません」

「私も、お前たち全員に感謝している」

「何をですか？」

「私の目を開いてくれた」

「目を……開いて？」

「ひとつのものを信じると、人は強くなる。しかし、まわりのものを同じ目でしか見なくなる。お前たちは、私にとって四つの目だった」

「お前は強いから正使に選んだと、ヴァリニャーノさまに言われました」

「そうだ」

「素性をヴァリニャーノさまは聞きもしなかった」

「そうだな……」

ヴァリニャーノは、気持ちを振り返るように言った。

「私を丸め込もうとしているのだと、あのときは思っていました」

「そうなのか？」

「ただの物乞い(ものご)の子でしたから、あのときの私は」

「年月がたった……」

ヴァリニャーノが改めてマンショを見てきた。

「今は、堂々とした正使だ」

ヴァリニャーノが抱きしめてきた。

「生きていてくれ」

腕に力が籠もる。

「生きて、必ず、もう一度会おう」

四

にじり口をくぐると、でっぷりとした僧服の後ろ姿が目に入った。向かいに、渋い着物を着た秀吉が座っている。

狭い空間だった。部屋の隅に、小さな炉が切られている。湯釜から、かすかに湯気が立っていた。初夏にしては、冷える日だった。

秀吉の前には、茶碗や茶筅、水指などが、一見、無造作に並べられている。

連子窓の障子が、外光で柔らかく浮き立っている。その白さも地味だ。土壁が、空気が止まったように、ほの暗い。

部屋に入ったまま、どうしていいか分からず立っていたマンショに、秀吉が、僧の横を示した。

マンショは、軽く頭を下げて横に座った。自分の方が正客だ。座の位は分かっていた。

「施薬院だ」

秀吉が僧を紹介した。そのまま点前をつづけている。僧は、マンショを見ようともしない。

秀吉が湯釜の蓋をずらした。湯気が立ち昇り一瞬で消えた。

「施薬院はな」

秀吉が茶碗に湯を注ぎながら言う。

「おぬしらを偽者だと言っておる。西欧など行っておらぬのに、インドで年月を過ごし、長い旅から帰ってきたと偽って、長崎に入ってきたのだと」

「関白さまへの土産物を見た」

施薬院が初めて口を開いた。

「甲冑、太刀、鉄砲、天蓋、時計、測量機器、鉄製農具。すべて、インドで手に入るものだと、バテレンが申しておった」

その後で、勝ち誇ったように付け加えた。

「転びバテレンがな」

「すべて、インド副王からの贈り物でございます。インドで手に入るのは当然のことでございます」

マンショは、僧を無視して茶室を見た。

天井は低いが、一方が斜めに上がって狭苦しさから逃れさせてくれる。床の間に掛け軸はなく、ひと振りの剣が飾ってあった。柱に掲げられた竹花入れに、黄色い花が一輪、鮮やかに咲いている。部屋が暗いから、黄色が鮮やかに目を奪う。

「おぬしら、ローマ教皇に会ってきたと申しておるな」

施薬院が言った。

「はい」

「それなら、なぜ、西欧の土産を持ち帰ってこぬ。西欧でしか手に入らぬ土産を」

「アラビア馬は、スペイン王が下さったものでございます」

「それも、インドで手に入るものだ」

「スペイン王、トスカーナ大公、神聖ローマ皇帝、フランス国王などから贈られたものはございます。しかし、すべて、キリシタンとして贈られたもの。長崎に持ち帰るのは危険だと、ヴァリニャーノさまが判断したのです」

「命を捨てる覚悟は出来ていると、ヴァリニャーノは言っておったではないか」

秀吉が言った。

「バテレンは言葉を弄するのでございます。何の覚悟も出来ておらぬのに」

味方を得て、施薬院の言葉が弾む。

「命は、自分ひとりのものではありません」

マンショも負けていなかった。

「神のもの、そう言いたいのだろう」

秀吉の口調に、冷ややかなものが混じり始める。

「バテレンは十字架にかかると、神の許に行けると喜びの涙を流すのです」

施薬院が勢いづいた。

「おぬしもか」

「命を懸けてでも守り抜きたいものは何か。それを見つけるために旅に出ました。でも、見出せないままに帰ってきてしまいました」

マンショは正直に言った。

「キリシタンとしてもどってきました。そう言えば、命はない。うまく理屈を捏ねたな」

粘るように言ってくる施薬院に腹が立ってきて、マンショは、気持ちを昂らせてしまった。

「命を捨てることなど怖くはありません。何度も、そんな目にあってきました」

「この男は、スペイン王に斬りつけられたのだと」

秀吉が言った。

「作り話でしょう」

施薬院があっさりと言った。

「なぜ、作り話などしなければならないのです」

マンショはムキになっていた。

「一度、話を作ると、とまらなくなるものなのだよ」

施薬院が嵩にかかってくる。

「もっと話してみろ。海の向こうの作り話を」

マンショはムッとした。秀吉は黙っている。このままだと、作り話ということが本当になってしまう。何を話せばいいのか。

マンショは、茶室の狭さから思い出したことがあった。

「リスボンの修道院に、祈りの部屋というものがありました。狭い部屋に、小さな窓。粗末なベッドが置いてあるだけの部屋で、修道士たちが一日祈りを捧げておりました」

「一日、祈りを？」

「何のために、こんな狭い部屋で祈るのですか、と聞きました」

「答えは？」

「余分なものを捨てて、一対一で神と向かうためです、と」

「余分なものとは、何だ」

施薬院がすかさず言った。秀吉の生き方など余分なものだらけだと、日頃から思っていた。何百という侍女。何十という館。

「分かりません」

マンショは素直に答えた。捨てるほどの余分なものなど、考えたこともなかった。

「分からぬことを関白さまに話したのか」

「修道士の言葉が新鮮だったのです」

「関白さまの生き方など、余分なものだらけだと、そう言いたかったのではないのか、お前は」

施薬院は、自分を誘導しようとしている。どこへ？

「旅に出る前、信長公から問いを与えられたと聞いた」

施薬院が、そんなことも知っているとは思わなかった。

「信長が？」

秀吉が聞いてくる。

「何をだ？」

こんなところで言いたくなかった。

「言ってみろ」

「自分を信じて、まっすぐに生きるとはどういうことか。バテレンの言う愛とは、どういうことか。旅から帰ってきたら、話して聞かせろと言われました」

「似合わぬことよ、信長公には」

施薬院が笑った。

「信長さまは、本気で問うておられたと思います」

何が起きようと、これだけは言わなければならない。そんな気持ちにさせられていた。

「なぜ、そう思う？」

「信長さまは揺れていました」

「揺れて。何に？」

「自分の生き方に」

「生き方の何にだ⁉」

秀吉が苛（いら）立ったように口を挟んできた。どう言えばいいのか。マンショは余計なことを言ってしまったと後悔していた。

「これまでやってきたこと、やろうとしていること、果たして、これでいいのか。そういうことだと思います」

「お前は、関白さまにも、そう言いたいのだろう」

施薬院がからんでくる。

「これまでやってきたこと、やろうとしていること、果たして、これでいいのか。そう言ってこいと、バテレンどもに言われてきたのだろう」

マンショが黙り込んだのを、図星を指されて言葉を失（な）くしたと思ったのだろう。施薬院が勢いづいた。

「関白様はな、そんな問いなど考えるひまもなく生きてこられた。だから、ここまで登ってこられたのだよ」

秀吉は黙っている。

「自分に問うことなど、関白さまには無用なのだ」

「出ていけ‼」

秀吉が怒鳴った。施薬院がマンショを見る。余計なことを言って秀吉を怒らせたではないか。気持ちよさそうな顔だった。

「出ていけ」

秀吉が声を押さえて言った。目が施薬院を向いている。施薬院は、初めて自分に言われていることに気付いた。すぐには反応できない。

「その剣を取れ！」

秀吉が、マンショに向かって言うと腰を浮かした。施薬院が飛び上がるようにして、立ちあがった。勝手口を出たところで、マンショに言った。

「その剣は、お前を斬るために用意されたものだぞ」

施薬院の姿が消えると、秀吉がボソリと言った。

「茶坊主めが」

マンショには、何が起こったか分からない。

「人の心を読むことに長けた人間は、おのれの心の墓穴に気がつかぬ」

何を言っているのだろう。分かっているのは、自分を斬ろうとしていると言った施薬院の言葉だ。

秀吉は、何事もなかったように点前をつづけている。ただ者ではない。マンショは、改めて秀吉を見た。

「利休（りきゅう）という男がいてな。同じことを言っておった。余分なものを棄てておのれと向き合う。それが茶の道だと」

「修道院に通じる……」

「これと同じ茶室を、利休は作ったのだ」

「どうなされているのです。利休という御方は？」

「腹を切らせて、茶室を叩き壊した」

「……」

「また同じものを作らせたのだよ」

「なぜです？」

なぜ、腹を切らせた。なぜ、茶室を叩き壊した。それなのに、なぜ、また作ったのか。聞きたいことが一度に来た。

秀吉は答えない。黙って袱紗をたたんでいる。たたんだ袱紗を、棗の蓋に滑らせる。慣れた手つきだった。

「日向の国を島津から奪い返し、飫肥を伊東氏に与えた。わしに仕える気持ちがあれば、多額の報酬を取らせよう。どうだ？」

「なぜ、再度、私にそのようなことを？」

「わしは、人を困らせることが好きなのだよ」

秀吉は、マンショをじっと見た。

「わしの側女にならぬかと言ったら、キリシタンのおなごなどは、命を捨てる覚悟でやってくる。今は、キリシタンが少なくなって、つまらぬ」

秀吉は、茶釜から湯を汲みながら言った。

「右近という男がいての」

「はい」

「国外に追放した」

「噂には聞いております」

秀吉は、ゆっくりと湯釜から湯を汲んだ。

「おのれに問うことを、わしは人に問うた」

「……」

「多くの人間の命を奪った」

水指から水を汲み、釜にもどす。

「信長を越えたと、わしは思っていたのだ」

「……」

「信長は、たかだか畿内の王だ。わしは、日本の王になった。信長が果たせなかった海の向こうにも侵攻した」

「……」

「茶の湯でも、わしは、信長を越えたと思っておる。ただひとつ、信長を越えられぬものがあった」

「何なのです？」

「おぬしが言ったことだ」

秀吉は茶杓で抹茶を掬う。

「おのれに問うこと」

茶碗に湯を注ぎ、茶筅を廻した。慣れた、優雅な手つきだった。

「ローマ教皇にも言われました」

「何をだ？」

「人に問われ、答えることしかしてこなかった。高い椅子に座っていると、それが自分の務めだと思ってしまう。自分に問う。一番大切なことを、きみたちは、私に思い起こしてくれた、と」

秀吉は、その後、何も言わなくなった。黙って茶を点てている。

「わしは、もう限りある命を生きた」

「……」

「やっと、世継ぎをさずかってな」

「おめでとうございます」

「前の子供をすぐに失くした。また失うのではないか、心配でたまらぬのだ」

頂点にいる人間が、弱みをさらけ出すときは危険だ。マンショは緊張した。

「おぬしのような人間に、そばに居てやってほしかった」

「申し訳ありません」

マンショは頭を下げた。斬ってくる。そんな気がした。

「表に、山吹が咲いていただろう」

秀吉は、また話題を変えた。露地に咲き乱れていた黄色い花。

「利休という男がな、たった一輪の花の鮮やかさを見せるために、すべての花を切り取ったことがある」

マンショは、改めて花入れの山吹を見た。鮮やかな一輪の黄色い花。

「わしも、露地の花を切ってしまおうかと思った。そのときにな……」

秀吉が、茶筅を持った手を止めた。

「はい」

マンショは緊張して答えた。秀吉の体から何かが伝わってくる。

「この黄色い花の上に、赤い血が飛び散ったら、どうなるだろうと思ったのだ。おぬしの若い血が」

時間がたった。秀吉が何を考えているのか分からなかった。マンショは、時間の流れに身を任せた。余計なことを考えるのはよそう。

秀吉はふっと言った。

「むなしいことよの」

その後、何も言わなかった。緑色の細かな泡が立った茶碗を、マンショの前に置いた。

マンショは、ゆったりとした厚みの茶碗を両手で包んだ。

「心得があるのか、茶の？」

秀吉が聞いてくる。

「幼く、まだ母が城にいた頃、茶を点てていたことを思い出したのです。何も分からずに、父の膝(ひざ)に抱かれて茶を呑(の)んだことを」

「どんな味がした」

「ほろ苦く、どこか、甘く。今、この味と同じのように思えます」

「茶を呑んだら、下がってよい」

にじり口から、マンショは露地に出た。山吹が見事に咲き揃っている。

秀吉が剣を持って、にじり口を飛び出てくる。そんな気がして、マンショは立ち尽くした。死の覚悟をしたのではない。それを恐れて逃げた。そう思われたくなかった。

茶室から、物音は聞こえてこない。でも、気配は感じた。あの狭い庵(いおり)に、秀吉はたったひとりでいる。

何を感じて。何を問うて。

マンショは、しばらく山吹の庭に立ち尽くしていた。

最終章

秀吉(ひでよし)の臨終の様子を、イエズス会の宣教師が書き残している。

自分が亡きあと、六歳の秀頼(ひでより)を王国の後継者として残すのが、秀吉の最大の問題だった。政権を略奪するのは家康(いえやす)だろうと睨(にら)んでいた秀吉は、

「余は死んでいくが、息子が王国を支配するにふさわしい年齢になるまで、抜群の才覚を持つそなたに王国を任せたい。秀頼がある年齢に達したら、必ず政権を返してくれると期待している」

臨終の寝所で、家康に忠誠を誓わせた。その上、家康の二歳の孫娘を秀頼に嫁がせることを提案し、式まで挙げさせた。

「かたじけなくも秀頼さまを息子(秀忠(ひでただ))の後継者にしてくださいますとは、拙者は、大いなる愛の絆(きずな)によって殿に縛られた奴隷(どれい)にほかなりませぬ」

家康は、感激して涙したと書かれている。ただし、家康は狡猾(こうかつ)で悪賢い人物であるから、いよいよ自分の番だと歓喜の涙を流したのかもしれない、とも。

その後、秀吉は、重臣たち全員に家康を目上に仰ぐよう指示し、時がくれば秀頼を国王

にするようにと誓わせた。

秀吉が死ぬと、実力を競っていた東の家康と西の石田三成が対立し、関が原の戦いが始まる。大名たちの三成への反感をうまく利用した家康が、西軍を破った。

秀吉の死の五年後、秀忠の娘・千姫が秀頼に嫁ぐ。臨終の床での誓いが本物となった。征夷大将軍になっていた家康だが、亡き秀吉を偲ぶ大名たちへの警戒を怠らなかった。家康は、遺命を守って結婚式を実現させる。秀頼十一歳、千姫七歳。数千隻の船に付き添われて淀川を下って、千姫は大坂城に入った。

十一年後、大坂冬の陣・夏の陣、徳川と豊臣の最後の決戦が始まる。

大坂城を包囲した家康は、秀頼の他国への移封か淀殿の江戸在住かを申し出る。両方とも淀殿は断った。その時の大坂城には、戦略を考え、戦さを指揮するものがいなかった。秀頼は、右近を探させて城に呼ぼうとしたが、右近は国外に出た後だった。あのとき高山右近がいたら、豊臣方が勝利していたかもしれない、後々まで言いつがれた。

淀殿は、家康の孫娘・千姫を城から逃がし、天守閣に火を放ち、秀頼とともに炎に消えた。

秀吉に代わって、家康が政権を握る。

家康も、最初はキリシタンに寛容だった。重臣にキリシタン弾圧を勧められたとき、

「日本にはいくつ宗教があるか」

と、聞き、

「三十五です」

と、重臣が答えると、

「（キリシタンを許しても）三十六になるだけではないか」

と、言ったと伝えられている。キリシタンの害よりも、バテレンとの貿易で入る富の方が重要だったのは、秀吉と同じだった。

スペイン、ポルトガルに代わって、新しい国家が進出してくる。イギリス・オランダ等新興国は、商業と布教を別のものとした。スペイン・ポルトガルは、宣教師と貿易商人が二人三脚で進出してくる侵略者だと、家康に進言した。

キリシタンを考慮する理由がなくなった。迫害が本格化する。

慶長十八年、江戸で捕らえられたキリシタン二十二名が鳥越で処刑された。これが、徳川の世での最初の流血である、以後、二百五十年にわたる信仰弾圧が始まる。『人界の地獄』と言われたほどの責め苦が考案された。女も子供も、凌辱され、打擲され、熱湯を浴びせかけられ、生きながら焼かれ、竹のこぎりで引かれ、あらゆる責め苦が行われた。人間は、考えつくかぎりの方法で、弱い立場の人間を責める。

世界に目を向けようとしていた信長、秀吉と違って、家康は、国内政権安定のために国を閉ざした。戦乱の心配がなくなり、南蛮文化の影響も少なくなると、日本のルネッサンスとでも言うべき、独特の江戸文化が生まれてくる。キリシタンの徹底的弾圧の憎しみと流血の上に花開いた文化でもあった。

ヴァリニャーノは、生涯を懸けて守ろうとしたイエズス会の独占権が、グレゴリオ十三世の死で教皇庁からの支持を得られなくなった。異文化の価値を否定した時代に、ヴァリニャーノは、その国の文化や宗教を否定することなく布教をしようとしていたが、他宗派の日本乱入で苦境に追いやられる。

ヴァリニャーノは、マカオにコレジオを作り、中国人や日本人に、ラテン語、中国語、日本語、哲学、神学らの教育をした。将来は、彼らに司祭として教会を託そうと思っていた。日本人を司祭にすることには、イエズス会内部でも反対が多かったが、ヴァリニャーノは強引に押し切って、七名を司祭にする。その中に、マンショやジュリアン、マルティノの名もあった。

長身で頑強な体だったヴァリニャーノも、マカオで病に罹り、六十七歳で死んだ。今はミュージアムになっているマカオ大聖堂の地下墓地に埋葬されている。

パードヴァ大学で女子学生を殴って傷を負わせた事件を、最後まで後悔していたらしく、悔やむ一文を遺言に残している。

ジュリアンは、潜伏し、二十年の苦難の布教が始まった。隠れキリシタンとして布教をつづけ、徳川家光の時代に、懸賞金銀百枚の高札を立てられ、六十歳で捕まった。

拷問の末に逆さ吊りの刑にされたが、三日三晩とも五日間とも言われる拷問に耐えた。

逆さ吊りのジュリアンの図が、今も残されている。耳たぶに開けられた穴から血が滴り落ちる残酷で苦痛に満ちた拷問だった。ジュリアンは、最後まで信仰を棄てなかった。

イエズス会の代理管区長だった宣教師フェレイラは、ジュリアンと同じときに捕らえられ、拷問に耐えられず五時間で転んだ。その後、日本人の妻を娶り、沢野忠安と名乗って、幕府の弾圧に協力する。フェレイラの棄教は、ヨーロッパの宣教師たちに衝撃を与えた。フェレイラの罪を自分たちで償おうと、多くの修道士が日本に向けて出帆した。それが、また、迫害と虐殺を呼ぶことになる。

ジュリアンは、隠れキリシタンとして各地を巡回した。豊前小倉に行ったとき、城主は細川忠興だった。小倉には、キリシタンが数多くいた。その中に、かつて細川家に仕え、ガラシャの首を落として屋敷に火を放った小笠原少斎の三男（秀次）もいた。忠興は、小笠原の遺族を厚遇していたという。ガラシャのためにも、毎年盛大な追悼ミサを開いていた。

その一方、自分がキリシタンに心を寄せているのではないかと家康に疑われるのを恐れて、忠興は臣下のキリシタンに過酷な改宗を迫った。秀次の義父・加賀山正興は、六千石を与えられた重臣だったが、忠興からの棄教の要請を拒否、小倉で斬首された。娘婿の秀次も、キリシタンだった妻共々豊前から追放された。

マルティノは活版印刷機でさまざまな出版物を作った。

最初の出版は、ゴアでのマルティノのラテン語の帰国報告だった。発行人ドラードと記されている。掌に乗るくらいの小さい冊子で、小花紋様のデザインも美しく、日本で初めての新聞だと言われている。今は、ローマのイエズス会歴史図書館に保存されている。

その後、マルティノとドラードは、現在の長崎市酒屋町の印刷所で働き、ラテン語、オランダ語、日本語の『日葡辞書』の他、数々の翻訳書も出し、日本と西欧の文化交流に貢献した。

関が原の戦いののちに、マルティノは、加藤清正に捕らえられた宣教師の解放交渉に当たった。解放された宣教師の中に、皮肉にも、使節たちを偽者だと非難したラモン神父が混じっていた。

マルティノの正確な死亡年齢は分かっていない。ヴァリニャーノと同じマカオ大聖堂の地下墓所に埋葬され、名前が壁に刻まれている。

ドラードは、禁教後、マカオにもどり、セミナリオの院長になった。

ミゲルは大村喜前に仕え、千々石清左衛門と名乗った。喜前は棄教し、キリシタンを弾圧する側に回っていた。ミゲルは、喜前に何度も死刑を宣告されたとか、有馬に逃れた後で家臣に重傷を負わされたとか、さまざまな噂が残っているが、正確なことは分かっていない。

ただ分かっているのは、喜前に追放された宣教師ルセナが、

「彼は何も信じてない。キリストの神性も信じてなければ、仏教も信じてない」

と、語っていることだ。もう一人の宣教師モレホンは、

「ミゲルは、キリスト教徒を迫害するようなことはしないで、ヨーロッパの経験を懐かしく語っていた」

と、著作に書き残している。

西坂でジュリアンたち二十六名が処刑されたとき、矢来越しに見ていた群衆の中にミゲルがいて、ジュリアンの最期を見守っていたという話が伝わっている。後に起きたキリシタン一揆『島原の乱』を率いた天草四郎が、ミゲルの息子だという不思議な噂も、のちのちまで語られていた。

マンショは、ヴァリニャーノについて神学を学び司祭となった。少年期に海外に行っていたので、日本語の読み書きは苦手だったらしい。日本各地で、隠れキリシタンに助けられて、セミナリオの生徒たちに西欧の体験談を話しつづけた。

四十三歳で死去。四人のうちで最初に死んだのはマンショだった。

秀吉は、命が尽きる半年前に、京の醍醐寺で、後世に残る花見の宴を催した。全国各地から七百本の桜を運ばせ、女だけ千二百人余り、女たちに何度も衣装替えさせる西陣織の着物が三千着。一日の花見の宴に、今の貨幣でいうと三十億近い金を使った。

人生が終わりに近づいたことを知った秀吉の、問いであり、答えでもあったかもしれない。

秀吉の辞世の歌。

『露とおち　露と消えにし　わが身かな　浪花(なにわ)のことも　夢のまた夢』

〈参考文献〉

『クアトロ・ラガッツィ』　若桑みどり　（集英社）
『クロニック　戦国全史』　池上裕子・小和田哲男・小林清治・黒川直則・池享編　（講談社）
『天正遣欧使節記』　デ・サンデ著／泉井久之助他共訳　（雄松堂書店）
『日本キリシタン殉教史』　片岡弥吉　（時事通信社）
『完訳　フロイス　日本史　1・2・3・4・5』　ルイス・フロイス著／松田毅一他訳　（中公文庫）
『フロイスの見た戦国日本』　川崎桃太　（中央公論新社）
『天正遣欧使節』　松田毅一　（講談社学術文庫）
『嵐に弄ばれた少年たち』　伊東祐朔　（垂井日之出印刷所）
『天正の少年使節』　松田翠鳳　（小峰書店）
『信長』　秋山駿　（新潮社）
『信長』　塩野七生・隆慶一郎他　（プレジデント社）
『天正遣欧使節　千々石ミゲル　鬼の子と呼ばれた男』　大石一久　（長崎文献社）
『千々石ミゲル』　青山敦夫　（朝文社）
『ローマをめざして　天正少年使節の物語』　鶴良夫　（リーベル出版）
『細川ガラシャ』　安廷苑　（中公新書）
『巡察師ヴァリニャーノと日本』　ヴィットリオ・ヴォルピ著／原田和夫訳　（一藝社）
『秀吉と文禄の役』　ルイス・フロイス著／松田毅一・川崎桃太編訳　（中公新書）

『虐殺の世界史』 歴史の謎を探る会編 （河出書房新社）
『ガリレオ 伝説を排した実像』 ジョルジュ・ミノワ著／幸田礼雅訳 （白水社文庫クセジュ）
『織田信長 最後の茶会』 小島毅 （光文社新書）
『旅する長崎学 キリシタン文化』 長崎文献社編 （長崎文献社）
『伊東マンショ その生涯』 マンショを語る会編 （鉱脈社）
『アートバイブル』 （日本聖書協会）
『みんな彗星を見ていた』 星野博美 （文藝春秋）
『千利休とその妻たち 上・下』 三浦綾子 （新潮文庫）
『イエスの生涯』 遠藤周作 （新潮文庫）
『キリストの誕生』 遠藤周作 （新潮文庫）
『神と仏』 遠藤周作 （新潮文庫）
『日本人には謎だらけのキリスト教』 歴史の謎を探る会編 （KAWADE夢文庫）
『戦国乱世を生きる力』 神田千里 （中央公論新社）
『和樂 千利休〝もてなし〟極意！』 （小学館）
『PenBOOKS 千利休の功罪。』 木村宗慎監修／ペン編集部編 （阪急コミュニケーションズ）
『雑兵たちの戦場』 藤木久志 （朝日新聞社）
『図解 世界5大宗教全史』 中村圭志 （ディスカヴァー・トゥエンティワン）
『鉄砲と戦国合戦』 宇田川武久 （吉川弘文館）

『戦国の村を行く』　藤木久志（朝日選書）
『そうか！　なるほど‼　キリスト教』（日本キリスト教団出版局）
『ここまでわかった　本能寺の変と明智光秀』　洋泉社編集部編（洋泉社歴史新書）
『もうひとつのインド、ゴアからのながめ』　鈴木義里（三元社）
『〈世界史〉の哲学』　大澤真幸（講談社）
『英雄パラダイムシリーズ　豊臣秀吉　乱世の魔術師』（光栄）
『船と航海　ビジュアル・ディクショナリー』　DK&同朋舎出版編集部編／伴戸昇空訳（同朋舎出版）
『絵伝　イエス・キリスト』　相賀徹夫編集（小学館）
『描かれたザビエルと戦国日本』　鹿毛敏夫（勉誠出版）
『PenBOOKS　キリスト教とは何か。Ⅰ・Ⅱ』　池上英洋監修／ペン編集部編（阪急コミュニケーションズ）
『戦国の城　総説編』　西ヶ谷恭弘（学習研究社）
『だれが信長を殺したのか』　桐野作人（PHP新書）
『NOBUNAGA　信長は誰れか』　細川廣次（新人物往来社）
『中世ヨーロッパの服装』　オーギュスト・ラシネ（マール社）
『高山右近』　加賀乙彦（講談社文庫）
『逃げる百姓、追う大名』　宮崎克則（中公新書）
『「日本」とは何か』　網野善彦（講談社学術文庫）

『ルネサンス』　ポール・フォール著／赤井彰訳（白水社文庫クセジュ）
『本能寺の変の群像』　藤田達生（雄山閣）
『本能寺の変四二七年目の真実』　明智憲三郎（プレジデント社）
『ニュートンのりんご、アインシュタインの神』　アルベルト・A・マルティネス著／野村尚子訳（青土社）
『史料による日本キリスト教史』　鵜沼裕子（聖学院大学出版会）
『キリスト教と戦争』　石川明人（中公新書）
『日本中世都市の世界』　網野善彦（ちくま学芸文庫）
『東と西の語る日本の歴史』　網野善彦（講談社学術文庫）
『信長と弥助』　ロックリー・トーマス著／不二淑子訳（太田出版）
『図説　中世ヨーロッパの暮らし』　河原温・堀越宏一（河出書房新社）
『図説　フィレンツェ』　中嶋浩郎（河出書房新社）
『図説　ボッティチェリの都フィレンツェ』　佐藤幸三（河出書房新社）
『近世日本国民史　織田氏時代』　徳富猪一郎（明治書院）

本書は、ドラマ「ＭＡＧＩ　天正遣欧少年使節」
（公式サイト https://www.magi-boys.com　制作ＴＢＳビジョン）
の脚本を元に、同時代を生きた戦国武将たちの
生きざまを加えて書き下ろした小説です。

か6-2

夢のまた夢 人が、命をかけて守りたいものは、何か。

著者 鎌田敏夫
2020年11月18日第一刷発行

発行者 角川春樹

発行所 株式会社 角川春樹事務所
〒102-0074 東京都千代田区九段南2-1-30 イタリア文化会館

電話 03(3263)5247[編集] 03(3263)5881[営業]

印刷・製本 中央精版印刷株式会社

フォーマット・デザイン＆シンボルマーク 芦澤泰偉

ISBN978-4-7584-4371-5 C0193
http://www.kadokawaharuki.co.jp/[営業]
fanmail@kadokawaharuki.co.jp[編集] ご意見・ご感想をお寄せください。

鳴神響一の本

鬼船の城塞

寛保元（1741）年、鉄砲玉薬奉行の
鏑木信之介は将軍吉宗の命を受け、焔
硝探索で伊豆諸島を巡っていた。だが、
沖合で阿蘭党と名乗る海賊衆に襲われ、
配下をみな殺しにされてしまう。剣の
腕を認められた信之介だけは心ならず
も一命を救われ、捕虜にされる。仲間
を救えなかった悔しさを断ち切れず、
阿蘭党への敵意を抱き続けていた信之
介。そんなある日、スペイン軍艦が島
に近づき、日本人侍と共に西洋人が姿
を現す。彼らの目的とは――？一人の
旗本と海賊たちの熱き交流を描いた、
感動歴史長篇！（解説・縄田一男）

時代小説文庫